신마협도

권용찬 신무협 장편 소설

ORIENTAL FANTASY STORY & ADVENTURE

5

dream
books
드림북스

신마협도 5
천인공노(天人共怒)

초판 1쇄 인쇄 / 2010년 3월 25일
초판 1쇄 발행 / 2010년 4월 5일

지은이 / 권용찬

발행인 / 오영배
편집장 / 김경인
책임 편집 / 권선혜
펴낸 곳 / (주)삼양출판사 · 드림북스

주소 / 서울특별시 강북구 미아8동 322-10호
대표 전화 / 02-980-2112 팩스 / 02-983-0660
편집부 전화 / 02-980-2116 팩스 / 02-983-8201
블로그 / blog.naver.com/dream_books

등록번호 / 제9-00046호
등록일자 / 1999년 3월 11일

값 8,000원

ISBN 978-89-542-3665-2   04810
ISBN 978-89-542-3561-7   (세트)

신마협도

5 천인공노(天人共怒)

권용찬 신무협 장편 소설

ORIENTAL FANTASY STORY & ADVENTURE

천인공노(天人共怒) 5

하늘과 땅이 함께 분노한다는 뜻으로, 도저히 용서 못한다는 의미.

목차

第二十章

　멸문한 마가검문(馬家劍門)의 생존자 마동찬.

　그러나 지금은 그 껍데기를 벗어 버리고 본래의 천문당 일조장 고변책으로서 야음을 타고 움직여, 강학청의 서점이 보이는 곳에 자리를 잡고 때를 기다리고 있었다.

　'아직 손님이 있군.'

　문을 닫지 않고 있는 서점 안에는 세 명의 손님이 책을 보고 있는 중이었다.

　'융통성 없는 새끼.'

　날이 저물자 주변의 많은 상가들이 거의 대부분 문을 닫고 있는 마당에 홀로 장사를 하고 있다니.

'네놈은 그 융통성 없는 성정 때문에 일찍 죽는 것이다.'

고변책이 갑자기 강학청을 죽이기로 결심한 것은 오늘 정오 무렵이었다.

요 근래 몸이 안 좋음을 핑계로 삼아 다관을 나가서 강학청을 중점적으로 감시하고 있던 고변책은, 묵담향이 서점에 찾아온 것에 의문을 느끼고 최대한 가까이 접근하여 그들의 대화를 엿들었다.

"묵 소저에게만 특별히 말을 해주는 것이니, 다른 사람에게는 절대 이야기하면 안 됩니다. 뇌 객주님께도 해선 안 됩니다."

"그럴게요."

"간자의 꼬리를 잡았습니다."

"정말인가요? 그럼 간자가 누구인지도 알게 되신 건가요?"

"그렇습니다. 하지만 모든 게 확실히 드러나기 전에는 묵 소저에게도 그 사람이 누구인지는 이야기해 줄 수 없으니 이해해 주십시오."

"그런데 어떻게 꼬리를 잡으셨죠?"

"진작부터 의심하고 있던 사람을 몰래 뒷조사하고 있었습니다. 하지만 좀처럼 증거를 찾을 수가 없었죠. 그런데 최근 반소협의 도움을 받아 그를 세밀하게 감시를 하게 되었는데, 때마침 접선자들이 나타난 게 아니겠습니까."

"접선자들이요?"

"모두 세 명이었습니다. 하지만 처음엔 접선자들인지도 몰랐었죠. 위장이 너무 완벽했고, 행동거지에도 문제가 없었으니까요. 그런데 물건을 넘기겠다고 들어간 그들이 금방 나오지 않고 적지 않은 시간이 지나서야 나오는 게 아니겠습니까. 물건 값을 치르느라 시간을 지체했다고 보기에는 너무 긴 시간이었습니다. 그때 난 직감적으로 그들이 간자로부터 정보를 받아서 거룡방에 전하는 접선자들임을 깨달았죠."

"그래서요?"

"반 소협에게 부탁하여 그들을 붙잡아 달라고 하였습니다. 분명 강한 무공을 익혔을 터이니, 반 소협 정도의 고수가 아니라면 생포해 올 수 없을 것 같았거든요. 반 소협은 지금 한창 그들을 추적하고 있을 것입니다."

"그들이 접선자들이라고 확신하시나요?"

"난 확신하고 있습니다. 하지만 생포한 그들에게 직접 듣기 전에는 단언할 수 없지 않겠습니까. 그래서 내가 의심하는 간자가 누구인지를 묵 소저께도 이야기할 수 없는 것입니다."

"반 소협은 언제 떠난 건가요?"

"어젯밤에 떠났습니다. 접선자들이 떠난 시기와 그들의 이동속도 등을 감안하면 적어도 모레쯤에는 돌아올 거라 예상하고 있습니다."

"그럼, 접선자들을 붙잡아 오면 절 불러 주세요. 저도 직접 그들의 이야기를 듣고 싶어요."

"그래서 묵 소저에게만 미리 말을 해두는 겁니다. 나뿐만 아니라 묵 소저도 같이 듣고 증언을 하면 뇌 객주님과 다른 당원들도 의심하지 않고 수긍을 할 테니까요. 하지만 다시 한 번 말하지만, 이 일은 모든 게 확실해질 때까지 절대 함구해야 합니다."

"걱정 마세요. 자물쇠를 건 것처럼 입을 다물고 있도록 할게요."

고변책은 두 사람의 대화를 통해 어제 반악이 서점에 찾아와 강학청과 이야기를 나눈 내용이, 바로 그와 육호가 접촉했던 상황과 육호를 붙잡아야 한다는 등의 이야기임을 짐작할 수 있었다.

'그렇게 조심했건만⋯⋯.'

자신을 의심하여 조사를 하고 있었던 것은 그럴 수 있다고 쳐도, 설마 시간이 살짝 지연되었다고 해서 육호 등을 접선자라고 의심할 줄이야.

'쓸데없이 눈치 빠른 새끼.'

그래서 이렇게 나서서 강학청을 죽이기로 한 것이 아닌가.

그리고 만약 반악이 육호와 백룡무사들을 붙잡게 된다면⋯⋯.

'육호와 백룡무사들을 죽이고 려강을 떠난다.'

강학청에 이어 반악까지 죽이면 려강을 떠날 필요도 없지만, 그는 너무 강해서 죽일 수 있는 가능성이 너무 적었다.

도리어 당하고 말 것이다.

그러니 정보를 노출시킬 수 있는 육호와 백룡무사들을 처리하고 미련 없이 떠나려는 것이다.

물론, 육호와 백룡무사들이 붙잡혔을 때의 이야기지만.

'젠장, 언제까지 하려는 거야.'

고변책은 짜증이 나기 시작했다.

손님들이 나가지 않으면 시간이 늦었음을 이유로 쫓아내야 할 것이 아닌가.

그런데 강학청은 손님이 나가기 전까지는 꿈쩍도 하지 않을 분위기였다.

'반 년 동안 이 짓을 하고 있었더니, 내 인내심도 많이 약해졌구나.'

이제 고작 반 식경 정도 기다렸을 뿐인데 짜증을 참지 못하고 있다니.

고변책은 자신의 마음 자세를 반성하며 기다렸다.

하지만 그로부터 한식경 뒤 손님들이 모두 떠나고, 다시 한식경이 지나도 강학청이 문 닫고 나올 생각을 않자 그의 인내심도 한계에 이르렀다.

'빌어먹을 새끼. 좋다, 네놈이 나오지 않겠다면 내가 들어가서 죽여주지.'

강학청이 서점을 닫고 귀가할 때 어둑하고, 인적이 드문 곳에서 죽이려 했던 고변책은 생각을 바꾸었다.

사실 그가 인내심을 발휘하지 못하는 것에는 나름의 이유가 있었다.

그는 강학청을 죽이는 것뿐만 아니라, 곧바로 반악을 쫓아가서 육호 등이 붙잡혔는지를 확인하고, 그랬다면 육호 등을 제거해야만 했다.

상대적으로 그쪽의 일처리가 힘들고 심각한 것이기에, 그는 여기서 느긋하게 시간을 죽이며 기다릴 여유가 없었다.

타탁.

고변책은 지붕에서 내려와 아무도 보이지 않는 어둑한 골목에 내려섰다.

그는 야행복을 벗었고, 본래의 평상복차림이 되었다. 마동찬으로 서점에 들어가 강학청을 죽일 생각인 것이다.

'놈을 죽이는 것이야 식은 죽 먹기지.'

무공 수준이 형편없는 강학청이 방심을 틈탄 그의 암습을 막을 수 있으리라고는 전혀 생각할 수 없으니까.

고변책은 골목 밖의 사정을 살폈다.

몸이 아파 쉬고 있을 그가 이곳에 나타난 것을 다른 당원들이 목격하기라도 하면 곤란했기 때문이었다.

'좋아, 없군.'

고변책은 빠르게 대로를 가로질러 서점 앞에 당도했다.

드르륵.

그는 안으로 들어가 자연스럽게 문을 닫았다.

"마 관주님이 이곳에 어쩐 일이십니까?"

강학청은 반가움보다는 불편한 기색을 보이며 아는 척을 했다.

'나도 좋아서 온 게 아니다.'

"다관에 비치할 책 좀 보러 왔소. 혹 새로 들어온 책들 중에 손님들이 재밌게 읽을 만한 게 있소?"

"소설을 말씀하시는 겁니까?"

"꼭 소설이 아니라도 상관은 없소. 책이야 강 점주가 더 잘 알 테니, 한 번 찾아봐 주시구려."

"그러지요."

탁자에서 일어난 강학청은 책이 가득히 차 있는 책장으로 걸어갔다.

고변책은 잠시 이리저리 둘러보는 척하다가 슬며시 책장을 살피는 강학청의 뒤쪽으로 다가갔다. 그의 오른손에는 가늘지만 쉽게 끊어지지 않을 만큼 질기고 강한 쇠줄이 쥐어져 있었다.

비수로 찌르면 더 쉽고 빠르게 죽일 수가 있겠지만, 피가 나온다는 단점 때문에 쇠줄을 선택했다.

강학청의 목을 졸라 죽이려는 것이다.

"꽤나 고심하는 걸 보니 요즘 새롭게 들어온 책이 많은 모양이구려."

쇠줄을 양손으로 잡은 고변책은 괜스레 말을 걸면서 더욱 가까이 다가갔다.

그런데 막 쇠줄을 들어올리려고 하는데 강학청이 뒤로 돌아서는 게 아닌가.

고변책은 재빨리 쇠줄을 감추고 미소를 지어보였다.

강학청의 손에는 책 한 권이 들려 있었다.

"이건 어떻습니까? 시경을 알기 쉽게 풀이하고, 몇몇 부분에서는 새로운 시각으로 재해석까지 한 책이랍니다."

"글쎄. 요즘 여자 손님이 많지 않아 시경과 같은 책들은 인기가 없어서 말이오. 조금 더 현실적이고, 해학이 보이는 책은 없소?"

"흠, 그런 종류라면 민담소설밖에 없는데 마땅한 게 있으려나 모르겠군요."

강학청은 고개를 갸웃거리더니 반대쪽 책장 쪽으로 가는 게 아닌가.

문제는 그곳 벽 쪽에 큼직한 면경(거울)이 붙어 있어서 그의 모습이 강학청에게 보일 수 있었다.

'빌어먹을.'

쇠줄로 목을 졸라 죽이는 방법은 실행하기 어려울 듯했다.

억지로라도 하면 되겠지만, 괜히 소란이라도 생겨서 지나가는 사람들이 듣기라도 하면 곤란하니까.

고변책은 양손에 조용히 비수를 빼들었다.

'정확히 요혈을 노리면……'

심장이 바로 닿는 왼쪽 옆구리, 혹은 뒷덜미라면 피도 적게 나고 단번에 절명시킬 수 있을 것이다.

'죽어라.'

고변책은 슬며시 위로 치켜든 두 개의 비수를 강학청을 향해 날렸다.

채챙.

"……!"

고변책은 크게 놀랐다.

그가 날린 비수들이 다른 곳에서 날아온 비수들과 부딪치며 바닥으로 떨어졌기 때문이었다.

"마 관주, 이 거룡방의 간자 놈! 드디어 진짜 정체를 드러냈구나."

급히 돌아서며 뒤로 물러난 강학청은 싸늘한 표정으로 고변책을 노려보았다.

얼마나 긴장을 하고 있었던지 그의 이마는 땀으로 흥건했다.

하지만 고변책은 강학청을 신경도 쓰지 않았다.

'어떤 놈들이냐?'

고변책은 비수가 날아온 방향을 노려보았다.

곧 서점 안에는 세 명의 사내가 모습을 드러냈다.

견일, 견이, 그리고 견삼이었다.

천장에서, 구석에서, 그리고 바닥에서 나타난 그들의 등장 수법은 고변책에게 꽤나 익숙한 광경이라서 다시 한 번 그를 놀래게 만들었다.

'저자들이 누군데……'

천문당원들처럼 특별한 수련을 받은 자들이나 보여줄 수 있는 수법을 펼칠 수 있는 것인가.

하지만 이해할 수 없는 것은, 그 은밀한 수법에 비해서 지니고 있는 무기들은 은밀함과는 거리가 멀다는 점이었다.

어디서건 눈에 띄는 쌍륜과 같은 독특하고 큼직한 무기를 가지고 있었기 때문이다.

그래서 그는 견일 등이 천문당의 당원이었던 십칠호, 이십일호, 이십구호일 것이라고는 전혀 생각도 못했다.

게다가 더는 그 의문에 골몰할 수도 없었다.

드륵.

뇌혁강이 서점의 문을 열고 나타났다.

"마 관주. 정녕 그대가 거룡방의 간자였던 거요?"

대답을 듣고자 하는 말이 아니었다.

고변책을 바라보는 눈빛엔 더할 수 없는 경멸의 감정이 담겨 있었으니까.

'이런 것이었군.'

고변책은 허탈한 웃음을 지었다.

그는 자신이 강학청의 함정에 걸려들었다는 것과, 너무도 쉽게 걸려들었다는 것이 어이없었다.

그는 강학청을 쳐다봤다.

"육호와 백호무사들에 관한 것도 거짓이었나?"

"아니오. 하지만 그들은 죽었소."

"죽어?"

"그들을 붙잡아 당신의 정체를 밝히려 했으나, 죽어 버려서 이 방법을 쓴 거요."

고변책은 헛웃음을 지었다.

강학청의 계책도 계책이지만, 결국 자신의 성급함과 초조함으로 인해 정체가 드러난 것이나 다름없었기 때문이다.

고변책은 뇌혁강을 보며 웃었다.

"뇌 객주, 왜 그런 눈빛으로 보시오? 사람에겐 각자의 자리가 있는 것이고, 그 자리에서 최선을 다하면 되는 거잖소."

즉, 자신은 거룡방의 사람으로서 응당 해야 할 일을 한 것이고, 최선의 노력을 기울이고 있는 것이니 비난 받을 이유가 없다고 말하는 것이다.

뇌혁강은 싸늘한 표정으로 마주 웃었다.

"그렇다면 네놈은 여기서 죽게 되더라도 조금의 후회도 없겠구나."

그는 검을 빼들었고, 뒤쪽에 있는 견일 등도 무기를 빼들어 세 방향에서 자릴 잡고 퇴로를 완전히 차단했다.

고변책은 한숨을 내쉬었다.

뇌혁강은 그 한숨을 좌절의 표현으로 받아들였다. 도망칠 길이 없으니 저항하길 포기한 것이라고.

그래서 저도 모르게 살짝 긴장감이 풀리고 말았다. 그 순간을 노린 고변책은 단번에 여덟 개의 비수를 날리고 바닥에 검은 색의 작은 구형체를 던졌다.

견이는 급히 소리쳤다.

"연막탄이다!"

하지만 육호가 사용했던 연막탄과 달리 뿌옇게 서점 안을 채워나가는 연기의 색깔이 조금 더 짙고, 역한 냄새가 났다.

'염병, 연막탄에 독가루를 섞었구나.'

견일 등은 재빨리 소매로 입과 코를 막고, 강학청을 붙잡고서 천장으로 솟구쳐 올랐다.

콰직.

천장을 그대로 뚫고 지붕 위로 올라간 견이 등은 사방을 포위하고 있던 당원들을 향해 소리쳤다.

"연기에 독이 섞여 있다! 모두 피해!"

포위망을 더욱 좁히며 고변책이 나오길 기다리고 있던 당원들은 당황했다.

하지만 그들은 견일 등이 누군지 몰랐기에 즉각 물러나지 않고 머뭇거렸다.

지붕을 뚫고 나오며 먼지를 들이마신 덕분에 심하게 기침을 하고 있던 강학청이 그것을 보고 힘겹게 소리쳤다.

"이들은 반 소협의 사람들이니 말을 들으시오!"

당원들은 그제야 연기가 미치지 않는 거리까지 물러났다.

그런데 이상한 것은 아직까지 고변책이 밖으로 나오지 않는 다는 점이었다.

'어떻게 된 거지?'

심지어 뇌혁강조차 나오지 않은 상황이라 모두의 얼굴에 의문과 더불어 깊은 근심이 드리워졌다.

이때 뭔가를 눈치챈 견삼이 지붕 아래로 뛰어내려 땅바닥에 납작 엎드렸다.

그리고 얼마 있지 않아 오른쪽을 손으로 가리켰다.

"저쪽으로 도망쳤다.

고변책은 전서술을 펼쳐 서점을 빠져나간 것이다.

하지만 당원들은 견삼의 말이 무슨 뜻인지 알아듣지 못했다. 전서술에 대해서 모르고 있기 때문이다.

견일은 그들이 어리둥절해하는 이유를 눈치채고 소리쳤다.

"마동찬이 땅을 파고 저쪽으로 도망쳤소! 모두 우리를 따라오시오!"

견삼은 그 말이 끝나자마자 가장 먼저 고변책이 도주한 방향으로 움직였다. 그리고 견일과 견이, 그리고 당원들도 그 뒤를 따라 황급히 달려갔다.

*   *   *

푸악.

고변책은 땅을 뚫고 나왔다.

주변을 오가던 사람들은 깜짝 놀라 그를 쳐다봤다. 사람이 땅속에서 튀어나왔으니 당연했다.

더구나 그는 혼자가 아니었다. 옆구리에 상처를 입은 뇌혁강을 어깨에 걸치고 있었던 것이다.

뇌혁강은 의식이 없었다. 옆구리의 상처 때문이 아니라, 연막탄에 섞인 독을 흡입해서였다. 그만큼 치명적인 살상력을 가진 극독이었다.

그래도 다행스런 점이라면 고변책이 그에게 해독약을 먹였다는 점이었다. 죽은 자는 인질로서 효용가치가 없었으니까.

고변책은 땅 위로 올라서자마자 사람들의 시선을 신경도 쓰지 않고 앞으로 내달렸다.

'염병! 빌어먹을!'

입안에서 욕이 맴돌았다.

시원스럽게 뱉어낼 수 없는 것은 온 힘을 다해 달리느라 소리칠 여유도 없기 때문이었다.

'두고 보자. 반드시 다시 돌아와 네놈들의 씨를 말려 버리고 말 테니까.'

반룡복고당의 본거지를 찾느니 어쩌니 하는 문제는 더 이상 그의 관심사가 아니었다.

오늘 버러지보다 못하게 생각했던 강학청에게 농락을 당하고, 굴욕감 속에서 도주하고 있는 이 분노를 반드시 되갚아 주겠다는 생각밖에 없었다.

하지만 도주하는 것도 그의 생각처럼 되지 않을 모양이었
다.

지금껏 보이지 않았던 반악이 그가 달려가던 대로 끝에서
기다리고 있었으니까.

'젠장!'

고변책은 급히 오른쪽 길로 방향을 틀었다.

그러나 얼마 가지 않아서 반악이 나타나 그의 앞을 막아섰
다.

'도대체…….'

얼마나 빠르기에 순식간에 그의 진로를 막아설 수 있단 말
인가.

고변책은 결국 길을 돌아 도주하는 걸 포기하고, 지금껏 애
써서 들쳐 업고 온 인질을 사용하기로 했다.

"뇌 객주가 죽는 걸 보고 싶지 않으면 길을 비켜라!"

"싫다."

고변책은 당혹스러웠다.

혹시 잘못 들은 게 아닌가 하여 다시 협박했다.

"뇌 객주를 죽이기 전에 비켜!"

"싫다니까."

"뭐?"

"너 귀 먹었냐? 안 비킬 거라고."

"뇌 객주가 죽어도 좋단 말이냐!"

반악은 대수로울 것도 없다는 듯 어깨를 으쓱였다.

"좋을 거야 없지만, 죽여도 상관없다."

주변을 오가던 사람들은 심상치 않은 분위기를 느끼고 진작 모두 사라진 상태.

동료가 죽는 모습을 볼 수 없다는 등의 전혀 그답지 않은 소리를 할 필요가 없는 것이다.

실상 목숨을 염려할 정도로 뇌혁강과 친한 사이도 아니질 않은가.

"네놈……."

그러고도 반룡복고당의 당원이냐고 소리치려 했지만, 말이 나오질 않았다.

그렇게 말하는 게 왠지 구차하게 느껴졌기 때문이다.

반악은 물었다.

"어쩔 거냐? 그냥 잡힐래, 아니면 죽을 만큼 두들겨 맞고 잡힐래?"

"……."

인질을 잡고 있는 사람에게 이런 협박이라니.

고변책은 황당하고 어이가 없었다. 그리고 문득 누군가가 떠올랐다.

'거칠 것 없는 저 행동거지와 말투는 마치…….'

추귀 잔혹마를 연상케 했다.

물론, 말도 되지 않는 상상이란 것은 그도 알고 있었다. 시체는 찾지 못했지만 이미 죽은 자라 확신하고 있고, 설사 살아 있다고 해도 저처럼 잘생긴 얼굴과 멀쩡한 몸뚱이와는 공통점을 전혀 찾을 수 없는 인물이었으니까.

게다가 세상에 저런 성격과 말투를 가진 자가 한두 명이겠는가.

작정하고 찾다 보면 셀 수도 없을 만큼 많은 사람을 찾을 수 있을 것이다.

"시간도 없는데, 언제까지 그러고 있을 거냐!"

반악은 더는 기다릴 수 없었기에 득달같이 몸을 날렸다.

뒤쫓아 오는 당원들이 도착하게 되면 지금처럼 뇌혁강의 안위를 무시할 수가 없기 때문이다.

고변책은 연막탄을 꺼내 땅으로 던졌다.

펑!

역한 냄새를 동반한 연기가 자욱하게 피어나며 순식간에 주변으로 퍼져나갔다.

고변책은 즉각 뒤로 물러났다. 반악을 중독시킬 수 있다는 기대는 하지 않았다. 웬만한 사람은 한 모금만 마셔도 정신을 차리지 못할 정도지만, 반악 정도의 고수에게는 잠시 발걸음을 잡는 방해물 정도밖에 되지 못할 것이기 때문이다.

그런데도 연막탄을 던진 것은 도망칠 수 있는 시간을 벌기 위함이었고, 그래서 연기가 퍼져가는 곳과 반대방향으로 물러났다.

하지만 반악은 그가 생각하는 것 이상으로 강하고, 무서운 인물이었다.

후아아아—

공간이 휘말리는 소리가 들리더니 자욱하게 퍼져가던 연기가 어느 한 곳으로 빨려 들어가듯 모이기 시작했다.

'뭐, 뭐냐!'

휘몰아치며 모여든 연기가 반악의 회전하는 손끝에서 둥근 원형을 이루었다.

그로서는 듣도 보도 못한 광경이었다.

'괴, 괴물 같은 새끼!'

놀라면서도 정신없이 도망치고 있던 고변책은 이를 악물고 다리에 더욱 힘을 주었다.

반악이 원형의 구체로 형성화시킨 연기를 오른쪽 빈 건물로 날려 보내더니 맹렬하게 쫓아왔기 때문이다.

"죽을 만큼 두들겨 맞고 잡히는 쪽을 선택한 걸로 알겠다."

고변책의 얼굴이 창백해졌다.

충분히 거리를 벌렸다고 생각했는데, 어느새 바로 뒤쪽에서 반악의 음성이 들려왔기 때문이다.

정말 엄청난 속도였고, 이대로라면 금방 따라잡힐 듯했다.

고변책은 아직도 들쳐 업고 있던 뇌혁강을 뒤로 던졌다.

반악은 그를 향해 날아오는 뇌혁강을 옆으로 쳐내며 고변책을 따라붙으려 했다. 그러나 저 멀리 앞쪽에 견삼을 필두로 한 당원들이 나타나 그럴 수가 없었다.

'귀찮게.'

반악은 짜증이 났지만, 뇌혁강을 받아들고 재빨리 땅에 내려놓았다.

그 사이 당원들을 발견한 고변책은 전서술을 펼쳐 땅속으로 파고들어갔다. 그들이 문제가 아니라, 반악을 떨쳐내기 위해서는 그 방법밖에 없다고 판단한 것이다.

"땅으로 숨는다고 될 것 같으냐!"

반악은 공중으로 치솟아 오르며 박도를 뽑아들었다.

그리고 공력을 박도에 응집시키고 뇌혁강이 숨어든 땅을 향해 내리쳤다.

쾅!

칼날 같은 강기가 내리꽂히자 귀가 멍멍할 정도의 굉음과 함께 땅이 들썩거렸다.

달려오던 견일 등과 당원들은 놀란 얼굴로 멈춰 섰다.

게다가 더 다가올 수도 없었다. 반악이 한 번으로 멈추지 않고 박도를 휘둘러 계속해서 땅을 향해 강기를 날렸기 때문이다.

그대로 가까이 다가갔다가는 그 파급력에 휘말려 낭패를 보게 될 것이다.

쾅! 쾅! 쾅!

일격 일격마다 땅이 들썩이고, 굉음이 주변을 떨어 울렸다.

파팍!

너무도 놀라서 굳어 버린 견일 등이 있는 곳 바로 앞의 땅이 뚫리며 고변책이 튀어나왔다.

울컥.

나오자마자 한쪽 무릎을 꿇은 고변책은 한 움큼의 피를 토해냈다.

겉으로 볼 때는 자잘한 상처만 있을 뿐 큰 부상은 보이지 않았다. 하지만 강기의 압력을 전해 받아 치명적인 내상을 입은 것이다.

당장 운기하여 엉망이 된 기혈을 다스리고, 의원에게 치료를 받지 않는다면 절대 예전의 몸 상태로 돌아갈 수 없을 정도의 심각한 내상이었다.

견일 등을 비롯한 당원들은 그런 고변책을 포위했다.

하지만 너무 가까이 다가가지 않고 거리를 두었으니, 또 독이 섞인 연막탄을 터트릴 수도 있다는 불안감 때문이었다.

몇 명은 고변책을 크게 돌아서 뒤쪽에 쓰러져 있는 뇌혁강에게 갔다.

"크크크……."

고변책은 갑자기 웃기 시작했다.

음색이 거칠어서 듣기 거북한 웃음이었다. 듣고 있다 보면 기분이 나빠지는 기괴한 느낌의 웃음이었다. 입에서 피를 질질 흘리고 있어 보기에도 좋지 않았다.

당원들은 인상을 찌푸렸다.

바로 얼마 전까지만 해도 그들과 동료였던 이가 순식간에 적의 간자가 되어 살수를 펼치고, 저리 듣기 싫은 웃음을 짓고 있으니 마음이 편치 않았던 것이다.

하지만 반악은 그런 웃음을 듣고도 무덤덤한 표정으로 말했다.

"무기를 버려라."

고변책은 비틀거리며 일어서서 반악을 향해 돌아섰다.

"무기를 버리라고? 그러지."

그는 양손에 쥐고 있던 비수를 땅바닥으로 떨어트렸다.

비수뿐만이 아니라 몸에 지니고 있던 다른 여타의 무기들도, 연막탄까지도 모두 꺼내서 바닥에 던졌다.

"어때 만족하나?"

반악은 고변책이 너무 순순히 말을 듣는 것이 꺼림칙했지만, 겉으로 내색하지 않았다.

"마동찬! 해독약을 내놔라!"

뇌혁강을 살피고 있던 당원들이 소리쳤다.

그가 의식을 잃은 것이 중독 때문임을 알고 해독약을 요구하는 것이다.

마동찬은 비웃음을 지으며 대답했다.

"이미 먹었다. 그리고 내 진짜 이름은 마동찬이 아니야. 난 천문당 일조장 고변책이다.”

“……!”

견일 등이 가장 크게 놀랐다.

당주의 비밀지령을 받고 종적을 감춘 일조장이 이곳에서 간자로 있을 줄은 몰랐던 것이다.

‘당주가 반룡복고당의 일을 생각보다 더 심각하게 보고 있는 모양이구나.’

그렇지 않았다면 천문당 제일의 당원을 위장시켜 간자로 보낼 리가 없었다.

‘일조장이 이런 꼴이 되다니…….’

견일 등은 고변책을 복잡한 시선으로 쳐다봤다.

몇 달 전까지만 해도 당주를 제외한 그들의 최고 상관이 아니었던가.

한때는 그들이 목표로 삼았던 인물이기도 했었다.

세 사람의 시선은 고변책을 지나 반악에게 향했다.

저 대단한 일조장을 궁지로 몰아, 저리 꼴사납게 만든 것이 반악이었으니까.

‘우리의 주인은 적으로 만나서는 절대 안 되는 사람이야.’

그들은 다시금 반악의 무서움을 깨닫고 다짐했다.

절대 반악을 배반하지도, 적으로 삼지도 않겠다고. 만약 그런 상황에 처하게 된다면 차라리 죽는 걸 선택하겠다고.

세 사람의 소리 없는 충성과 외경어린 시선을 받고 있는 반악이 고변책에게 말했다.

"꿇어."

"크하하하!"

고변책은 웃음을 터트렸다.

조금 전처럼 거북한 웃음이 아니라, 가슴이 뻥 뚫릴 것만 같은 호탕한 웃음이었다.

그는 곧 웃음을 멈추고 입가에 묻은 피를 소매로 닦으며 말했다.

"세상일이란 정말 알 수가 없구나! 이제 거룡방이 명실 공히 안휘 제일이 되었으니 부귀영화를 누릴 일만 남았다고 생각했는데, 이런 꼴이 되다니 말이야!"

고변책은 양팔을 활짝 펼치며 하늘을 올려다봤다.

"평생 어둠을 뒤집어쓰고 살았으니, 밤하늘을 벗 삼아 가는 것도 나쁘지 않겠지!"

"……."

반악은 의아한 시선으로 고변책을 쳐다봤다.

그 말이 담고 있는 의미도 괴이했지만, 고변책의 모습도 갑자기 이상해져 갔기 때문이다.

왠지 모르게 피부가 거뭇해지고, 몸이 부풀어 오르는 것처럼 보인다고나 할까.

그리고 그 변화는 급격히 빨라지고, 누구라도 알 수 있을 만큼 분명해졌다. 완전히 검게 변한 고변책은 순식간에 돼지 오줌통에 바람을 불어넣은 것 같은 모양새가 된 것이다.

"염병, 자폭공이다!"

경악한 표정의 견일이 비명처럼 소리치며 뒷걸음쳤다.

자폭공은 십 년 동안의 지속적인 음독과 특별한 운기 방법을 통해 몸을 독의 응집채로 만드는, 동귀어진만을 위해 익히는 무공이었다.

하지만 음독은 물론이고, 운기 방법도 복잡하고 고통스러워 살수들 사이에서도 익히기가 불가능하다고 알려진 무공이었다.

때문에 견이와 견삼도 그 소리를 듣고 얼굴이 창백해진 것은 당연했고, 그래서 주변을 향해 크게 소리쳤다.

"모두 도망쳐!"

*   *   *

고변책의 모양새가 괴이하게 변하면서 불안감을 느끼던 당원들은 견일 등의 외침을 듣고 슬금슬금 뒷걸음쳤다.

하지만 자폭공이란 게 정확히 무엇인지 모르는지라 작정하고 도망치진 않았다.

이때 고개를 갸웃거리다가 자폭공이 무엇인지 뒤늦게 기억해낸 반악이 버럭 소리쳤다.

"놈의 몸이 폭발하면 독혈이 사방으로 튈 거다! 빨리 도망쳐!"

독혈은 한 방울이라도 몸에 닿으면 그 부분은 그대로 녹아 들어가고, 곧바로 살을 잘라내지 않으면 끝없이 안쪽으로 파 고들어가 목숨도 위협할 수 있을 만큼 지독한 독의 응집덩어 리였다.

그제야 지금 상황이 얼마나 위험한지를 깨달은 당원들이 급 히 뒤로 돌아 달리기 시작했다.

하지만 그들의 반응은 너무 늦었다.

고변책의 피부가 쩍쩍 갈라지며 그 틈으로 거무죽죽한 액이 흘러나오고, 더 이상 그럴 수 없을 것처럼 부풀어 올라 금방이 라도 폭발할 분위기였기 때문이다.

반악은 당황했다.

하지만 당원들 때문이 아니었다. 대응이 늦긴 했어도 그들 의 신법 정도면 충분히 영향권 밖으로 피할 수 있을 것처럼 보 였으니까

그러나 무공이 약한 강학청과 아예 무공을 익힌 적이 없는 묵담향은 달랐다. 가장 뒤쪽에 자리 잡고 서 있었으나, 그들의 느린 움직임으로는 독혈을 피할 수가 없었다.

'빌어먹을!'

강학청은 이번 계책의 주체이니 어쩔 수 없다 해도, 묵담향 은 왜 온 것이란 말인가.

"견이! 강 점주를 데려가!"

견이의 몸놀림이 셋 중에서 가장 빠르기 때문에 그를 지목한 것이다.

반악은 묵담향을 향해 몸을 날렸다. 그러나 그녀의 옆에는 어느새 공추걸이 와 있었다. 그는 묵담향을 안아들더니 곧바로 뒤로 뛰기 시작했다.

반악은 안도감과 씁쓸함을 동시에 느끼며 고변책과 멀어지기 위해 몸을 날렸다.

이때 고변책의 광기어린 고함이 쩌렁하게 울려 퍼졌다.

"크하하하! 모두 죽어라—!"

"……!"

반악은 깜짝 놀랐다.

고변책이 그의 생각보다 빨리 폭발하려 하고 있었기 때문이었다.

'너무 늦다!'

견이는 저 정도면 괜찮지 않을까 싶을 만큼 거리를 벌렸다.

하지만 묵담향을 안고 달리는 공추걸은 아니었다.

'저 자식의 걸음은 왜 저리 느린 거야.'

공추걸도 그걸 느꼈는지 옆쪽의 빈 상점의 문을 걷어찼다.

그곳으로 들어가서 몸을 피하려는 것이다.

하지만 독혈은 쇠까지 녹여 버리는 지독한 독이었기에 건물로 피한다고 해도 위험하기는 마찬가지였다.

'젠장.'

반악은 짜증이 났다.

하지만 이대로 모른 척할 수가 없었다.

반악은 공중에서 몸을 회전시켜 지붕처마를 발끝으로 차고 하늘로 높이 치솟아 올랐다.

그의 아래로 폭발하기 직전에 이르러 꿈틀거리는 고변책의 모습이 들어왔다.

우웅—

박도가 진동했다.

도신 전체에 눈부실 만큼 강렬한 광채가 불꽃처럼 타올랐다. 그가 지닌 모든 공력을 끌어 모아 응집시킨 결과였다.

'조금만 버텨라!'

너무나 막대한 공력이기에 박도가 버틸 수 있는 시간은 촌각에 불과했다.

"합!"

반악은 힘찬 기합과 함께 박도를 아래로 휘둘렀다.

그때 고변책의 몸이 폭발했다.

펑—

고변책의 몸이 터진 순간 그 위로 엄청난 파괴력과 압력을 동반한 강기가 떨어졌고, 그 압력은 사방으로 퍼져나가려는 검은 핏방울을 감싸안고, 반경 두 장의 땅까지 반장의 깊이로 내리눌렀다.

광—

순간적으로 귀를 먹먹하게 만들 정도의 굉음이 뒤늦게 주변을 휩쓸고, 반경 넉 장 안에 있는 건물들이 지진을 만난 듯 거세게 뒤흔들렸다.

'빌어먹을.'

모든 공력을 단번에 끌어 모아 티끌만 한 양도 남기지 않고 내보낸 반악은 손가락 하나 까딱할 힘도 없었다.

그래서 낙하하는 방향에 지붕의 삐죽한 끝자락이 있는데도 피하지 못했다.

'윽!'

옆구리와 어깨의 살이 큼직하게 찢겨나갔다.

하지만 위기는 아직 끝나지 않았다. 너무 높은 곳에서 떨어졌고, 머리가 아래로 향하고 있었기에 잘못하면 머리가 깨지거나 목이 부러질 수도 있는 상황인 것이다.

'이게 무슨 꼴이냐.'

설마 죽기야 하겠나, 하는 생각을 하지만 스스로가 한심스러웠다.

남을 구하겠다고 자신의 목숨을 위태롭게 하다니.

전혀 그답지 않은 짓이었다.

이때, 반가우면서도 기분을 묘하게 만드는 음성이 들려왔다.

"주인님!"

견일, 견이, 그리고 견삼이 동시에 그를 향해 뛰어오고 있었다.

반악은 바닥과 충돌하기 바로 직전에 세 사람에게 받아져, 혹시라도 생겨났을지 모를 그 이상의 위험을 면할 수 있었다.

'내가 죽으면 자기들도 죽기 때문이겠지…….'

반악은 그를 받아든 세 사람을 보며 그렇게 생각했다.

자신이 죽으면 그들의 몸에 심어둔 기가 날뛰어도 바로잡아 줄 사람이 없게 되기 때문이라고. 그러니 죽기 싫어서라도 그의 안전을 위해 열심히 뛰어온 것이라고.

견일 등이 순수하게 그의 안위만을 걱정하여 달려온 거라고 생각할 만큼 반악은 바보가 아니었으니까.

하지만…….

'기특하군.'

반악은 그 생각을 끝으로 조금씩 의식이 흐릿해지더니 결국 정신을 완전히 잃었다.

*　　　　*　　　　*

반악은 어느 순간 정신을 차렸다.

하지만 그는 눈을 뜨지 않고 몸의 상태를 점검했다.

'어깨와 옆구리가 살짝 뻐근하기는 하지만…….'

전체적으로 큰 문제는 느껴지지 않았다.

텅 비어 버린 듯했던 단전도 기가 충만했고, 지금 당장이라도 벌떡 일어나 검기를 번뜩이며 칼춤을 출 수도 있을 것만 같았다.

그러나 반악은 손도 까딱하지 않았다.

온몸을 감싸안는 따듯한 온기를 만끽하고, 평온함을 즐겼다.

그러다 문득 의문을 느꼈다.

'여긴 어디지?'

그래서 눈을 떴다.

문양과 모양새가 낯선 천장이었다.

그가 머물고 있는 객방이 아니라는 뜻이었다. 그렇다고 청운객잔도 아니었다. 그곳이라고 하기에는 천장의 문양과 재질이 너무 고급스러웠으니까.

몸에 덮고 있는 이불 등도 객방에서는 볼 수가 없는 비단침구였다.

반악은 상체를 일으켜 세우며 방 안을 둘러보았다.

어둑했다. 하지만 공력을 돋워 눈에 집중하자 대낮처럼 방 안의 모든 것을 볼 수가 있었다.

그러나 여전히 낯설고, 모르는 방이기는 마찬가지였다.

'여긴 어디야?'

반악은 침상을 벗어났다.

바지는 입고 있었으나, 어깨와 허리를 붕대로 감싸고 있는 상체는 옷이 벗겨져 있었다.

방을 가로질러 가서 문을 열었다.

어슴푸레한 새벽 기운이 온몸을 시원하게 감싸왔다.

"깨어나셨습니까."

문 밖에는 견일이 있었다.

밤새 그의 방문 앞을 지키고 있었던 것이다.

"여긴 진가장이군."

정원의 모습이 익숙하다 싶었더니, 부용설이 거처로 삼고 있는 건물의 바깥풍경이었다.

"내가 어떻게 여길 왔지?"

"강 점주가 이곳이 가장 안전하다고 판단하여 모셔왔습니다."

반악이 고변책의 자폭공을 막느라 엄청난 소음이 생겨났고, 포쾌를 비롯한 관의 주목을 피할 수가 없게 되었다.

분명 대대적인 조사와 수색이 있을 것이기 때문에, 그가 머물고 있는 객잔이나 청운객잔보다는 진가장에 있는 것이 더 낫다고 판단한 것이다.

"다른 사람들은?"

"당원들은 소란이 가라앉을 때까지 자중하고 있기로 했습니다. 모두 한동안은 두문불출하겠다고 합니다."

"다친 사람은?"

원래 묵담향은 괜찮으냐고 물으려 했으나, 쓸데없이 속내를 드러내는 것 같아서 그냥 뭉뚱그려서 물은 것이다.

"뇌 객주의 상태가 좋지 않습니다. 의식을 찾기는 했지만, 의원의 말로는 꽤 오랜 시간 동안 집중적으로 치료를 받고 보중해야 한다고 합니다. 그 외에는 다친 사람이 없습니다."

반악은 그러냐며 고개를 끄덕였다.

그러다 부용설의 방을 쳐다봤다.

"그녀가 순순히 날 받아들였냐?"

"부 부인 말씀이십니까?"

"그래, 부 부인."

"특별한 말은 없었습니다. 그냥 조용히 이곳으로 안내를 해주던데요."

"외간 남자를 자신의 거처로 데려오면 장원 사람들이 좋게 보지 않을 텐데?"

"부 부인은 거처를 장주의 집무실로 옮겼습니다. 그리고 어제 왕모가 죽었습니다. 그 때문에 장원 사람들의 모든 신경과 이목이 그쪽으로 쏠려 있어서 그 점에 대해선 걱정하지 않으셔도 될 듯합니다. 아, 그리고 시녀에게 물어보니 부 부인이 곧 장주의 자리에 앉게 될 거라고 합니다. 어젯밤 급히 열린 중진회의에서 결정되었다고 합니다."

반악은 별다른 반응을 보이지 않았다.

부용설이 명실 공히 장주가 된다면 그들에게는 매우 좋은 일이지만, 지금은 그런 것에 하나하나 신경 쓸 기분이 아니었다.

"난 다시 자야겠다."

반악은 방으로 들어가 침상에 누웠다.

침상은 부드럽고, 따듯했다.

밖에선 견일이 지키고 있으니 누군가의 침입을 걱정할 일이 없었다.

그는 평온함 속에서 빠르게 잠들어갔다.

*　　　　*　　　　*

반악이 다시 잠에서 깬 건 막 오시(午時; 오전 11~오후 1시)가 되었을 무렵이었다.

침상에서 일어나 몸을 가볍게 풀고, 상의를 걸친 뒤 문을 열고 나가자 이번엔 견삼이 지키고 있었다.

"일어나셨습니까, 주인님."

"음."

가볍게 고개를 끄덕여 인사를 받은 반악은 봄날의 따스한 기운으로 가득한 작은 정원을 바라보았다.

'좋군.'

크고 작은 정원수들 사이로 비쳐지는 햇살.

많은 사람들이 사는 장원이라고 생각되지 않을 만큼 공기는 맑고, 사위는 조용했다.

어깨와 옆구리의 욱신거림을 제외한다면 모든 게 좋았다.

'이런.'

반악은 내심 살짝 당황했다.

환하게 햇살이 비치는 정원수 사이로 난 길을 따라 부용설이 나타났기 때문이다.

그녀는 하얀 소복을 입고 있었고, 그 뒤로 세 명의 시녀들이 음식을 담은 상을 들고 따라왔다. 시녀들은 지난번 술을 마실 때 술 단지를 들고 왔던 시녀들이었다.

부용설은 반악의 앞에 멈춰 서서 그를 빤히 쳐다보며 말했다.

"상처에 무리가 가지 않을 정도로 요기할 수 있는 음식을 간단하게 준비했어요."

이전과 다름없이 차가운 표정이었다.

문득 반악의 뇌리에 그날 밤의 일이 떠올랐다.

이 차갑게 얼어 있는 얼굴이 열정에 녹아 버린 듯 붉게 달아올라 흥분으로 찡그려지기를 반복했던, 마치 완전히 다른 사람인 것처럼 보였던 그날 밤의 첫 경험이…….

"비키세요."

반악은 표정만큼이나 냉랭한 부용설의 음성에 퍼뜩 상념에서 깨어났다.

그는 헛기침을 하며 말했다.

"별고 배고프지 않소."

"그래도 드세요."

부용설은 비키라는 듯 길고 가느다란 손을 뻗어 반악의 가슴을 밀었다.

그녀가 크게 힘을 준 것도 아니었고, 그녀의 손힘이 그리 억센 것도 아니었는데, 반악은 마치 만근거석에 부딪친 것처럼 뒤로 두 걸음이나 물러나고 말았다.

부용설은 머뭇거림도 없이 당당하게 그를 지나쳐 방 안으로 들어갔고, 시녀들도 조용히 그 뒤를 따랐다.

'그때도 저런 향이 났던가?'

반악은 저도 모르게 부용설의 손이 닿은 부위를 가볍게 어루만지며, 그녀가 지나칠 때 스치듯 풍겨온 체향을 깊이 들이마셨다.

싱그럽고, 달콤한……

'젠장!'

반악은 내심 욕을 내뱉었다.

여자의 향기에 취해 정신을 못 차리는 건 전혀 그답지 않은 행동이기 때문이다.

"주인님, 괜찮으십니까?"

견삼이 의아한 시선으로 쳐다보며 물었다.

복잡한 감정이 교차하는 반악의 표정 변화는 그냥 무시해도 될 만큼 미미했지만, 지금껏 보여준 적이 없는 표정인지라 의아하게 여기는 게 당연했다.

물론, 견삼은 부상이 생각보다 심각한가 보구나 하고 여길 뿐, 부용설 때문이란 생각은 전혀 하지 못했다.

"신경 쓸 거 없어."

반악은 인상을 쓰며 방으로 들어갔고, 견삼은 괜히 자신한테 짜증을 낸다고 속으로 투덜거리며 문을 닫았다.

그 사이 시녀들은 가져온 음식들을 탁자에 내려놓고 옆으로 물러나 부용설의 하명을 기다리고 있었다.

간단하게 준비했다고는 하지만, 음식의 가짓수가 많아서 결코 소박해 보이지 않았다.

"그만 가보거라."

"예, 마님. 그런데 혹 마님을 찾으시면 어찌할까요?"

지금은 왕모의 상중이니, 장주대리이고 며느리인 그녀가 자리에 없다고 한다면 모두가 이상하게 여기고 찾으려 할 게 당연했다.

하지만 부용설은 크게 걱정하지 않는 모양이었다.

"어차피 한식경 안에 돌아갈 것이니, 그 사이에 물어보면 그냥 모른다고만 하거라."

"예, 마님."

시녀들은 곧 방을 나갔고, 부용설은 반악에게 먼저 앉기를 권했다.

'뭔가 달라지긴 한 것 같은데…….'

일단 먼저 자리에 앉으라고 권유한 것부터가 이전과 다른 점이었다.

하지만 차가운 표정, 냉랭한 태도, 사무를 보듯 건조한 말투는 그대로가 아닌가.

심지어 상처는 어떠냐, 몸은 괜찮으냐는 안부도 묻지 않았다.

'기분 탓일지도.'

그날 밤의 일 때문에 너무 신경을 쓰고 있는 것일지도 몰랐다.

반악은 자신의 착각일 거라고 생각하며 자리에 앉았다.

부용설은 그릇을 그가 있는 쪽으로 밀며 말했다.

"식기 전에 드세요."

고개를 끄덕인 반악은 젓가락을 들었다.

그리고 한 점을 집어 들어 씹어 보니 입맛에 제법 맞았다.

"맛있군. 부 부인도 드시오."

반악은 처음으로 부용설을 부 부인이라 불렀다.

분위기가 어색했기 때문일까.

아니면 새삼 거리감을 두기 위해 예의를 차린 것일까.

하지만 부용설은 그런 호칭에 대해 전혀 감흥이 없다는 듯 별 표정변화 없이 고개를 내저었다.

"상중인지라 이런 맛깔스런 음식을 먹기가 꺼려지는군요."

"……."

반악은 내심 헛웃음을 지었다.

'맛 좋은 음식을 먹는 건 안 되고…….'

외간 남자와 단둘이 앉아 있는 건 괜찮단 말인가.

아니, 상중에 이렇게 나와 있어도 된단 말인가.

하지만 반악은 어이없어 하는 속내를 드러내지 않고 묵묵히 식사에 열중했다.

탁.

반악은 젓가락을 내려놓았다.

음식의 가짓수가 많다 하면서도 하나도 남기지 않고 모든 그릇을 깨끗하게 비워 버렸다.

부용설은 꽤나 놀란 모양이었다.

거의 한식경이 다 되도록 차분하게, 그리고 끊임없이 음식을 집어먹더니 결국 모두 먹어치웠으니 충분히 놀랄 만했다.

'의식을 잃은 정도로 큰 상처를 입었는데 어찌 이렇게 식욕이 왕성할 수 있지?'

게다가 먹기 바로 전에는 배가 고프지 않다고 했던 사람이었다.

'이 남자는…….'

알면 알아갈수록 진짜 어떤 사람인지 알기가 어려운 사람이었다.

괴상하고, 종잡기 어려운, 자기 멋대로인 사람인 것이다.

"잘 먹었소. 진가장의 숙수는 솜씨가 좋군."

"려강에서 최고의 숙수니까요."

실상 안휘 전체를 따져 봐도 열 손에 꼽힐 만큼 실력이 뛰어난 숙수였다.

부용설은 손수 빈 그릇을 겹쳐 옆으로 치우고, 반악의 앞에 찻잔을 놓아주고 찻물을 따랐다.

그 자태만 보자면, 참으로 예의바르고 정숙한 여인이라 하지 않을 수 없었다.

반악은 차를 한 모금 마시고 말했다.

"조금 뒤에 바로 나가겠소."

"왜요?"

왜라니.

그가 이곳에 있다는 것만으로도 그녀에게 부정적일 수 있는데 왜라니.

반악은 직설적으로 말했다.

"내가 여기에 있으면 부 부인에게 좋을 게 없잖소."

"아랫것들이 재미 삼아 놀려대는 입방아라면 신경 쓸 가치도 없고, 중진들이 못마땅해 한다 해도 내가 장주가 되는 것에는 영향이 없으니 역시 신경 쓸 필요가 없어요."

어차피 서열상 그녀를 장주 자리에 앉힐 수밖에 없고, 안 좋은 소문이 많으면 그 핑계를 들어 중진들 마음대로 조종하기 쉬울 테니 겉으로야 무슨 반응을 보이든 내심으로는 크게 반길 게 분명했다.

"하지만……."

"이곳에 있는 게 부담스러운가요?"

"……."

"아니면 나와 가까이 있는 게 신경 쓰이는 건가요?"

갑작스런 이야기 전환에 살짝 당황했던 반악은 눈도 깜빡하지 않고 그를 쳐다보는 부용설의 시선을 피하지 않고 똑바로 마주했다.

'어차피 해야 할 이야기였으니까.'

반악은 그날 밤의 일을 자신이 먼저 꺼내기로 했다.

부용설 역시 살짝 긴장한 듯 눈동자가 흔들렸다. 애써 담담한 척했지만, 그녀도 그날 밤의 일이 꽤나 신경 쓰였으리라.

그런데 막 대화를 시도하려고 할 때, 손님이 찾아왔음을 알리는 견삼의 목소리가 방해를 했다.

"주인님, 묵 소저가 찾아왔습니다."

그리고 곧바로 문이 열리고 묵담향이 모습을 보였다.

그녀는 반악을 보고 환한 미소를 짓다가, 부용설을 보고는 살짝 당황한 표정을 지었다.

"아, 선객이 계셨군요. 방해해서 죄송해요. 나중에 다시 올게요."

묵담향은 급히 사과를 하고 돌아가려는데 부용설이 일어나며 그녀를 붙잡았다.

"아니에요. 그냥 있으세요. 전 이만 가봐야 합니다."

그리고선 뒤도 돌아보지 않고 방을 나가 정원을 빠르게 가로질러 사라졌다.

"저분이 부 부인이신가요?"

묵담향은 의자에 앉으며 물었다.

"그렇소."

"소문처럼 무척 차가운 사람이군요."

처음 만났는데 인사조차 건네지 않고 사라졌으니 그리 느낄 만했다.

반악은 대꾸하지 않았다.

분명 겉으로 보면 차가운 사람이지만…….

"몸은 어때요?"

"괜찮소."

"반 소협과 같은 고수가 정신을 잃을 정도면 진짜 심각한 부상이잖아요. 그런데 어떻게 괜찮을 수가 있어요?"

"심각하지 않소. 그때는 그냥 피곤했을 뿐이오."

묵담향은 그 말을 믿지 못하겠다는 얼굴이었다.

하지만 반악은 거짓말을 하는 게 아니었다. 그의 육체는 환골탈태한 이후로 예전보다 몇 배나 빠른 회복 능력을 가지게 되었기 때문이다.

"다른 건 신경 쓰지 말고 보중하세요. 이제 반 소협은 우리 려강에, 아니 반룡복고당에서 없어선 절대 안 되는 사람이에요."

반악은 기분이 묘해졌다.

'없어서는 안 될 사람이라…….'

과거에도 그는 그런 사람이었다.

거룡방이 커 가는데, 거룡방이 안휘 최고가 되어 가는데 없어서는 안 될 사람이었다.

전대 방주와 사랑하는 그녀가 죽은 뒤에는 그렇게 말을 해 주는 사람이 아무도 없었지만, 최소한 스스로는 그렇게 생각했었다.

그런데 결국 뒤통수를 맞지 않았던가.

'믿지 않는다.'

반악은 자신의 존재감이 반룡복고당에서 절대적으로 필요하다, 라는 말을 완전히 믿지 않았다.

지금 당장은 없어서는 안 될 사람일 수 있지만, 언제든 그런 평가는 바뀔 수가 있었으니까.

세상은 그런 것이다. 이득에 따라 이리 저리 뒤바뀌는 게 현실의 진짜 모습이었다.

하지만 반악은 그런 속내를 드러내지 않고 살짝 미소를 지었다.

"묵 소저의 말을 명심하겠소."

묵담향은 그리 말해 주니 고맙다며 마주 미소를 지어보였다.

"주인님, 손님이 오셨습니다."

반악은 눈살을 찌푸렸다.

묵담향과 단둘이 대화할 기회가 생겼는데 손님이라니.

게다가 그를 찾아올 사람이 누가 있단 말인가.

"반 소협, 좋아 보여서 다행입니다."

활기차게 말을 건네며 들어온 사람은 공추걸이었다.

'도움이 안 되는 놈이군.'

"여긴 웬 일이오?"

"왜겠습니까. 당연히 문병을 온 것이지요."

반악은 내심 코웃음을 쳤다.

'소란이 가라앉을 때까지 자중하고, 두문불출 한다더니 잘만 돌아다니는군.'

"문병까지 올 필요는 없었소."

"그래서 마음을 놓긴 했습니다만, 혹 예상 못한 후유증을 생각해 안정을 취하시는 게 좋을 겁니다."

"그렇지 않아도 제가 그 말을 하고 있었답니다."

"그렇습니까? 하하하, 역시 묵 소저와 난 뭔가 통하는 게 있는 모양입니다."

반악은 살짝 짜증이 났다.

자신의 문병을 왔다고 하면서 묵담향에게 수작이나 부리고 있다니.

그러다 문득 깨달았다.

'아, 이런 게 진짜 수작이란 거군.'

짜증나는 상대에게 배움을 얻는다는 건 이상한 기분이었다.

하지만 옛 선인의 말에 의하면 세 살짜리 아이에게도 배울 것이 있다고 했다.

그러니 공추걸을 통해 배웠다고 해서 부끄러울 건 없는 것이다.

오히려 배워야 한다는 걸 알면서도 배우지 않는 것이야말로 부끄러워할 일이었다.

공추걸이 말했다.

"길게 이야기를 나누고 싶지만 이제 가봐야겠습니다. 뇌 객주님께서 회합을 소집하셨거든요."

"뇌 객주님이요?"

"그렇습니다. 묵 소저도 그만 일어나시죠."

"그래야겠네요."

반악은 공추걸을 빤히 쳐다봤다.

회합을 소집했다 하면 그도 가야 하는 게 아닌가, 해서 보는 것이었다.

"반 소협은 그냥 계십시오. 회합 내용은 나중에 전해드리겠습니다."

"그래요. 아까도 말씀드렸듯이 지금은 우선 보중에만 힘을 쓰세요."

두 사람이 이렇게까지 만류하는데 달리 무슨 말을 할까.

사실 강학청이 알아서 이야기해 줄 테니, 굳이 편한 자리도 아닌 회합에 참여할 필요는 없었다.

그러나 공추걸이 고의로 그를 막는 것 같아서 기분은 좋지 않았다.

"그럼, 나중에 또 올게요."

공추걸과 묵담향이 방을 나가고, 반악은 혼자 남았다.

그는 갑자기 공허함을 느꼈다. 정말 마음에 들지 않는 기분이었다.

그때 시녀가 밖에서 문을 두드리며 물었다.

"공자님, 그릇을 치워도 될까요?"

"그래."

두 명의 시녀가 안으로 들어왔다.

그리고 그릇을 치우는데 의미 모를 미소를 지으며 반악을 힐끔거리는 게 아닌가.

"내 얼굴에 뭐가 묻었냐?"

"아닙니다, 공자님. 그런데 음식은 입에 맞으셨는지요?"

"맛있었다."

시녀는 그럴 줄 알았다는 듯 웃으며 말했다.

"왕모님의 식사만을 담당했던 저희 장원 최고의 숙수님이 만든 요리랍니다. 사실 숙수님은 왕모님께서 의식을 잃으신 이후로 떠날 생각을 하고 계셨답니다. 그런데 어제 마님께서 그분을 붙잡으시고 며칠 만 더 요리를 만들어 달라고 하셨어요. 그리고 오늘 새벽부터 숙수님을 다그쳐서⋯⋯!"

시녀는 말을 하다 말고 입을 다물었다.

나이든 시녀가 노한 표정을 한 채 들어왔기 때문이다.

"어서 서두르지 않고 뭣들 하고 있는 것이냐!"

시녀들은 겁먹은 얼굴로 그릇을 챙겨들고 얼른 방을 빠져나갔다. 냉랭한 얼굴로 시녀들을 일별한 나이든 시녀가 다가와 말했다.

"소인은 마님을 곁에서 모시고 있는 해임이라 하옵니다. 공자께서 필요하신 게 있으시면 제가 직접 챙겨드리라고 마님께서 명하셨습니다."

"난 조금 뒤에 떠날 생각인데."

"그리 말씀을 하시면, 긴히 논할 이야기가 있으니 마님이 찾아오실 때까지만 기다려 달라 하셨습니다."

반악은 내심 한숨을 내쉬고는 고개를 끄덕였다.

"알겠다."

"지금 필요한 게 있으신가요?"

"없다."

"허면, 필요하실 때 침상 위에 걸린 줄을 당기십시오."

해임의 표정과 말투, 태도는 부용설만큼이나 딱딱했다.

그 주인에 그 시녀라고나 할까.

지난번 완강하게 목허창을 막으려 했던 그녀의 고집스런 모습을 감안하여 평가하자면, 참으로 대단한 시녀라 하지 않을 수 없었다.

즉, 믿고 일을 맡길 수 있는 시녀라고나 할까.

"그렇게 하지."

"그럼, 소인은 물러가 있겠습니다."

해임은 공손히 허리를 숙이며 방을 나갔고, 반악은 다시 혼자가 되었다. 하지만 이번엔 공허함과 같은 괴이한 기분에 빠지지 않았다.

'날 위해 숙수를 붙잡은 것인가…….'

얼음 속에 숨은 불꽃.

부용설을 그리 표현할 수 있을까.

'모르겠다.'

열 길 물속은 알아도 한 길 사람 속은 알 수가 없다 했다.

그런데 특히나 복잡한 여자의 마음속에 몇 개의 길이 있는지 그가 무슨 수로 알겠는가.

그러니 부용설의 의도가 단순히 그날 밤의 일에서 기인한 것이라고, 자신에게 마음이 있기 때문이라고 확신할 수가 없었다.

'쓸데없는 생각들만 많아졌군.'

반악은 침상으로 가 앉았다.

그리고 마음을 비우기 위해, 냉철한 이성으로 돌아가기 위해 명상과 운기행공에 집중했다.

*   *   *

려강에 있는 반룡복고당의 당원들은 반악을 제외하고 모두 청운객잔에 모여들었다.

"뇌 객주님은 괜찮으신가?"

"의식을 찾으시긴 했지만, 아직은 거동조차 힘드신 것으로 아는데."

당원들은 걱정과 염려어린 대화를 나누며 뇌혁강이 나타나길 기다렸다.

조금 뒤, 이십 명의 당원들은 삼층으로 올라오라는 말을 듣고 계단 쪽으로 움직였다.

"좁은 방으로 모이게 해서 미안하오."

뇌혁강이 침상 머리 쪽에 기대앉은 채 방에 모인 당원들에게 사과를 했다.

하지만 너무 비좁아 숨이 막힐 지경이라고 해도, 핏기 하나 없이 창백한 얼굴의 뇌혁강에게 누가 불평을 할 수가 있겠는가.

"내 급히 회합을 소집한 이유는 려강의 새로운 책임자를 알려주기 위함이오."

대부분의 당원들은 당혹스런 표정을 지었다.

그중 한 명이 대표하여 의문을 표했다.

"뇌 객주님이 계신데 어찌 새로운 책임자가 필요하단 말씀이십니까?"

"고마운 말이기는 하지만, 이런 몸으로 무거운 책무를 지기가 힘들 것 같소이다. 모두에게 미안한 말이지만, 한동안 보양을 하는데 힘을 써야 하오. 사실 이곳에서 그냥 요양을 할까, 하는 생각도 했지만, 오히려 짐이 될 뿐 당원들에게 도움이 되기는 어렵다는 결론을 내렸소. 그래서 본거지로 돌아가 치료에만 전념할 생각이라오."

당원들은 안타까운 탄성을 터트렸다.

허나 이해하지 못할 일도 아니었다. 저런 몸 상태로 과중한 책임을 수행한다는 건 자살행위와 다를 바 없는 것이니까.

차라리 상대적으로 안전한 본거지에서 회복에 힘을 쓰는 게 뇌혁강에게도, 당원들에게도 더 나은 선택이라 할 수 있었다.

"이제 나를 대신할 려강의 책임자를 발표하겠소이다. 새로운 려강의 책임자는……."

모두의 얼굴에 긴장감이 생겨났고, 대부분의 시선은 자연스럽게 육중포를 향했다.

무공실력과 비중을 따져보았을 때 당연히 그가 될 거라 여긴 것이다.

하지만 그들의 예상은 틀렸다.

"강학청 점주가 맡을 것이오."

"……!"

대부분의 당원들은 순간 할 말을 잃고 뇌혁강을 쳐다봤다.

안휘의 정파명문인 경가장의 총관 출신이기는 하지만, 무공실력이 형편없는 그가 책임자라니.

어색한 침묵이 감도는 것도 당연했다.

하지만 예상보다 침묵이 길어지자 뇌혁강이 분위기를 바꾸기 위해 한마디 하지 않을 수 없었다.

"강 점주는 패왕보와의 싸움에서 기습을 생각해냈고, 협상까지 훌륭하게 이끌어냈소이다. 게다가 마 관주가 거룡방의 간자임을 밝히는 데 있어서도 그의 노력과 계책이 아니었다면 불가능했을 것이오."

그 말을 듣고서 하나둘씩 얼굴에 수긍하는 빛을 보이기 시작했다.

옆에 선 육중포도 거들었다.

"나 역시 강 점주가 가장 적임자라 생각하고 있소. 뇌 객주님을 믿고 따랐던 것처럼, 강 점주도 믿고 따를 것이오."

그의 말이 결정적이었고, 당원들은 완전히 수긍을 했다는 듯 고개를 끄덕이면서 처음의 긴 침묵으로 생겨났던 어색함을 지워 버릴 수 있었다.

뇌혁강이 힘겹게 손을 들어 모두의 이목을 자신에게 집중시켰다. 그는 이름이 호명되었을 때부터 지금까지 시종 말없이 서 있던 강학청에게 말했다.

"강 점주도 한마디 하시구려."

강학청은 고개를 끄덕이고, 이제는 그를 향해 이목을 집중한 당원들을 쳐다보았다.

그는 한 명, 한 명, 누구 한 사람도 예외 없이 시선을 마주친 다음 입을 열었다.

"제가 뇌 객주님의 뒤를 이어 책임자가 되는 것에 의아해하시는 이유를 압니다. 칼을 쥐는 것보다, 붓을 쥐는 게 더 어울리기 때문이겠지요."

"……."

"저 역시 알고 있습니다. 또한 인정하고 있습니다. 그래서 아마도 한 달 전이었다면, 뇌 객주님의 명을 거절했을 것입니다. 그러나 최근 깨달았습니다. 남이 잘하는 것을 부러워 말고, 내가 잘 할 수 있는 것에 최선을 다해 노력하자고 말입니다. 전 계책을 구상하길 좋아합니다. 책사로서 아직까진 최고라 할 수 없지만, 최고가 되고자 합니다. 쉼 없이 노력할 것입니다. 물론, 그래도 부족한 점은 계속 남아 있을 겁니다. 하지만 걱정하지 않습니다. 제 부족한 점을 채워줄 분들이 바로 여기에 많이 있으니까요. 전 제가 잘 할 수 있는 일만 하겠습니다. 그러니 나머지 부족한 점은 여러분이 채워주십시오. 부탁드리겠습니다."

당원들은 침묵했다.

하지만 아까와 같은 어색한 침묵이 아니었다.

그들의 침묵은 감격과 기대의 침묵이었다. 자신의 부족함을 숨김없이 표현하고, 정중히 도움을 청하는 강학청의 말에 감동했고, 그러한 이가 자신들을 이끌어 준다는 것에 갑자기 기대감이 생긴 것이다.

침묵을 가장 먼저 깬 것은 묵담향이었다.

"미약한 힘이지만 혼신을 다해 강 점주님을 믿고 따르겠습니다."

그녀의 말 한마디가 막힌 둑을 무너트린 격이 되었다.

"저 역시도 강 점주님을 믿고 따르겠습니다."

"패왕보와의 싸움을 승리로 이끌어주셨던 것처럼 좋은 계책을 구상해 주십시오."

"우리가 거룡방에 맞서 싸울 수 있도록 힘써 주십시오."

당원들은 너나 할 것 없이 목소리를 높여 강학청을 응원하고, 지지하는 말을 쏟아냈다.

"최선을 다하겠습니다. 기대에 부응하도록 노려하겠습니다."

강학청은 부드러운 미소와 함께 정중히 포권으로 응수했고, 당원들은 더욱 기대어린 말을 토해내며 이후로도 한참 동안 들뜬 열기에 휩싸여 있었다.

*　　　*　　　*

뇌혁강은 그를 호위하고, 몸을 챙겨줄 두 명의 당원들과 함께 마차를 타고 려강을 떠났다.

그리고 려강의 책임자로 거듭나고 훌륭한 연설을 통해 당원들의 마음을 단번에 끌어모은 강학청은, 기존 상업 중심의 거점 운영방식을 바꾸겠다고 선포했다.

"우린 이제부터 하오문이 되어야만 합니다."

그래서 양지에 올라선 거룡방의 시야가 미치기 어려운 려강의 암흑가를 제압하고, 그 범위를 점점 북쪽 지역으로 넓혀 거룡방의 발밑에서부터 공략하겠다고 말이다.

*   *   *

진가장의 심처.

반악은 그의 앞에 앉은 강학청에게 물었다.

"당원들이 쉽게 수긍하던가?"

"대부분이 처음엔 당황하는 듯더니, 묵 소저와 육 주인의 지지를 기점으로 수긍을 했습니다."

"생각보다 빠르게 받아들인 걸 보면 연설을 통해 그들의 마음을 얻은 게 효과가 있었군."

"그렇기는 하지만, 아직도 저에 대한 신임이 부족하다는 걸 알게 되었습니다."

"곧 달라질 거다. 그들도 힘을 얻고, 세력이 커지면 긍정적인 변화를 느끼게 될 테니까."

"그렇게 되리라 믿고 있습니다. 그런데 부 부인과 이야기는 나눠 보셨습니까?"

"무슨 이야기?"

괜히 찔리는 구석이 있는지라 평소답지 않게 반악의 반응하는 목소리가 살짝 높았다.

강학청은 뭔가 이상하다 싶으면서도 내색 않고 대답했다.

"우리에 대한 지원 말씀입니다."

"아, 그거. 아직 안 했어."

사실 못했다는 표현이 더 적절했다.

하지만 그런 내막을 알 리 없는 강학청은 현재 려강에서 보이는 불온한 움직임에 대해 짧게 보고했다.

"최근 청사파의 공백을 틈타서 타 지역 하오문 조직원들이 심심치 않게 보이고 있습니다. 노골적으로 대로를 오가며 상인들과 이야기를 나눈다고도 합니다."

"그렇다면 부 부인에게 빨리 확답을 받아야겠군."

"꼭 그렇지는 않습니다."

"……?"

"영웅의 등장은 때가 있는 법이니까요."

"아!"

반악은 곧 그 말의 의도를 알아챘다.

'힘들고 어려울 때 나타나야 가치를 알게 된다는 뜻이군.'

"어쨌든, 조만간 부 부인에게 확답을 받겠다."

"그렇다면 그때를 기준으로 해서 당원들을 움직이도록 하겠습니다."

강학청은 방을 나갔고, 반악은 밖에 있는 견일을 불렀다.

"예, 주인님."

"혹시 모르니까 려강을 얼쩡거리고 있다는 타 지역 하오배들을 조사해 봐."

"견이와 견삼에게 명을 전하겠습니다."

"아니, 너도 같이 움직여라."

"하지만 주인님께선 아직 상처가 낫지 않으셨습니다."

반악은 코웃음을 쳤다.

"이까짓 상처가 내게 장애가 될 수 있을 것 같으냐?"

"그렇지는 않지만……."

혹시 모르는 일이 아닌가.

이번만 해도 반악이 그처럼 기력을 완전히 소진하고 의식을 잃을 거라고 누가 상상이나 했겠는가.

물론, 그날 보여준 능력은 아직도 믿기지 않을 정도로 엄청나긴 했지만.

"됐어. 경비 설 시간이 있으면 무공 수련이나 더 해라. 너 가르쳐준 초식을 완전히 습득했냐?"

"죄송합니다. 아직 완벽히 익히지 못했습니다."

"그러니까 그 시간에 수련을 하라고."

견일 등의 입장에서는 거부할 이유가 없었다.

"알겠습니다."

"그만 가봐."

"존명."

견일은 곧 사라졌고, 반악은 내심 안도했다.

'저 녀석들이 있는데 부 부인과 제대로 이야기하기는 좀 그렇잖아.'

반악의 진실한 속내는 그것이었다.

부용설과 대화를 하려면 어쩔 수 없이 그날 밤 있었던 일을 이야기해야 하는데, 견일 등이 듣게 하고 싶지는 않았던 것이다.

이번에 과도하게 기력을 소진해서 의식을 잃은 것만 해도 약한 모습을 보인 것 같아 신경이 쓰이는데, 술김에 여자하고 밤을 보냈다는 것까지 알게 할 수는 없었다.

'수하들 앞에서는 최대한 신비롭고, 강력한 존재로 보여야 경외를 받을 수 있다. 그리고……'

경외어린 존재가 되어야 배반당할 가능성도 적어질 수 있다는 게 반악의 생각이었다. 윗사람은 아랫사람에게 공경과 두려움 모두를 느끼게 해야 한다고 말이다.

어느 하나에만 치우치게 되면 잔혹마 시절처럼 뒤통수를 맞을 수가 있는 것이다.

'그건 그렇고 부 부인과 언제 이야기를 해야 하지?'

지금은 상중에 있어서 당당히 찾아가기는 어려우니, 또 몰래 밤에 찾아가야 하는 건가, 고민이 되었다.

'일단 기다려 보자.'

오늘처럼 부용설이 찾아올지도 모르니까.

하지만 너무 오래 기다리게 한다면…….

'내가 직접 찾아갈 수밖에.'

第二十一章

　사람들이 적지 않게 오가는 대로에서 작은 소란이 일어나고 있었다. 두 명의 사내가 지나가던 젊은 여자를 막아선 채 희롱하고 있었던 것이다.

　사내들은 려강에서 사는 이들이 아니었다. 며칠 전 타지에서 들어온 자들이었다.

　사람들도 그들이 외인이라는 걸 알고 있었다. 낯선 인상이라는 건 자연스럽게 드러나기 마련이니까.

　하지만 여자를 돕는 사람은 아무도 없었다. 사내들의 덩치가 크고, 인상이 너무 험악했기 때문이었다. 간간히 주변을 쓸어보는 두 사람의 눈빛은 보통사람이 마주하기 힘들만큼 사납고, 날카로웠다.

헌데, 마침 그곳을 지나던 마을의 젊은이들 다섯 명이 그 광경을 목격하게 되었다.

그들은 분노했다. 두 사내의 행동이 지금은 죽고 사라진 개망나니 진이청을 떠올리게 했기 때문이다. 게다가 젊은이들 중 한 명은 희롱당하고 있는 여자의 얼굴을 몇 번 본 적이 있어서 그냥 지나칠 수 없었다.

"이보시오, 백주대낮에 이 무슨 해괴한 짓거리요. 당장 처자를 보내주시오."

수적으로 자신들이 우세하기는 했지만 사내들의 덩치와 인상이 워낙 위협적이었던지라, 젊은이들은 우선 점잖게 말로 설득을 시도했다.

그리고 의외로 사내들은 쉽게 수긍을 하고 여자를 보내주었다.

하지만 문제가 불거진 건 여자를 보낸 다음이었다.

두 사내는, 내심 자신들의 영웅적 행동에 만족스러워하고 있는 젊은이들을 향해 껄렁껄렁한 걸음으로 다가오며 빈정거리는 말투로 말했다.

"우리의 재미를 방해했으니, 너희들이 대신 우릴 즐겁게 해줘야겠다."

"그, 그게 무슨 말이오?"

빈정거리는 말투와 더불어 사내들의 표정 또한 험악하게 변했기 때문에, 젊은이들은 저도 모르게 움찔할 수밖에 없었다.

"새끼들, 말귀를 못 알아듣네."

"임마, 우리가 지금 여잘 그냥 보내서 욕구불만이라고. 이 불만을 해소하려면 기루에 가서 여잘 품어야 하는데, 너무나 안타깝게도 우리한테는 그럴 돈이 많이 부족하시단 말이야. 안타까운 일이 아니냐? 그러니까 너희들이 모자란 만큼 돈을 보태라고."

"우리가 왜 그래야 하오?"

젊은이들이 불안함을 억지로 감추고 항의하자, 사내들은 히죽 웃었다.

"안 그러면 우리한테 뒤지게 맞을 거거든."

젊은이들은 서로를 쳐다봤다.

그리고 그들은 힘을 얻었다. 사내들이 범상치 않아 보이기는 하지만, 아무리 그래도 자신들은 다섯이 아닌가.

'두 명 정도야.'

젊은이들은 눈에 힘을 주고 사내들을 향해 소리쳤다.

"당신들 같은 파렴치한들에게 줄 돈은 없소."

사내들은 마치 그렇게 말을 할 줄 알았다는 듯, 그 심정을 이해한다는 듯 고개를 끄덕였다.

그리고 두 사람은 서로를 향해 어깨를 으쓱이며 안타깝다는 듯 말했다.

"저 새끼들이 꼭 벌주를 마시겠다고 하네."

"하여튼, 힘도 없는 것들이 꼭 매를 번다니까."

두 사내는 갑자기 젊은이들을 향해 달려들었다.

퍽!

"악!"

퍼퍽!

"크윽!"

사내들의 움직임은 갑작스러우면서 빨랐다.

또한 매섭고, 거칠었다.

그들은 다수를 상대할 때 정확히 누구를 먼저 공격해 기선을 잡아야 하는지, 어떻게 승기를 이어가 압도적으로 몰아붙여야 하는지를 알고 있었다.

두 사람은 마치 자신들이 한두 번 싸워본 게 아니라는 걸 증명이라도 하겠다는 듯 다섯 젊은이를 집요하게 농락하고, 잔혹하게 두들겨 팼다.

"아이고, 저런!"

"저러다 사람 죽겠네, 죽겠어!"

"누, 누가 좀 어떻게 말려 봐요."

용감하게 나서서 여자를 구한 젊은이들이 파락호 같은 사내들을 상대로 훌륭하게 싸워주길 기대하며 지켜보고 있었던 사람들이 안타까운 탄성을 질렀다.

허나, 앞으로 나서서 사내들을 말리고, 젊은이들을 돕는 이들은 아무도 없었다.

하지만 그들을 탓할 수는 없었다.

그들에겐 그럴 만한 능력이 없어서 용기가 생기지 않는 것이었으니까.

힘이 없는 보통사람들은 대부분 마찬가지일 것이다.

그래도 몇 명이 포쾌를 부르기 위해 관청 쪽으로 달려간 것만 해도 다행스런 일이었다.

결국 다섯 젊은이들은 반쯤 죽을 때까지 맞고서 모두 혼절을 했고, 신고를 받은 포쾌들이 느긋한 걸음으로 도착했을 쯤엔 폭력을 행사한 두 사내는 이미 사라진 후였다.

"사건을 목격한 사람 있소?"

포쾌들은 가해자들에 대해서 진술해 줄 목격자를 찾기 위해 소리쳤다.

하지만 아무도 포쾌들의 외침에 호응하는 이가 없었다. 그들과 눈도 마주치지 않으려고 했다. 상인들은 헛기침을 하며 서둘러 안으로 들어가고, 잠시 머뭇거리던 행인들은 급히 자리를 떠났다.

왜 나서는 사람이 아무도 없었던 걸까?

이유는 사내들이 자리를 떠나기 전에 했던 말 때문이었다.

"우린 혈맹파의 조직원들이다! 어떤 새끼든지 포쾌들한테 우리에 대해서 입만 한 번 뻥긋해 봐! 끝까지 쫓아가서 그 입을 찢어버리고 말 테니까!"

결국 목격자는 아무도 없었고, 처음부터 열정적이지 않았던 포쾌들은 현장을 대충 살피다가 혼절한 젊은이들을 의방에 데려가는 것으로 일을 마무리했다.

*　　　*　　　*

희롱당하는 여자를 구하려다 다섯 젊은이들이 크게 다친 일이 생기고 나서 려강 대로에는 혈맹파에 대한 소문이 조용하면서도 빠르게 퍼져나갔다.

거의 모든 사람들이 불안함을 느꼈다.

얼마 전부터 불량스런 분위기의 사내들이 려강에 나타나 대로를 어슬렁거리고 상인들에게 접촉하고 있었으나, 그들이 직접적으로 폭력을 행사한 건 처음이었다. 그래서 사람들이 우려하는 건 너무도 당연했다.

게다가 그들이 혈맹파라는 게 문제였다.

혈맹파(血盟派).

안휘 려강 동쪽 무위의 암흑가를 지배하는 하오문이었다.

즉, 청사파가 괴멸하고 생겨난 힘의 공백을 틈타 무위의 하오배들이 려강으로 세력 확장을 시도하기 위해 들어온 것이다.

하지만 그들과 대적해야 할 려강의 하오배들은 지난번 관의 대대적인 토벌로 뿔뿔이 흩어졌고, 려강에 남아 있는 이들도 몇 명 되지 않아서 혈맹파 조직원들의 활동은 급속도로 노골

적이고 표면화되어 갔다.

당연히 대부분의 보통 사람들은 그들을 두려워했고, 상인들은 그들이 어느 정도의 보호비를 요구할지 전전긍긍했다. 시끌시끌하고 활기가 넘쳐야 할 대로는 그들이 모습을 보일 때마다 왕이라도 나타난 듯 숨을 죽이고 몸을 사리는 진풍경이 나타났다.

하지만 초식동물이 맹수를 모른 척한다고, 맹수가 초식동물을 그냥 지나칠 수는 없는 법이었다.

특히 배가 고픈 맹수들은 더욱 그러할 것이다.

"야! 너 나 노려봤지?"

어슬렁어슬렁 배고픈 승냥이마냥 어깨를 잔뜩 펴고 대로를 걷고 있던 세 명의 혈맹파 조직원들 중 하나가, 그들을 멀찍이 두고 지나치던 덩치 큰 장년인을 향해 버럭 소리쳤다.

장년인은 나무꾼인 듯 등에 나무를 한가득 짊어지고 있었다.

지목을 받은 장년인은 화들짝 놀라 멈춰서며 두 손을 크게 내저었다.

"아니오, 아니오! 난 땅만 쳐다보고 걸었소!"

"뭐? 그럼 내가 지금 거짓말을 하고 있다는 거야? 씨발놈이 날 뺑쟁이로 모는 거야? 형제들아, 내가 이런 소리를 듣고도 참아야 하는 거냐?"

"안 되지. 그런 소릴 듣고도 참으면 혈맹파가 아니지."

"암, 그렇고말고."

두 동료까지 동조하며 힘을 실어주자 혈맹조직원은 잔뜩 인상을 쓰고서 당황한 장년인을 향해 성큼성큼 다가갔다.

그리고 아무 말도 않고 다짜고짜 주먹을 날렸다.

퍽!

"악!"

얼굴을 맞은 장년인은 부러진 코를 부여잡고 뒤로 넘어졌다.

그가 짊어지고 있던 나무도 와르르 쏟아졌다.

"또 말해 봐! 날 뻥쟁이라고 또 말해 봐!"

혈맹조직원은 장년인을 걷어찼다.

"윽! 아, 아니오! 큭! 나, 난 안 그랬소!"

장년인은 발길질을 피하기 위해 몸을 웅크리고 소리쳤지만, 작정하고 시비를 건 혈맹조직원에게 그 말이 들릴 리가 없었다.

"씨발 놈이, 개소리 하고 있네!"

혈맹조직원은 욕을 하며 발길질을 멈추지 않았고, 바닥에 흩어진 나무를 집어 들어 장년인을 향해 내리치는 등 한참을 더 성질을 부리다가 뒤로 물러났다.

장년인은 의식을 잃지는 않았으나 입과 코로 피를 토해내며 심한 고통 속에서 꿈틀거렸다.

혈맹조직원은 장년인을 향해 침을 뱉으며 말했다.

"다음부터 조심해."

그리고는 낄낄거리며 지켜보고 있던 동료들과 함께 다시 어슬렁거리며 대로를 거닐었다.

주변에 있던 사람들은 그들이 완전히 보이지 않게 되어서야 장년인을 향해 다가갔고, 곧 몇 명이 그를 업고 의방으로 뛰어갔다.

이번엔 포쾌에게 신고하는 이들도 없었다.

지난번의 경험을 통해서 신고해 보았자 아무런 소용이 없음을 알게 되었으니까.

려강의 길거리는 관에 대한 불신과 혈맹파에 대한 두려움으로 인해서 짙은 우울함에 물들어가고 있었다.

*   *   *

려강 동쪽에 위치한 구상주점.

이곳은 혈맹파가 려강을 탐색할 목적으로 두 달 전 은밀히 구입한 주점이었다.

주점 중심 탁자에는 얼굴이 길쭉하고, 팔다리가 길고 호리호리한 중년인이 앉아 있었다.

그는 혈맹파의 부두목 비별막이었다.

"부두목님, 애들이 다 모였습니다."

손에 쥔 두 개의 쇠구슬을 만지작거리며 술을 마시고 있던 비별막은 고개를 끄덕이며 모두 가까이 오라고 말했다.

스무 명의 조직원들은 비별막을 중심으로 모여들었다.

비별막은 술을 마시고 빈 잔을 탁, 소리 나게 내려놓으며 입을 열었다.

"려강의 길거리는 이제 우리 것이나 다름없다. 하지만 아직 부족해. 나중에 상인들이 괜히 허튼소리 하지 못하게 더 확실히 조지란 말이야. 우리 혈맹파가 얼마나 무섭고, 잔인한지 절대 잊지 말게 하란 말이야. 무슨 말인지 알겠냐?"

"예, 부두목님."

"나가봐."

조직원들은 일제히 허리를 깊이 숙이고는 주점을 나갔다.

"야."

비별막의 오른팔이라 할 수 있는 수하가 얼른 다가왔다.

"진가장 쪽에선 연락 온 거 없나?"

"아직 없습니다."

"건방진 년. 한 번 보자고 했으면 뭐라고 하던 대꾸를 해야 할 거 아냐."

"그러게 말입니다. 한 번 더 애들을 보내 볼까요?"

"글쎄……."

비별막은 고심했다.

려강에서 제대로 활동하려면 진가장을 무시할 수가 없었다. 그래서 포쾌들에게 뇌물을 주고 그들의 귀와 입과 다리를 붙잡아 두었음에도 진가장과 거래를 하려고 하는 것이다.

하지만 그렇다고 해서 너무 굽실거리면 자존심이 상하는 일이 아닌가.

'그 계집은 포기하고, 다른 중진들하고 접촉을 해야 하는 건가.'

장주대리로 있는 미망인이 곧 장주가 되리란 소문이 있었기에 그쪽으로 소식을 넣어 만나자고 한 것인데, 가만 생각하니 꼭 그럴 필요가 없다는 느낌이 드는 것이다.

'서열상 그년이 장주가 되는 건 맞지만, 중진들이 용인하지 않았다면 장주가 될 수 있을 리가 없잖아.'

고심하면 할수록 미망인과 손을 잡아보았자 크게 실효성이 없을 것 같다는 생각만 짙어졌다.

'그래. 미망인에게 머리를 숙이느니, 사내놈들하고 술을 마시고 계집도 품으면서 공감대를 형성하는 게 더 낫지.'

비별막은 결심을 굳혔다.

"진가장에서 가장 영향력 있는 중진들을 파악해 봐. 그리고 그들하고 접촉해서 술자리 약속도 잡고."

"알겠습니다, 부두목님."

수하는 곧 주점을 나갔고, 비별막은 쇠구슬을 이리저리 굴리며 흡족한 미소를 지었다.

'이제 려강도 혈맹파의 것이 될 것이고, 내가 려강을 맡게 되면……'

그 이후의 일은 상상하는 것만으로도 그의 기분을 즐겁게 만들었다.

'일단은 려강 뒷골목의 주인이 되어 자리를 완전히 잡고, 나중에는 두목을 쳐서 무위까지 먹어 버리는 거지.'

그는 오래전부터 속으로만 계략을 꾸미며, 인내심을 가지고 때를 기다려 왔었다.

이인자가 아닌, 일인자가 되기 위한 계략을.

그래서 최근 려강 공략을 주창하고 두목을 설득한 것인데, 이제 그때가 눈앞에 이른 것이다.

그가 두목이 되는 그때가 말이다.

비별막은 빈 잔에 술을 따르며 저도 모르게 크게 웃었다.

"크하하하!"

*   *   *

술시(戌時; 오후 7~9시)가 조금 넘은 무렵.

침상에 가부좌를 하고 운기와 명상에 빠져 있던 반악은 누군가 그의 거처로 다가오고 있음을 알아채고 눈을 떴다.

"나예요."

부용설의 음성이었다.

예상하고 있었던 반악은 전혀 놀라지 않고 대답했다.

"들어오시오."

문이 열리고 부용설이 들어왔다.

그녀는 하얀 상복을 입고 있었다. 그래서인지 이전보다 더욱 차가운 느낌을 발산했다.

'하지만……'

변함없이 아름다웠다.

'밤이라서 그런가?'

여자는 낮보다 밤에 더 아름다워 보인다고 하지 않던가.

"내가 늦은 시간에 찾아가는 게 마음에 들지 않는다고 하더니, 부 부인이 찾아오는 건 괜찮은 거요?"

부용설은 의자에 앉으며 살짝 퉁명스럽게 대답했다.

"괜찮지 않아요. 나도 내켜서 온 건 아니니까요."

반악은 침상에서 내려와 부용설과 마주 앉았다.

"내키지도 않는데 온 거라면 꽤나 중요한 이야기겠군."

"맞아요."

"일단 들어봅시다."

부용설은 품에서 종이 두 장을 꺼냈다.

"여기에 장원의 중진들 이름이 적혀 있어요. 하나는 끝까지 날 장주로 인정하지 않을 게 분명한 자들의 이름이 적혀 있고, 다른 하나는 승복할 줄 아는 자들의 이름이 적혀 있어요."

"그런데?"

"인정하지 않을 자들은 자리에서 물러나게 하고, 승복할 줄 아는 자들은 내게 충성하도록 설득해 주세요."

즉, 그의 무력을 동원해 처리해 달라는 의미였다.

"수단과 방법을 가리지 말고서라도?"

"죽는 사람이 생기는 걸 바라지는 않아요. 맡은 업무를 계속 수행할 수 없거나, 자리에서 물러날 수밖에 없는 정도가 딱 좋겠죠."

"그 사람들은 그렇다고 쳐도, 승복할 줄 아는 사람들은 나보다 부 부인이 직접 설득하는 게 낫지 않겠소?"

"내가 할 수 있는 건 이미 했어요. 지금까지와 다름없는 부와 지위를 약속했죠. 하지만 여기 적힌 자들은 더 많은 걸 가지려고 버티는 거예요. 그래서 다른 방법으로 약간의 압박을 줄 수밖에 없게 되었어요."

"때론 말보다 주먹이다?"

부용설은 마음에 들지 않는 말이라는 듯 아미를 살짝 찡그렸다.

하지만 부정하지도 않았다.

"맞아요. 해줄 건가요?"

"내가 처리해 주지 않으면 우리를 지원해 주지 않을 거요?"

"그렇겠죠."

"왠지 협박을 받는 것 같아서 마음에 들지 않는군."

부용설은 당황하지 않고 물었다.

"혈맹파를 알고 있나요?"

"알고 있소."

"그들이 내게 거래를 제안했어요. 시어머님과 청사파의 관계처럼, 자신들도 나와 같은 관계를 맺고 싶다더군요. 하지만 답변을 보내지 않았어요. 그런 자들과 거래를 하는 것은 배고픈 들개를 집으로 들이는 것과 다름없다고 생각했기 때문이에요."

반악도 그녀의 생각에 동감했다.

특히 지금 려강에서 행패를 부리는 자들은 기본이 되어 있지 않았다. 손을 잡아도 언젠가 뒤에서 칼을 꽂을 수도 있는 자들인 것이다.

"그런데 내가 답변을 보내지 않았더니, 여기 적혀 있는 중진들과 접촉을 시도하더군요. 내게 실질적인 힘이 없다고 판단하고, 그들을 포섭하려는 것이겠죠. 그러니 당신들을 위해서라도 내 부탁을 들어줘야 할 거예요."

반악이 협박이란 말을 사용해서인지, 부용설은 자신의 제안을 부탁이라는 말로 순화하여 말했다.

어쨌든 그녀의 말대로라면 반악으로서는 거부할 수 없는 상황인 것이다.

"성의를 보이시오."

"무엇을 원하나요?"

"기루 하나, 주점 하나, 그리고 현내 중심에 있는 장원 하나를 우리에게 주시오. 현령과 포쾌가 우리 일에 절대 개입하지 못하도록 하는 건 당연한 거고."

"점점 과도한 요구를 하는군요."

"진가장의 재력을 감안하면 큰 출혈도 아니잖소. 그리고 이로써 부 부인은 진가장의 권력을 완벽히 잡고 장주가 될 수 있을 거요."

부용설은 고민했다.

'이들과 손을 잡는 게 진정 이로운 걸까?'

예전부터 쭉 자문했던 것이었다.

'무림에서는 은원에 엮여 하루아침에 멸문지화를 당하는 게 이상한 일도 아니라고 하던데…….'

특히 반악이 속한 무리가 진짜 정체를 드러내지 않는 이들이라 불안감이 드는 건 당연했다.

'하지만…….'

처음 반악과 만나고, 거래를 제안하고, 협상을 끝냈을 때부터 이미 깊숙하게 발을 들인 게 아니던가.

그리고 패왕보의 새로운 보주가 그녀를 찾아와 정중히 사과를 했던 것을 감안하면, 어느 정도 믿음을 가져도 될 것 같았다.

무엇보다…….

'이 남자는 믿을 수 있으니까.'

부용설은 반악을 똑바로 쳐다보았다.

좋은 사람이라 할 수는 없지만 결코 허튼 소리를 하지 않는, 자신의 말에 책임을 지는 남자였다.

물론, 아직 모르는 면이 더 많았다. 하지만 지금까지는 그녀가 알고 있는 그 어떤 남자들보다 믿고 맡길 수 있는 남자가 아니던가.

　"좋아요. 기루, 주점, 그리고 장원 하나를 주겠어요."

　"내일 아침 강 점주가 부 부인을 찾아가 양도문서를 작성할 거요. 일을 끝내면 완전히 양도받도록 하겠소."

　"잘 처리해 줄 거라 믿고 있겠어요."

　부용설은 자리에서 일어나며 말했다.

　그러나 반악은 고개를 내저었다.

　"누구든 완전히 믿지는 마시오."

　"지난번에 믿음을 주는 건 나의 선택이라고 하지 않았던가요?"

　"그랬었지. 하지만 이건 거래란 걸 잊지 마시오."

　"모르겠군요. 그래서 믿으라는 건가요, 믿지 말라는 건가요?"

　"자신에게 믿음을 주는 것만으로도 충분하오."

　"경험에서 하는 말인가요?"

　"어느 정도는."

　"하지만 나 역시 당신만큼의 인생경험은 있는 것 같은데요."

　자신이 반악보다 나이가 많으니, 경험이란 말로 조언을 하는 건 웃기지 않느냐는 뜻이었다.

그녀의 입장에서는 당연했다. 외견상 이십대로 보이는 반악의 실제 나이가 사십대라는 걸 모르고 있으니까.

반악은 어깨를 으쓱였다.

"그렇게 생각한다면 달리 할 말은 없소."

"어쨌든 당신 말을 참고하겠어요."

부용설은 곧장 문으로 돌아섰다.

그때 반악이 말했다.

"맛있게 잘 먹고 있소."

그녀가 뛰어난 숙수를 고용하여 반악의 식사를 챙겨주고 있음에 고마움을 표시하고 있는 것이다.

잠시 말이 없던 부용설은 뒤돌아보지도 않고 말했다.

"입맛에 맞아서 다행이군요."

그리고 방을 나갔다.

무슨 생각을 하는지, 문을 빤히 바라보던 반악은 부용설이 남겨둔 두 장의 종이를 품어 넣고 옷을 갖춰 입은 뒤 방을 나섰다.

*　　　　*　　　　*

모정배는 괴멸한 청사파 조직원이었다.

아직 스물도 되지 않은 애송이었지만 열다섯에 조직에 들어갔다. 성격이 불처럼 뜨거우면서도 강단이 있는데다 제법 머리도 굴릴 줄 알아서 윗사람들의 기대를 받던 려강 암흑가의 유망주였다.

하지만 문주는 그를 별로 좋아하지 않았다. 겉으로 내색한 적은 없었지만, 언젠가 자신을 위협할 수 있는 존재라고 생각했기 때문이었다.

그래서 모정배는 모두에게 인정을 받고 있으면서도 청사파가 괴멸할 때까지 하급 조직원을 벗어나지 못했다.

그는 문주가 죽고, 관의 토벌이 시작되자 쓸데없이 고집 부릴 때가 아님을 직감하고 누구보다 먼저 려강을 떠났다. 그래서 포쾌들에게 붙잡히지 않을 수 있었다.

그런 모정배가 다시 려강으로 돌아왔다.

'몇 명이나 남아 있으려나?'

모정배는 려강으로 돌아와 조직원들이 자주 모였던 주점을 찾아가고 싶었지만 억지로 참고서 발길을 돌렸다.

아직 안전하다는 확신이 없고, 그래서 포쾌들이 의심스럽게 볼 만한 곳을 찾아갈 수는 없는 일이었으니까.

하급 조직원이었지만 모두에게 인정받는 유망주였기에 포쾌들이 그의 얼굴을 알고 있다는 점도 몸을 사릴 수밖에 없는 이유였다.

모정배는 어릴 적 친구 중 한 명이 일하고 있는 포목점으로 향했다.

골목만을 이용해 이리저리 움직여 포목점 뒤쪽에 당도한 모정배는, 꼼꼼하게 주변을 살펴보고는 뒷문을 통해 안으로 들어갔다.

마침 주인은 자리에 없었고, 친구 혼자서 손님을 상대하고 있었다.

"어이, 잘 있었냐?"

"아, 너!"

친구는 모정배를 보고 크게 놀랐다가 곧 그를 잡아끌고서 안쪽 방으로 데려갔다.

"여기서 잠깐만 기다리고 있어라."

모정배는 방에 앉아서 머리만 밖으로 내밀고 친구가 손님을 상대로 물건 파는 걸 흐뭇한 시선으로 쳐다보며 기다렸다.

"안녕히 가십시오!"

물건을 사서 떠나는 손님에게 활기차게 인사를 한 친구는 문을 닫아걸고 모정배가 있는 방으로 돌아왔다.

"염 주인이 돌아오면 어쩌려고 문을 닫아?"

"주인어른은 손님 없어서 기분 처진다고 첩 집에 갔어. 저녁에 오거나, 아예 안 올 거야."

"요즘 장사 안 되냐?"

"손님이 더럽게 없다. 내가 이 일 시작하고 요즘처럼 장사 안 되는 때도 없었어."

"하긴 비단 같은 고급 물품이 팔릴 시기는 아니지."

"우리뿐만이 아냐. 주변이 다 비슷한 상황이야."

"그래? 무슨 일 있냐?"

"그건 나중에 이야기하고, 넌 그동안 어떻게 지냈냐? 어디 갔다 온 거야?"

"팔공산."

"팔공산? 거긴 왜?"

"처음엔 합비에 갔었지. 그런데 거룡방이 팔공산으로 옮겼지 않냐. 게다가 거룡성으로 이름을 바꾸고 개파식까지 한다고 하기에 작심하고 팔공산으로 구경 갔지."

"어땠는데?"

"거룡방이 대단하긴 대단하더라. 안휘 최고의 문파라는 게 어떤 건지 실감하겠더라고."

"그렇게 대단해?"

"규모도 엄청나지만, 개파식 때 온 무림인들이 죄다 고수더라고. 물론, 나 같은 삼류가 봐서 그렇게 보이는지도 모르지만 말이야."

"그런데 왜 왔냐? 내가 볼 때 너 정도면 거룡방에 들어가서도 한 자리 차지할 수 있다고."

"자식, 그래도 불알친구라고."

"장난 아냐! 네가 청사파에서 시간을 허비한 걸 생각하면 아직도 답답해. 의리도 좋지만, 어릴 때 밥 좀 얻어먹고 살았다는 이유로……."

"그만해, 임마. 이미 다 지난 이야기는 왜 하냐."

모정배는 쓸쓸한 미소를 지으며 친구의 말을 막았다.

사실 친구의 말은 틀린 게 없었다.

어미를 일찍 여의고, 돈 벌러 간 아비는 객사하여 열둘에 고아가 된 모정배는 아비와 친분이 있던 청사파 조직원의 도움을 받았다.

모정배는 도움을 주었던 조직원이 파벌 싸움에서 죽고 난 뒤, 그 인연으로 열다섯에 청사파에 들어간 것이다.

물론, 모정배도 사 년여의 시간 동안 하급조직원으로 남아 있었던 시간들이 아쉽지 않은 건 아니었다. 더구나 진이청과 같은 망종의 뒤나 봐주는 우두머리를 모셔야 했던 시간들이 아니던가.

그래서 한때는 근방에 있는 패왕보에 들어갈 생각까지 한 적이 있었다.

그러나 의지할 곳 하나 없던 어린 시절, 굶어죽지 않게 도와주었던 은혜는 결코 무시할 수 없는 일이었다. 최소 몇 년은 더 있다가 충분하다 싶을 때 나가자는 생각으로 참고 지냈다.

"사실 팔공산에 가기 전에는 거룡방, 아니 거룡성에 들어갈 생각도 했었다."

"그런데 왜 안 들어갔어? 모집 안 한대?"

"두 달 뒤부터 모집을 시작한대. 그런데 기분이 안 나더라고."

"뭔 소리야?"

"내가 거룡성에 들어가고 싶었던 이유는 딱 하나다."

"······?"

"추귀 잔혹마."

"그 사람이 뭐?"

"그분을 뵙고 싶었거든."

"뭐?"

친구는 이해할 수 없었다.

천하 오십삼 명에 꼽힐 만큼 대단한 고수이기는 했지만, 흉측한 외모에 잔혹한 성정으로 존경할 구석이 조금도 없는 사람을 보고 싶다니.

"너 진담으로 하는 소리냐? 그 괴물 같은 인간을 봐서 뭐하려고?"

"대단하잖아."

"뭐가? 얼굴이 흉측한 게? 아니면 사람 많이 죽인 게?"

"전부 다."

친구는 할 말을 잃었다.

모정배는 하오문의 조직원이기는 했지만, 나쁜 놈은 아니었다. 그런데 무림에서 손꼽히는 나쁜 인간을 대단하다고 말하고 있으니 황당한 것이다.

"넌 몰라."

"뭘 몰라?"

"잔혹마는 꼽추야. 하루 종일 허리를 숙이고 다니는 거나 마찬가지라고. 그 몸으로 무림에서 손꼽히는 고수가 되었다고 한다면 얼마나 많은 노력을 했겠냐? 게다가 얼굴은 흉측하단다. 다시 보기 싫을 만큼 흉측하대. 게다가 나 같은 고아였고. 분명 상상도 할 수 없을 만큼의 멸시와 외면을 받았을 거다. 그런데 고수가 된 거야. 고만고만한 안휘의 사파문이었던 거룡방을 안휘 최고로 만드는데 가장 큰 공을 세울 만큼의 고수가 된 거라고. 단순히 재능이 뛰어나다는 설명으로는 부족하지 않냐."

"그건 그렇다고 쳐도 사람 많이 죽인 건? 잔혹한 그 성정도 대단한 거냐?"

"사람 죽이는 게 이상할 것도 없는 게 무림이다. 정파니, 사파니 할 것 없이 싸웠다 하면 한두 명씩 죽어나가는 게 무림이라고. 살생하지 말라고 침이 마르도록 소리치는 중들도 사람을 죽이는 곳이야. 그런데 잔혹마라고 해서 욕먹을 이유는 뭐냐? 게다가 그는 독공의 고수라거나, 암기의 고수도 아냐. 정면 대결만 하는 고수라고. 그런 사람이 그렇게 많은 사람을 죽였다고 한다면 진짜 실력이 대단한 고수인 거야. 그럼 무림에서 인정해 줘야 하는 거 아니냐? 오히려 그걸 가지고 뭐라 그러는 게 더 이상한 거지."

친구는 대꾸할 수 없었다.

모정배의 말을 들어보니 틀린 소리도 아니었기 때문이다. 하지만 그냥 인정하기에는 잔혹마에 대한 소문이 너무 안 좋았다.

"에이, 모르겠다. 네가 존경한다는데 내가 무슨 말을 하겠냐. 어쨌든 그래서 안 들어갔다고?"

"팔공산에 갔더니 들리는 소문이, 잔혹마님이 폐관수련 중에 주화입마에 빠지셨대. 그런데 또 다른 소문에는 이미 방주한테, 아니 성주한테 제거당했고, 그래서 거룡성에서 고의로 폐관수련이니 주화입마니 하는 소문을 내고 있다는 거야."

"어떤 소문이 진짜인 거야?"

"글쎄. 사람들 말로는 전자보다, 후자가 더 가능성이 높다고 하더라. 그 말을 들으니까 실망스럽기도 하고, 기분도 안 나고. 솔직히 자신도 없었다. 나같이 배경 없고, 기초도 안 잡힌 놈한테 진짜 제대로 된 무공을 가르쳐 줄 것 같지도 않고. 기껏해야 경비무사나 하다가, 싸움 나면 앞에서 방패 역할이나 하겠지, 하는 생각이 드니까 더 기분이 안 나더라고."

"그걸 어찌 알고 포기해. 혹시 그 성주란 사람의 눈에 띄어서 진짜 대단한 무공이라도 배우고 단번에 고수가 될 수도 있는 거잖아."

"내가 그런 허무맹랑한 꿈이나 꿀 나이냐?"

"다 늙은 사람처럼 이야기하기는. 우린 아직 스물도 안 됐어. 아직 포기하긴 이르지."

"그러는 넌?"

"난 부양할 가족이 있잖냐. 그리고 내 목표는 상인으로 성공하는 거라고. 그래서 지금도 열심히 일하며 배우고 있고.”

“그래, 열심히 해서 부자 되라.”

“야, 술이나 마시자.”

“지금? 여긴 어떻게 하고?”

“어차피 장사도 안 되고, 주인어른도 안 올 거 같으니까 괜찮아. 금방 정리할 테니까 잠깐 기다려라.”

친구는 일각 가량 상점을 정리하고, 정문을 닫고 모정배와 함께 뒷문으로 나왔다.

친구는 잠시 생각하더니 다른 친구들도 부르자고 했다.

“일하고 있을 녀석들을 뭐하러 불러.”

“네가 돌아왔잖아. 그럼 당연히 모여야지.”

모정배가 하급조직원이기는 했지만, 친구들이 그의 덕을 본 게 한두 가지가 아니었다.

그러니 그가 돌아왔고 귀환을 축하하자고 하면 한 명도 빠짐없이 모두 모일 게 분명했다.

“얼른 가자.”

두 사람은 가장 가까운 곳에서 일하고 있는 친구를 먼저 찾아가기 위해 골목만을 이용해 이동해갔다.

그런데 그들이 막 골목을 벗어나려는 곳으로부터 얼마 떨어지지 않은 길 중간에서 혈맹파의 조직원이 행패를 부리고 있었다.

주변 사람들의 시선을 전혀 의식하지도 않은 채 여자들을 희롱하고, 행객들에게 시비를 걸고, 이유 없이 상인들이 내놓은 물건을 뒤집어엎어 버리는 등 거의 난동에 가까운 짓거리를 하고 있었다.

"저 새끼들은 뭐야?"

행동들도 그렇지만, 척 보아도 평범한 인상들이 아니었기에 묻는 것이었다.

"혈맹파 조직원들이다."

"뭐?"

모정배의 인상이 일그러졌다.

그도 혈맹파가 무위의 하오문이라는 걸 알고 있었다.

"요즘 장사가 안 되는 게 다 저 새끼들 때문이야."

친구는 모정배에게 혈맹파 조직원들이 희롱하던 여자를 구하려다가 거의 죽다 살아날 정도로 맞은 젊은이들과 그 이후에도 있었던 일들을 모두 이야기했다.

"포쾌 놈들은 돈을 받았는지, 아니면 괜히 고생하는 게 싫었던지 상관도 안 하고 있으니 별수 있냐. 이런 이야기를 너한테 하는 게 좀 그렇지만, 오죽하면 사람들이 청사파가 있던 때가 그립다고 할 정도라니까."

모정배도 포쾌들에게 기대를 해보았자 소용없다는 걸 누구보다 잘 알고 있었다.

윗물이 맑아야 아랫물도 맑다고 했다.

지금의 현령은 돈만 밝히고 게으르기 그지없는, 정작 해야 할 일은 하지 않는 탐관오리의 전형이었다.

예전엔 그 정도까지는 아니었던 포쾌들도 그 상전과 비슷하게 변해서 놀고먹는 식충이로 변해 버린 것이다.

진가장으로부터 사주를 받고 대대적인 토벌이 벌어졌을 때 대부분의 조직원들이 붙잡혔던 것도, 그런 포쾌들이기에 예의 주시하지 않았기 때문이다.

그들은 이득이 없으면 움직이지 않는 자들이 된 것이다.

"저 개자식들이!"

혈맹파 조직원들이 행패 부리는 강도가 점점 심해지자 모정배는 울화를 터트렸다.

꽉 쥔 주먹과 벌게진 얼굴만 보자면 금방이라도 뛰쳐나갈 것처럼 보였다.

불안함을 느낀 친구는 모정배의 팔을 잡았다.

"야, 참아. 똥이 무서워서 피하냐, 더러워서 피하지."

"……."

"그리고 지금 네 처지가 얼굴을 내보일 상황이냐. 그때보다는 잠잠해졌지만, 아직 안심할 수가 없다고. 그러니까 한동안은 몸을 사리고 있어야 한단 말이야."

모정배도 알고 있다.

그래서 화가 나지만 참으려고 했다. 하지만 지팡이를 짚고 가는 노인의 다리를 걸어 넘어트리고 낄낄거리며 웃는 조직원들을 보자 그냥 보고만 있을 수가 없었다.

청사파의 조직원들도 좋은 사람들은 아니었지만, 저 정도는 아니었다.

진이청과 관련한 일만 제외하면 어느 정도 사람들의 눈치도 보고, 예의도 지키며 행동했던 것이다.

"넌 여기 있어."

"나서지 말라니까!"

친구가 그의 팔을 잡고 놓아주지 않자 모정배는 성난 눈빛으로 돌아봤다.

"야, 이런 걸 보고도 나서지 않으면 내가 모정배냐?"

친구는 고개를 내저었다.

모정배는 청사파의 조직원이었지만, 자신들에게는 자랑스러운 친구였다.

바로 지금과 같은 상황에서 참지 않고 나서는 친구이기 때문이다.

친구는 팔을 놓아주었고, 모정배는 히죽 웃어보이고는 골목밖으로 걸어 나갔다.

'그냥 있어서는 안 된다.'

친구는 이대로 그냥 보고만 있으면 모정배가 위험할 수도 있다 생각하고, 도와줄 친구들을 데려오기 위해 오른쪽 길로 서둘러 뛰어갔다.

"하하하, 이 늙은이 봐라. 어이, 그렇게 힘이 없는 다리로 어딜 돌아다녀. 그냥 집에서 처박혀 있으라고."

다리가 걸려 넘어졌던 노인은 조직원들의 비아냥거림 속에서 지팡이를 짚고 일어섰다.

그런데 다른 조직원이 지팡이를 발로 걸어찼고, 노인은 다시 바닥으로 쓰러졌다.

"하하하, 일어날 힘이 없으면 기어가. 벌레처럼 기어가면 되잖아. 하하하!"

처음엔 그냥 시비 걸 목적으로 한 행동이었지만 점점 재미를 느끼게 되었는지, 조직원들은 노인이 일어날 기미만 보여도 다리, 지팡이, 혹은 옆구리를 발로 밀어 버리며 다시 쓰러지게 만들었다.

모정배는 조직원들이 노인을 조롱하고, 농락하며 웃고 있는 틈을 타서 두 장의 거리까지 다가갈 수 있었다.

"응? 저 새끼는 뭐야?"

마주보는 방향에 서 있던 혈맹파 조직원이 뒤늦게 모정배를 발견하고 눈살을 찌푸렸다.

"넌 뭐하는 새끼야?"

모정배는 대꾸하지 않았다.

그는 득달같이 달려가 동료의 말을 듣고 돌아서서 그를 보려는 조직원을 향해 뛰어올랐다.

퍽!

"악!"

조직원은 얼굴을 걷어차이고 쓰러졌다.

모정배는 땅에 착지하자마자 옆에 있던 조직원이 내지르는 주먹을 피해 허리를 숙였다가, 그대로 복부를 노리고 주먹을 뻗었다.

퍽!

"컥!"

모정배는 복부를 감싸쥐고 뒷걸음치는 조직원을 걷어차기 위해 바로 따라붙었다.

하지만 다른 조직원이 품에 숨기고 있던 비수를 꺼내 들고 옆쪽으로 달려들어 모정배를 향해 휘둘렀다.

"윽!"

모정배는 급히 몸을 틀어 비수를 피했지만, 팔뚝에 상처를 입었다.

"너 이 새끼, 죽었어!"

그 잠깐 사이에 얼굴을 걷어차인 조직원과 복부를 가격당한 조직원이 합세하여 모정배를 세 방향에서 포위했다.

세 명 모두 손에 비수를 쥐고 있었다.

'빌어먹을.'

모정배는 내심 자신에게 무기가 없는 걸 안타까워했다.

혹시 포쾌에게 걸려 몸을 수색당하게 되면 곤란해진다는 생각에 무기를 지니지 않은 게 이런 식으로 불리하게 될 줄 어찌 예상이나 했겠는가.

하지만 겉으로는 조금도 내색하지 않았다.

상대의 기세를 살려주면 싸움은 끝난 것이나 다름없기 때문이다.

모정배는 오히려 자신감 가득한 표정으로 혈맹파 조직원들을 조롱하며 도발했다.

"뭐하냐? 덤벼 봐, 쥐새끼 같은 새끼들아!"

조직원들의 얼굴이 잔뜩 일그러졌다.

"개자식이, 입만 살아가지고!"

"넌 끝난 거야, 새꺄!"

"온몸에 칼질을 내서 죽여주마!"

세 명은 조금씩 옆으로 움직이며 모정배를 중심으로 둥글게 돌기 시작했다.

어느 한 곳에 집중하지 못하게, 시선을 흔들리게 해서 틈을 만들려는 속셈인 것이다. 그리고 이런 식으로 시간을 끌면 다른 곳에서 행패를 부리고 있을 조직원들이 이곳의 상황을 듣고 도와주러 올 가능성도 있었다.

이런 식의 싸움에서는 한 사람이라도 더 많은 게 이로우니까.

'이 새끼들 꽤나 신중하네.'

모정배는 도발을 했음에도 혈맹파 조직원들이 감정적으로 대응하지 않고, 냉정하게 자신을 상대하는 것에 가슴이 싸늘하게 식어갔다.

아무래도 득보다는 실이 많을 싸움이 될 가능성이 높아 보였던 것이다.

'안 되겠다.'

모정배는 시간이 길어지는 건 자신에게 불리하다 판단했고, 즉각 오른쪽으로 움직이는 시늉을 했다.

그러자 오른쪽에 있던 조직원이 움찔 놀라며 비수를 사선으로 휘둘렀다.

하지만 모정배가 진짜 노린 것은 왼쪽.

오른쪽으로 움직이는 듯하다가 곧바로 왼쪽으로 몸을 틀어서 얼굴을 향해 주먹을 내질렀다.

허나, 그 역시도 속임수.

얼굴을 공격당하면 시야가 막히는데다가, 본능적으로 보호하려는 행동을 취하게 되는 걸 노린 것이다.

예상대로 조직원은 왼손으로 얼굴을 막으며, 모정배의 주먹을 향해 비수를 휘둘렀다.

그렇게 방어하길 노렸던 모정배는 즉각 내지른 주먹을 회수하고, 몸을 낮추며 조직원의 무릎을 발로 걷어찼다.

"악!"

무릎을 걷어차인 조직원은 다리 전체에 마비가 올 정도의 고통을 느끼고 옆으로 비틀거렸다.

하지만 모정배는 연속으로 공격을 이어갈 수 없었다. 속임수에 거의 속지 않았던 정면의 조직원이 그의 옆구리를 노리고 비수를 깊숙하게 찔러왔기 때문이었다.

"읍!"

모정배는 재빨리 허리를 틀어 비수를 흘려보냈지만 옆구리 살이 길게 베어지는 것까지 막을 수는 없었다.

그러나 이를 악물어 고통을 참고 조직원의 팔을 움켜잡아 힘껏 뒤틀었다.

우둑.

"끄악!"

팔꿈치가 기형적으로 꺾여 버린 조직원은 주변이 떠나가라 비명을 질렀다.

멀찍이서, 혹은 상점 안에서 싸움을 지켜보고 있던 사람들은 크게 놀라면서도 자그맣게 기쁨어린 탄성을 질렀다. 행패 부리고, 장사를 방해하던 자들이 당하는 것이었으니까.

허나, 그들은 곧 안타까운 탄성을 질러야 했다.

모정배가 팔을 꺾어 버리고 비수를 빼앗는 사이에 다른 두 명에게 공격할 기회를 허용한 것이다.

퍽!

"큭!"

옆구리를 걷어차인 모정배는 비틀거리며 옆으로 밀려났다.

그리고 또 다른 조직원이 비수를 치켜들며 그의 등 쪽을 덮쳤다.

푹!

"악!"

어깨에 비수가 박혀 들어오는 순간 모정배는 저도 모르게 비명을 내질렀다.

하지만 고통 중에도 상체를 앞으로 숙이며 비수가 더욱 깊이 파고드는 걸 저지한 그는, 그대로 납작 엎드리고 발을 휘돌려 뒤에서 비수를 찌른 조직원의 발목을 걸어찼다.

콰당.

발목을 걸어차인 조직원이 크게 나동그라지고, 모정배는 재빨리 몸을 굴려 일어났다.

'젠장! 젠장!'

모정배는 내심으로 연신 욕을 내뱉었다.

어깨에서 피가 흘러나오는 게 느껴질 정도라는 건, 얼마 있지 않아 출혈과다로 몸에서 힘이 빠지고, 싸울 기력을 완전히 잃게 될 거라는 의미이기 때문이었다.

팔을 꺾어 버린 상대의 비수를 빼앗아 무기를 얻기는 했지만, 이대로 계속 싸우는 건 자살행위나 마찬가지였다.

'물러나야 하는데……'

헌데, 팔이 꺾인 조직원까지 몸을 추스르고, 맨몸으로라도 막겠다는 듯 원독어린 시선으로 그를 노려보며 퇴로를 막아섰다.

그러나 모정배를 더욱 암담하게 만드는 건, 저 멀리 혈맹파의 조직원들이라 생각되는 자들 두 명이 뛰어오고 있다는 사실이었다.

"이 새끼는 뭐야!"

곧 당도한 조직원들은 모정배를 보며 험악하게 소리쳤다.

하지만 동료 한 명이 팔이 꺾여 있고, 나머지 두 명의 진땀 어린 표정만 봐도 모정배가 적대적인 상대고, 쉽지 않은 싸움이라는 게 명백하지 않은가.

두 사람도 곧 비수를 빼어들고 모정배를 포위하는데 한몫을 했다.

'좋다. 죽더라도 최소 두 놈은 데리고 간다.'

이길 수도, 도망칠 수도 없는 불리한 상황으로 변했지만, 모정배의 투쟁심은 오히려 더욱 강해졌다.

그는 죽기를 각오하고, 비수를 이리저리 돌리며 누구든 덤벼보라는 듯 혈맹파 조직원들을 매섭게 노려보았다.

혈맹파 조직원들은 더욱 유리한 상황이 되었지만 누구도 함부로 공격하지 않았다. 그들도 본능적으로 모정배의 기세가 예사롭지 않다는 걸 감지한 것이다.

그들의 경험상 진짜 조심해야 할 상대는 물불을 안 가리는 적이었으니까.

허나, 언제까지 대치만 하고 있을 수는 없는 일.

혈맹파 조직원들이나, 모정배나 상대에게 조금만 틈이 생겨도 즉각 반응하여 움직일 것이다.

　한 줄기 바람만 불어도 터져 버릴 듯한 일촉즉발의 상태.

　그러나 싸움을 변화시킬 조짐은 그들 사이에서가 아니라, 외부에서 나타났다.

*　　　*　　　*

　"어이!"

　저 뒤쪽에서 들려온 짧은 외침이 긴장감으로 가득한 분위기를 흔들었다.

　모정배는 한시도 한눈을 팔 처지가 아니었지만, 혈맹파 조직원들은 달랐다.

　위치상 보기가 용이한 몇 명이 소리가 들려온 쪽을 쳐다봤다.

　두 명.

　나이는 이십대로 보였는데, 특이하게도 둘 다 대머리였다.

　"너흰 또 뭐야?"

　조직원 중 한 명이 고압적인 목소리로 물었다.

　그러나 대답은 두 사람이 아니라, 동료에게서 나왔다.

　"저 새끼들 푸줏간에서 일하는 놈들이잖아."

　"그러네. 나도 한 번 본 적이 있어."

그들을 향해 다가오는 두 사람은 푸줏간 주인으로 위장한 육중포의 조카들인 육청우, 육청모 형제였다.

"푸줏간?"

"푸줏간 새끼들이 여긴 왜 왔어?"

의아한 것이 당연했다.

그리고 조금씩 자세를 바꾸며 뒤쪽으로 시선을 돌린 모정배 역시도 의문이 들기는 마찬가지였다.

'저자들이 왜 여길?'

예전에 몇 번 본 적이 있었다.

푸줏간 주인도 대머리고, 그 조카들도 대머리라는 독특함이 있었으니 모를 수가 없었다.

조직원들이나 모정배나 다 같이 의아해하고 있는 사이 두 장 앞까지 다가온 육 씨 형제는 우뚝 멈춰 섰다.

첫째인 육청우가 입을 열었다.

"댁들이 혈맹파요?"

약간 어눌한 음성에 단순하고, 투박한 물음이었다.

조직원들은 비웃음을 지었다. 험악한 분위기가 가득한 이곳에 나타났다는 것과 단순한 외모, 어눌한 말투 때문에 두 사람을 바보, 멍청이들이라고 생각한 것이다.

"이젠 병신 새끼들까지 와서 성질을 건드리네. 우린 지금 바빠서 너희들하고 못 놀아주거든. 그러니까 다치기 전에 꺼져라."

하지만 육청우는 별반 기분 나쁜 표정도 짓지 않고 다시 물었다.

"댁들이 혈맹파냐고 묻잖소."

다시 모정배에게 집중하려고 했던 조직원들은 인상을 팍 찡그렸고, 그중 한 명이 버럭 소리쳤다.

"그래, 새끼들아! 우리가 혈맹파다!"

육청우는 이번엔 모정배를 보고 물었다.

"댁도 혈맹파요?"

모정배는 얼떨떨해하며 고개를 내저었다.

"난 아니오. 난 이 자식들과 싸우던 사람이오."

육청우는 동생과 시선을 마주쳤다.

그리고 두 사람은 곧바로 조직원들을 향해 몸을 날렸다.

"어라!"

"이 새끼들이!"

조직원들은 깜짝 놀랐다.

설마 이런 식으로 다짜고짜 공격할 줄은 몰랐다. 하지만 놀란 와중에도 두 명이 그들을 상대하기 위해 즉각 진로를 막아섰다.

"새끼들이 죽고 싶어 환장했구나!"

두 명의 조직원들은 욕지거리를 내뱉으며 막무가내로 달려들어오는 육 씨 형제를 한 사람씩 맡아 비수를 깊숙하게 찔렀다.

하지만 그러면서도 육 씨 형제가 피할 거라 생각했다. 혹은 멈춰 서거나, 다시 물러날 거라 예상했다. 그들의 경험상 바로 앞에서 비수를 찌르면 거의 모든 사람들의 반응이 그러했으니까.

하지만 육 씨 형제는 그들의 경험과 상식에 해당되지도, 맞지도 않는 사람들이었다.

그들은 마치 비수를 잡아 버리겠다는 듯 손을 뻗었다.

덥석.

"……!"

비수를 찔렀던 조직원들의 얼굴이 굳어졌다.

육 씨 형제는 비수를 잡은 게 아니었다. 비수를 빠르게 스치며 그들의 손목을 잡은 것이다.

그 순간 손목에서 둔탁한 소음과 끔찍한 고통이 생겨났다.

뚝.

"악!"

손목이 부러지는 고통에 조직원들은 비명을 참지 못했다.

하지만 그건 시작에 불과했다.

육 씨 형제는 손목을 부러트린 것에 그치지 않고, 그 손목을 끌어당기며 각자 맡은 조직원의 얼굴을 이마로 강하게 들이받았다.

빡!

한 번에 코가 부러지고, 두 번에 앞니가 부러지고, 세 번째로 들이받자 얼굴 가득 피범벅이 된 두 조직원은 밑동이 썩은 나무처럼 뒤로 넘어갔다.

쿠당!

"......!"

나머지 세 명의 조직원은 순간 멍해졌다가 뒤늦게 사태의 심각성을 깨닫고 얼굴이 창백해졌다.

동료 두 명이 죽었는지 혼절을 했는지 모르지만, 이젠 세 명 대 세 명이 되었고, 더구나 자신들 중 한 명은 팔꿈치가 꺾인 몸으로 제 역할을 못하는 상태가 아닌가.

'염병, 도망쳐야겠다.'

세 명은 동시에 같은 생각을 했다.

그러나 이마에 묻은 피를 손으로 쓱 문지르고, 만족스러워하는 얼굴로 히죽 웃어 보인 육 씨 형제는 그들을 그냥 보내줄 생각이 없다는 듯 길을 막았다.

이번엔 육청모가 입을 열었다.

"시작을 했으니, 끝은 내야지."

그리고선 다시 앞으로 성큼 뛰어오는 게 아닌가.

이렇게 막무가내로, 방어를 도외시한 공격 일변도에 익숙하지 않은 조직원들은 당황하면서 뒤로 물러났다.

하지만 물러나는 그들의 걸음보다 앞으로 뛰어오는 육 씨 형제의 걸음이 훨씬 빨랐다.

파팍, 팍, 빡!

육 씨 형제는 비수를 쥔 팔을 손으로 쳐내고, 가슴을 발로 차고, 쇠공처럼 단단한 이마를 이용해 조직원의 얼굴을 두 번 연달아 들이받는 것으로 마무리했다.

두 조직원은 이미 당한 동료들처럼 얼굴이 피범벅이 되어 쓰러졌다.

육 씨 형제의 시선이 혼자 남은 조직원에게 향했다. 그리고 그들의 시선은 팔꿈치부터 꺾여 있는 팔로 움직였다.

"댁은 그냥 가."

상대할 가치도 없다고 생각한 걸까?

아니면 부상자와는 싸우지 않는다고 하는 자신들만의 규칙이 있는 걸까?

모를 일이었다.

그리고 혼자 남은 조직원에게 이유가 무엇이냐는 중요하지 않았다. 동료들처럼 얼굴이 만신창이가 되도록 맞지 않는 것만도 다행스런 일이었으니까.

그는 아픈 팔을 부여잡고, 발바닥에 땀이 날 정도로 빠르게 뛰어서 자리를 떠났다.

육청우와 육청모는 자신들의 성과를 확인하려는 듯 쓰러진 혈맹파 조직원들을 한 번 둘러보고는 왔던 방향으로 걸어갔다.

"잠깐만 기다려 주십시오!"

완전히 제 삼자가 되어 싸움을 지켜보고 있던 모정배는 급히 육씨 형제를 부르며 뒤쫓았다.

풀썩.

'어라?'

다섯 걸음도 뛰지 못하고 바닥에 주저앉은 모정배는 어리둥절했다.

그는 다리에 힘이 없어서 쓰러진 것이기 때문이다. 하지만 곧 그 원인이 무엇인지를 깨달았다.

'피를 너무 많이 흘렸구나.'

싸움에 정신이 팔려 몰랐지만 팔과 어깨의 자상에서 흘러나온 피로 옷이 흠뻑 젖어 있었다.

상처의 고통도 느껴지지 않는 걸 보면 몸 상태가 최악이라는 의미일 것이다.

하지만 다리에 힘이 없어 쫓을 수 없다고, 몸이 엉망이 되었다고 포기할 수는 없었다.

"잠깐만요!"

육 씨 형제는 뭐야, 하는 얼굴로 뒤를 돌아보았다.

모정배는 얼른 물었다.

"당신들은 누구십니까?"

육청우가 잠시 생각하는 표정을 짓다가 말했다.

"우린 열혈당의 당원이요."

"열혈당?"

모정배는 생전 처음 들어보는 이름이었다.

그래서 열혈당이 뭘 하는 단체인지도 몰랐다. 헌데, 육청우가 간단하게 설명을 덧붙였다.

"려강은 이제 우리 열혈당이 관리할 거요."

즉 열혈당은 하오문이고, 청사파가 사라져 주인이 없는 려강을 차지할 것이며, 그 걸림돌인 혈맹파를 적으로 규정하고 있다는 의미가 아니겠는가.

육 씨 형제는 충분히 설명을 했다고 생각했는지 다시 돌아섰다.

그런데 모정배는 무슨 생각이 들었는지 급히 소리쳐 물었다.

"열혈당에 입당하려면 어디로 가야 합니까?"

육청우가 뒤를 돌아봤다.

그는 살짝 고심하는 표정을 짓다가 대답했다.

"청운객잔."

육 씨 형제는 곧바로 자릴 떠났고, 모정배는 청운객잔을 머리에 기억시키며 땅에 완전히 누워 버렸다.

다리에 힘이 풀려 주저앉을 때부터 어지럽던 것을 이를 악물고 참았으나, 이제 한계에 이른 것이다.

"정배야!"

오른쪽 골목 쪽에서 포목점 친구가 다른 친구들을 데리고 달려왔다.

하지만 모정배는 너무 기력이 없어서 그들을 향해 시선을 돌리지 못했다.

대신 그는 속으로 같은 말만 계속 되뇌었다.

'열혈당, 열혈당……'

모정배는 결국 친구들이 옆에 당도했을 때 완전히 의식을 잃었고, 친구들은 그를 업고서 혹시 모를 혈맹파의 위협으로 부터 안전할 수 있는 거처로 이동했다.

*   *   *

혈맹파의 려강 거점으로 삼고 있는 주점.

몇 명의 조직원들이 만신창이가 되도록 얻어맞고 혼절한 동료들을 업고 급히 안으로 들어섰다.

"어찌된 거야!"

기분 좋게 식사를 하고 있던 비별막은 얼굴이 피범벅이 되어 업혀온 수하들을 보며 버럭 소리쳤다.

모정배에게 팔이 부러진 정도로 끝난 조직원이 얼른 대답했다.

"놈들에게 당했습니다."

"어떤 놈들?"

"처음 한 놈은 모르겠고, 뒤에 나타난 두 놈은 푸줏간에서 일하는 놈들이었습니다."

"뭐? 그게 무슨 개소리야!"

비별막은 한 대 칠 것처럼 화를 냈다.

그럴 수밖에 없는 것이, 제대로 설명도 않고 처음 놈은 모른다느니, 뒤에 두 놈은 푸줏간에서 일한다느니, 하는 그의 상식으로는 헛소리에 가까운 대답을 하고 있었기 때문이었다.

하지만 사실대로 대답한 조직원으로서는 답답한 노릇이었다.

"정말입니다. 처음 한 놈은 저희가 대로에서 행인들에게 시비를 걸고 있는데 다짜고짜 덤벼들었습니다. 그놈을 궁지로 몰아서 붙잡으려는데 대머리 두 놈이 나타나지 뭡니까. 전 몰랐는데, 여기 이 녀석들이 푸줏간에서 일하는 걸 봤다고 합니다."

그가 손으로 가리킨 건 얼굴이 엉망이 되어 혼절한 조직원들이었다.

진위 여부를 확인해 줄 상태가 아닌 것이다.

"그런데 그놈들이 우리보고 혈맹파냐고 물었고, 그렇다고 대답했더니 다짜고짜 덤벼들었습니다."

"병신 새끼, 진작 그렇게 설명을 했어야지!"

"죄, 죄송합니다, 부두목님."

"그래서 두 놈한테, 너희 다섯 놈이 당했다는 거냐?"

"예, 처음 나타난 놈도 만만치 않았지만, 뒤에 두 놈이 엄청나게 강한 놈들이었습니다. 특히 머리가 무지 단단한 놈들이었습니다."

그는 마치 조상의 영웅담이라도 늘어놓듯이 육 씨 형제가 어떻게 동료들을 때려눕혔는지에 대해 흥분한 목소리로 소상하게 설명을 했다.

비별막은 어이가 없다는 듯 물었다.

"이 녀석들이 당할 동안 넌 뭐하고 있었냐?"

"예? 전 부두목님이 보시다시피 정체를 모르는 첫 번째 놈에게 당해서 팔이 이렇게 되는 바람에……."

"아무것도 못하고 도망쳤다고?"

"……."

아무 대답도 할 수 없었다.

비별막의 눈동자가 싸늘해져 있었기 때문이다. 대답 한 번 잘못했다가는 그대로 앞니 서너 개를 뱉어낼 만큼 두들겨 맞을 수도 있었다.

"병신 새끼."

비별막은 고개를 푹 숙이며 아무 말도 못하는 수하를 한심하기 그지없다는 듯 일별하고 오른팔 격의 수하를 찾았다.

하지만 그는 여기 없었다.

'아, 녀석은 진가장 일로 나가 있지.'

오늘 저녁 진가장 중진들과 만나는 일을 확실히 마무리하러 한식경 전에 나간 상태였다.

짜증이 났다.

쓸모 있는 수하는 보이지 않고, 멍청한 수하들만 눈앞에 있으니.

그는 다친 수하들을 업고 온 수하 중에서 그래도 몸이 가장 재빠른 수하를 불렀다.

"야."

"예, 부두목님."

"네가 나가 있는 애들 다 모아서 얘들 이렇게 만든 놈들을 찾아내. 푸줏간에서 일하는 놈들이었다고 하니, 거기부터 뒤져."

그런데 명령을 받은 수하는 곧바로 나가지 않고 어물거렸다.

"안 가고 뭐해?"

"이 녀석들을 먼저 의방으로 데려가야 하지 않을까요? 아니면 의원이라도 데려와야 할 것 같은데요."

"이 새……."

한바탕 욕지거리를 쏟아내려고 했던 비별막은 입을 다물었다.

'안 되지. 나중이야 모르지만, 지금은 이 녀석들을 데리고 려강을 제압하고, 자리를 잡아야 하잖아.'

게다가 이후에는 두목에게 반기를 들 계획까지 세우지 않았던가.

그런데 이들의 안위를 전혀 생각도 않는 태도를 취하면 자신에 대한 충성심에 문제가 생길 수도 있는 것이다.

비별막은 헛기침으로 거칠어진 목소리를 가다듬고 말했다.

"임마, 내가 그것도 생각 않고 있는 줄 알아. 넌 나간 애들 데리고 놈들을 찾고, 남은 애들이 이 녀석들을 마차에 실어서 의방으로 데려갈 거야. 내가 너희들이 다치건 말건 상관도 안 할 사람처럼 보이냐? 설마 날 의심했던 거야?"

"전 그냥……."

"됐어, 임마. 설사 네가 그렇게 생각했다고 해도, 그 정도가 지고 화를 낼 만큼 나 그렇게 속 좁은 놈 아니야."

수하들은 내심 저 인간이 왜 저러나, 하고 생각했다.

그들은 부두목을 지랄 같은 성격에, 제 욕심만 채우는 인간으로 생각하고 있었기 때문이다.

그런데 마치 그런 사람이 아닌 것처럼 가식을 떨어대다니.

"뭘 하고 있어, 얼른 가지 않고. 형제들의 복수를 위해서니까, 네가 책임지고 놈들을 찾아내!"

"알겠습니다, 부두목님!"

내막이야 어찌되었든 명령을 받은 조직원은 주점을 나갔고, 나머지는 마차를 준비하고 부상자를 실고서 의방이 있는 곳으로 움직였다.

결국 비별막은 혼자 남게 되었다.

못 먹을 정도가 아닐 만큼 요리를 할 줄 알아 싼 값에 고용한 떠돌이 숙수가 주방에 있기는 했지만, 신경 쓸 필요도 없었다.

"염병!"

와장창—

비별막은 꾹 억눌러 두고 있던 분노를 터트리며 탁자를 뒤엎었다.

그리고 의자를 번쩍 치켜들고 분이 풀릴 때까지 바닥을 내리치고, 또 내리쳤다.

"후, 후……. 빌어먹을……."

의자를 세 개나 박살낸 뒤에야 어느 정도 분이 풀린 비별막은 자리에 앉았다.

"야, 숙수! 여기 치워!"

주방문이 열리며 추레한 몰골의 숙수가 조심스레 밖으로 나왔다.

하지만 비별막의 분노가 완전히 풀렸는지 확신할 수가 없었기에 함부로 다가오진 못했다.

비별막은 짜증스런 표정으로 화를 냈다.

"쥐새끼처럼 뭘 어물거리는 거야! 여기 치우고, 술이나 가져와!"

"예, 예, 금방 치우고 가져다드리겠습니다."

숙수는 괜히 자기한테 성질을 부린다고 속으로 투덜거리면서 박살난 의자와 그릇들을 치우기 시작했다.

비별막은 분이 가라앉자 수하들이 당한 사태를 냉정하게 따져보기 시작했다.

'어떤 새끼들이지?'

일단 이상한 것은 처음 공격했다는 놈과 그 다음에 나타난 놈들이 모르는 사이라는 것이었다.

'그렇다면 두 무리가 우리에게 악심을 품었다는 것인데……
우리도 모르게 려강을 먹기 위해 들어온 놈들인가?'

그럴 수도 있었다.

하지만 푸줏간에서 일을 하던 두 놈은 어찌 설명해야 할까?

'혹시 상인 놈들이 힘을 합한 걸까? 그동안 당한 게 있었으
니, 자기들끼리 조합을 만들려 했는지도 모르지. 그 두 놈은
고용한 낭인들일 수도 있고.'

가능성은 충분했다.

하지만 아닐 가능성도 있었다.

'젠장!'

생각을 거듭하던 비별막은 다시금 짜증이 솟구쳐 탁자를 주
먹으로 내리쳤다.

생각만 하면 무얼 하겠는가, 놈들을 붙잡아 직접 듣지 않는
다면 아무것도 알 수가 없는 것을.

'갑자기 일이 왜 이렇게 꼬이는 거야.'

"야, 술 안 가져오고 뭐해!"

눈치를 보며 청소를 하고 있던 숙수는 비별막의 고함에 움
찔했다.

"거, 거의 다 치웠습니다."

"술부터 가져와!"

"예, 예!"

숙수는 내심 투덜거리며 얼른 주방 쪽으로 뛰어갔다.

그때, 주점의 문이 열렸다.

"……?"

진가장 일로 나갔던 수하가 돌아왔나, 하고 쳐다봤던 비별막은 처음 보는 중년 사내와 젊은 사내가 들어오는 걸 보고 인상을 찡그렸다.

그들을 술 마시려고 들어온 손님으로 여긴 것이다.

'장사를 안 한 지 벌써 보름이 넘었는데!'

게다가 술을 마시기에도 이른 시간이었다.

물론, 아침부터 술을 마셔본 적이 수도 없이 많은 그가 따질 문제는 아니었으나, 지금 그의 신경은 그만큼 까칠하고 민감했다.

비별막은 감정이 실린 목소리로 소리쳤다.

"어이, 장사 안 하니까 나가!"

하지만 두 사람은 손님이 아니었다.

중년 사내는 강학청, 그리고 젊은 사내는 금장거였는데, 비별막을 만나기 위해 찾아온 것이었다.

강학청은 마치 비별막의 말을 듣지 못했다는 듯, 앉을 자리를 찾는다는 듯 주점 안을 천천히 둘러보았다.

울컥 짜증이 난 비별막은 인상을 험악하게 일그러트리며 고함을 질렀다.

"씨발 놈들아, 내 말 못 들었어! 여기서 꺼지라고!"

강학청은 그제야 비별막을 쳐다봤다.

그리고 담담한 표정으로 말했다.

"들었습니다."

"……"

비별막은 치밀어 올랐던 화를 빠르게 억눌렀다.

처음 주점에 들어왔을 때와는 느낌이 달랐다.

강학청의 담담한 표정도 그렇고, 같이 온 금장거가 그를 바라보는 날카로운 눈빛도 예사롭지 않아 보였다.

그래서 물었다.

"너희들 뭐야?"

"열혈당."

"뭐?"

"우린 열혈당의 당원들입니다."

생전 들어본 적이 없는 이름이었다.

비별막은 의문을 풀기 위해 물었다.

"열혈당이 뭐하는 곳인데?"

"청사파의 뒤를 이어 우리가 려강을 관리하고 있습니다."

"……!"

비별막의 표정이 굳어졌다.

그가 알기로 려강에는 청사파 외에 다른 하오문이 없었다.

청사파가 진가장의 지원을 받기 시작하면서 다른 하오문들을 모조리 통합시켰던 것이다.

오래전부터 려강에 관심을 가졌고, 청사파가 괴멸한 뒤에는 조심스러우면서도 꼼꼼하게 조사를 했기 때문에 확신할 수 있었다.

"그러니까 댁들이 속한 열혈당이 려강을 관리하고 있다는 말인데, 언제부터?"

"오늘 아침부터 관리하기 시작했습니다."

"하!"

비별막은 어이가 없어 헛웃음을 지었다.

"지금 나랑 장난하냐?"

"그럴 리가요. 당신들에게 려강에서 물러나 줄 것을 정중히 요구하기 위해 이렇게 찾아오기까지 했잖습니까."

"……."

비별막은 강학청을 쳐다봤다.

그리고 시종 날카로운 눈빛을 뿜어내고 있는 금장거도 쳐다봤다.

'저놈은 별거 없어 보이지만, 젊은 놈은 마음에 걸리는군.'

눈빛은 칼잡이처럼 보이는데, 몸에 칼을 지니고 있지 않은 게 기묘했다.

'품에 비수를 숨겼거나, 아니면 주먹을 날카롭게 쓰는 놈이겠지. 하지만 문제는 이놈들이 수하들을 공격했다는 놈들 중

어느 쪽과 연관되어 있느냐는 것인데…….'

잠시 고민하다 가장 나쁜 상황을 염두에 두고 대응하기로 했다.

실질적으로 수하들을 박살냈다고 하는 육 씨 형제와 같은 무리라고 판단내린 것이다.

'그 대머리 놈들도 밖에 있을까?'

그렇다면 최소 넷을 상대로 싸워야 하는데, 솔직히 자신이 없었다.

게다가 더 많은 무리가 밖에서 대기하고 있을 수도 있지 않은가.

비별막은 그의 오른팔이 돌아올 때를, 아니면 다른 수하들이 돌아올 때까지 시간을 끌어보기로 마음을 먹었다.

일단 말투부터 예의를 차렸다.

"내가 오늘 기분이 영 아니라서 말을 막 한 것 같소. 사과를 하리다."

"뭐 그럴 수도 있지요. 이해합니다."

"그런데 열혈당이란 하오문은 처음 들어보는데, 어디에 있는 하오문이오?"

"새로 탄생한 하오문이라 생각하면 됩니다."

"새로? 그럼 당두가 누구요?"

"납니다."

열혈당은 그냥 형식적으로 만든 게 아니었다.

당원들과 합의를 통해 결정한 것이었고, 정식으로 당두라는 직위를 만들어 상하 체계를 명확히 한 것이다.

물론, 당두만 예외로 하고 당원들 모두가 평등한 지위를 유지하기로 했다.

"당신이?"

비별막은 놀라서 되물었다.

그래도 코웃음을 치지 않은 것만도 다행스런 일이었다.

강학청은 살짝 웃으며 물었다.

"내가 당두라 하니 이상합니까?"

당연히 이상했다.

아이들에게 글이나 가르치는 서생이라고 하면 딱 어울릴 것 같은 사내가 하오문의 수장이라 하면 누가 이상하게 생각하지 않을 수 있겠는가.

허나, 그런 속내를 드러낼 수는 없는 일.

"그런 게 아니라, 당두가 직접 찾아왔을 거라고는 전혀 생각도 못해서 놀랐을 뿐이오."

"하하하, 당두라 해서 직접 나서지 말란 법도 없지요. 이왕 이렇게 이야기를 하게 되었으니, 서로 통성명이나 합시다. 난 열혈당 당두 강학청이라 합니다."

"난 혈맹파 부두목 비별막이오."

마주 인사를 하면서 비별막은 저도 모르게 얼굴을 붉혔다.

말을 하고 나니 부두목이란 말이 상대적으로 격이 없게 들렸기 때문이다.

같은 하오문이었던 청사파 두목도 자신을 문주라 칭했는데, 왜 혈맹파는 두목과 같은 격 떨어지는 호칭을 계속 사용했을까, 하는 의문이 생길 정도였다.

'나중에 내가 두목이 되면 문주라고 바꿔야겠군.'

잠시 희망으로 가득 찬 미래를 상상했던 비별막은 곧 현실로 돌아왔다.

"한 번 들어봅시다. 청사파의 뒤를 이었다고 하는 근거는 무엇이오? 혹시 청사파의 조직원들이 모여서 열혈당을 만든 거요?"

"비 부두목은 오해를 한 것 같군요."

"……?"

"우린 청사파 다음으로 려강을 관리하게 되었다는 것이지, 청사파의 맥을 잇고 있는 게 아닙니다."

"그냥 청사파가 사라진 다음 려강을 관리하게 되었다?"

"그렇습니다."

"허면 우리가 당신들의 권리를 인정할 아무런 명분도 없잖소."

"명분은 필요 없습니다."

비별막은 어리둥절한 표정을 지었다.

명분이 없다면, 려강을 관리하겠다는 권리의 정당성을 어디서 찾을 수 있단 말인가.

그래서 물었다.

"그럼 강 당두는 명분 말고 무엇으로 권리를 주장할 생각이
요?"

"간단하지요. 우리가 관리하겠다고 한다면 그렇게 되는 겁
니다."

"……."

비별막의 얼굴이 분노로 인해 붉어졌다.

강학청의 말을 쉽게 풀이하자면, 딴 이유는 없고 그냥 그런
줄 알고 꺼지라는 의미나 마찬가지였으니까.

'이 새끼가 날 호구로 아나!'

비별막은 부글거리는 속내를 억누를 수 없었다.

대화 내내 참고 참았던 분노가 걷잡을 수 없이 머릿속을 뜨
겁게 달구었다.

'더는 못 참겠다.'

강학청 하나만이라도 끝장내 버리고 도망치려고 작정했다.

그래서 슬며시 책상 밑으로 오른손을 내려 소매에 감추고
다니는 쇠구슬 두 개를 꺼내 쥐었다.

만약 그의 오른팔 격인 수하가 문을 열고 들어오지만 않았
다면, 탁자를 엎어 버리고 그대로 쇠구슬을 날리고, 옆에 내려
놓은 칼을 집어 들어서 강학청을 향해 휘둘렀을 게 분명했다.

＊　　　＊　　　＊

비별막의 오른팔 봉삼은 주점에 들어서자마자 몸이 굳어 버렸으나 그건 순간에 불과했다.

눈칫밥으로 살아온 인생답게 재빨리 상황을 파악하고, 당혹감을 안으로 감춘 것이다.

그리고 자신이 무얼 해야 할지를 결정내렸다.

그는 곧 어리둥절한 표정을 지어보이며 물었다.

"여기 장사 안 합니까?"

비별막은 봉삼의 임기응변에 내심 감탄을 하며 바로 대답했다.

"여기 장사 접은 지가 옛날이요."

"염병, 뭐 이딴 곳이 다 있어? 장사 안 하는 거면 다음부터 문을 아예 잠가놓으시오."

봉삼은 투덜거리면서 주점을 나왔다.

그리고 나름 느긋하게 보이도록 노력하며 걷다가, 안전하다 싶은 지점에 이르러 뛰기 시작했다.

일단 주점에서 최대한 멀어지기 위해서였다.

'접촉했던 중진들이 죄다 이상해졌을 때부터 껌새가 이상하더라니!'

그가 주점에 들어서자마자 안 좋은 분위기를 감지하고 즉각 빠져나온 것에는, 오늘 저녁 만남을 약속했던 중진들이 크게 다치거나 병이 났다거나 하는 이유를 들어 그와의 만남을 피했기 때문이다.

그냥 다치고 병이 났을 리는 없으니, 누군가 혹은 어떤 무리가 강압적인 방법을 통해 손을 썼다고 볼 수밖에 없는 것이다.

물론, 주점에 들어서기 전까지는 그저 짐작에 불과했고, 이제부터 본격적으로 사실 여부를 알아볼 작정이었다. 그런데 부두목이 낯선 이들과 얌전히 마주 앉아 있는 걸 보고 확신하게 된 것이다.

'우리를 려강에서 쫓아내려는 무리가 있다.'

성질 더러운 부두목이 저리 얌전히 있는 건, 함부로 행동하기 어려운 상대들과 대면하고 있다는 뜻이고, 곤란한 처지에 놓였다는 반증이었다.

'보이진 않았지만 주점 주변에도 저들 무리가 숨어 있을 가능성이 충분하지.'

봉삼은 자신의 판단을 믿었고, 그래서 밖으로 나돌고 있을 조직원들을 찾기 위해서 더욱 급하게 뛰기 시작했다.

*　　　*　　　*

'봉삼 녀석이 확실히 눈치를 챘으니, 애들을 모아 올 때까지 조금만 더 시간을 끌자.'

비별막은 앞뒤 볼 것 없이 엎어 버리려고 했던 조금 전의 마음을 꾹 억누르고 미소를 지었다.

"강 당두의 자신감은 나를 부끄럽게 만드는구려. 참으로 대장부다운 모습이오."

"과찬이십니다. 그럼, 이제 비 부두목이 려강에서 떠날 것이라 믿어도 되겠지요?"

"허허, 그게 참 난감하게 되었소."

"뭐가 말입니까?"

"알다시피 난 부두목일 뿐이오. 두목의 명을 받고 왔는지라 함부로 결정을 내리고, 물러날 처지가 아니란 말이오."

"그건 걱정 마십시오."

"……?"

"일단 비 부두목이 수하들과 함께 려강을 떠나 무위에 돌아가 있으면, 내가 찾아가 두목에게 자초지종을 설명하겠습니다."

"허허, 두목의 성정이 워낙 괄괄하고, 고집도 세신 분이라 조용히 끝날지 모르겠소. 부두목인 나조차도 크게 혼이 날 것이오. 그러니 우선 내가 서신으로 보내 알리고, 두목에게 답변을 받을 때까지 기다리는 게 어떠하겠소?"

"글쎄요. 별로 내키지가 않는군요. 일단 돌아가 보십시오. 그 후의 일은 부두목에게 아무런 탈이 없도록 내가 잘 처리하겠습니다."

비별막의 관자놀이에 힘줄이 불끈 일어섰다.

'쥐새끼 같은 새끼가!'

경칭을 쓰며 예의바른 척하면서도 말하는 족족 신경을 거슬리게 하는 말만 하고 있질 않은가.

'조금만 참자.'

비별막은 문 쪽을 쳐다보며 자꾸만 끓어오르는 분노를 억누르고, 또 억눌렀다.

그리고 시간을 끌기 위해 다시금 대화를 시작했다.

*   *   *

'열다섯 명이면 충분하겠지.'

봉삼은 그의 뒤를 따르는 조직원들을 돌아보며 손에 쥔 칼을 꽉 움켜쥐었다.

봉삼은 마을을 돌아다니던 조직원들과 부상자들을 의방에 데리고 간 조직원들까지 모두 모았고, 대장간에 들려서 칼을 들게 하고 주점으로 향하는 중이었다.

이미 한 차례 공격을 당해 다섯 명이나 크게 다쳤다는 걸 알고, 또 적의 실력이 대단하다는 걸 알고 만반의 준비를 갖춘 것이다.

그들이 손에 칼을 쥐고 우르르 걸어가자 사람들은 겁을 먹고 좌우로 물러나기 바빴다.

사람들은 어떻게 대낮에, 그것도 저리 당당히 칼을 들고 이

동할 수 있는지 이해할 수 없다는 표정들이었다.

하지만 봉삼과 조직원들은 그 문제에 대해선 조금도 걱정하지 않았다. 설사 누군가 관에 신고를 하더라도, 그들에게서 뇌물을 받은 포쾌들이 움직일 리가 없으니까.

무리는 포쾌도 두려워 않는 자신들의 위세를 두 눈에 새기라는 듯 더욱 당당하게, 거침없이 걸음을 내딛었다.

"주점이 가까워지면 주위를 잘 살펴."

봉삼은 넓은 길을 벗어나 주점으로 이어진 골목에 들어서게 되자, 뒤따르는 조직원들에게 주의를 주었다.

조직원들은 군소리 없이 알겠다고 대답했지만, 내심으로는 봉삼을 욕했다.

'실력도 없는 게 부두목에게 아부나 떨어서 오른팔이 된 놈이, 명령을 내리고 지랄이야.'

하지만 일단 지금은 그의 말을 따를 수밖에 없다는 걸 알기에 저 앞으로 주점이 보이자 모두 긴장한 얼굴로 주위를 살피며 전진해갔다.

하지만 그들이 주점 앞에 거의 당도할 때까지 적의 모습은 한 명도 볼 수가 없었다.

조직원들은 당혹감을 느꼈다.

주점에 당도할 때쯤이면 어떤 무리가 나타나서 싸우게 될 것이라 예상했기 때문이다.

'어떻게 된 거야?'

조직원들만큼이나 봉삼 역시 당혹스러웠다.

'내가 너무 과민했던 걸까?'

그럴 수도 있었다.

눈치와 짐작만으로 판단하여 주점을 나오고 조직원들을 모아서 이렇게 온 것이었으니까.

하지만 지금 돌이켜봐도 부두목의 반응은 분명 이상하지 않았던가.

"어쨌든 들어가자."

봉삼은 괜히 헛걸음하게 만든 거 아니냐는 조직원들의 불만스런 시선을 무시하고 앞장서 주점 안으로 들어갔다.

* * *

'왔구나!'

비별목은 안으로 들어오는 봉삼과 수하들을 보며 내심 쾌재를 불렀다.

하지만 순간 의문이 들었다.

'어떻게 아무런 일도 벌어지지 않은 거지? 밖에 이놈들의 패거리가 없었던 건가?'

잘된 일이기는 하지만, 이상한 일이었다.

고작 단둘이서 찾아오다니.

그만큼 자신이 있다는 걸까?

금장거의 실력이 그의 짐작보다 더욱 뛰어난 걸까?

'설사 그렇다고 해도 한 손이 열 손을 당할 수는 없다.'

게다가 이제 와서 실력 여부를 따져 무엇 하겠는가.

이미 올 때까지 왔고, 눈앞의 건방지기 그지없는 놈들을 처리하면 다 끝나는 것을.

"저들은 비 부두목의 수하들인 모양이지요?"

강학청의 담담한 물음에 비별막은 비웃음을 지었다.

'짜식, 겁먹었으면서 대범한 척은.'

비별막은 벌떡 일어나 참고 참았던 분노를 터트렸다.

"건방진 새끼, 넌 이제 죽었어!"

그리고 자신의 칼을 집어 들고 뒤로 물러나며 수하들에게 명령을 내렸다.

"이 새끼들 잡아!"

말 그대로 잡으라는 의미는 아니었다.

붙잡아도 되고, 죽여도 된다는 이중적인 의미의 명령이었다.

역시 눈치가 가장 빠른 봉삼이 앞장서며 소리쳤다.

"놈들을 죽여라!"

하지만 몇 걸음만 앞장섰을 뿐, 그는 살짝 속도를 늦추며 다른 조직원들이 그를 지나쳐 가게 만들었다.

이럴 때 앞장섰다가 골로 가는 경우를 수없이 보아왔으니까.

예상대로 가장 앞장섰던 조직원은 칼 한 번 휘두르지 못하고 그대로 바닥을 나뒹굴었다.

헌데, 문제는 그 조직원이 칼을 빼앗겼다는 점이었다.

"염병!"

비별막은 금장거가 맨 먼저 앞장섰던 수하의 다리와 가슴을 연달아 걷어차고, 칼을 빼앗으며 대응자세를 잡는 그 빠른 동작을 보고 쉽게 끝날 싸움이 아니라는 것을 직감했다.

'역시 칼잡이였어.'

칼을 겨누는 자세 또한 범상치 않았다.

본격적으로 싸움이 났다가는 적지 않은 수하들이 초상 치를 것 같다는 불안감이 들었다.

보고만 있을 수 없다는 판단을 내린 비별막은, 금장거가 칼을 잡자 우선 포위에 집중하는 수하들과 시선을 교환하고 손에 쥔 두 개의 쇠구슬을 던졌다.

퍼퍽!

쇠구슬은 강학청이 눈치채고 들어올린 의자에 모두 막히고 말았다.

하지만 직접적으로 위해를 가하기 위해 던진 게 아니라, 수하들에게 공격할 틈을 만들어 주기 위한 것이기에 비별막은 조금도 실망하지 않았다.

"죽어!"

수하들은 기회다 싶었던지 일제히 칼을 휘둘렀다.

채채챙—

금장거는 칼을 빠르게 휘둘러 세 개의 칼을 동시에 쳐냈다. 그리고 숨 쉴 틈도 없이 연이어 두 개의 칼을 막아냈다.

'강하다!'

칼에 전해지는 반탄력이 상상 이상이었기에 조직원들은 내심 깜짝 놀랐다.

단 한 번의 격돌이었음에도 손아귀가 찢어질 것처럼 아팠던 것이다.

그런데 그들의 예상을 더욱 뛰어넘는 것은 금장거의 다음 행동이었다.

금장거는 조직원들의 칼을 쳐내자마자 옆에 있는 탁자를 걸어차 그들을 향해 날렸고, 곧바로 의자를 뒤로 차서 틈새를 노리고 접근해 오던 비별막의 움직임을 방해했다.

그리고 진작 움직이기 시작한 강학청과 함께 창문을 부수고 밖으로 뛰어나갔다.

"젠장할! 놈들을 잡아!"

비별막은 급히 소리치며 부서진 창문 쪽으로 빠르게 움직였다.

'이대로 도망치게 할 수는 없다.'

열혈당의 규모가 어느 정도인지는 모르지만, 당두인 강학청을 죽이게 되면 규모의 고하를 떠나 단번에 우세를 점하게 될 테니까.

허나, 창문을 통해 뛰어나간 비별막과 문 쪽으로 나온 조직원들은 그대로 돌처럼 굳어 버렸다.

밖에 스무 명에 가까운 무리가 진을 치고 있었기 때문이다.

그 중심에는 도망쳤다고 생각한 강학청과 금장거가 있었다.

'속았구나!'

비별막은 내심 아차 싶었다.

계략에 빠진 것이다.

강학청이 이제껏 대화를 하고 기다려 준 것은, 결국 수하들을 모두 모이게 해서 자신들을 한 번에 처리하기 위함이었다.

강학청은 안타깝다는 듯 비별막에게 말했다.

"이왕이면 말로 해결을 봤으면 좋았겠지만, 비 부두목이 자초한 일이니 어찌하겠습니까."

비별막은 대꾸할 말이 없었다.

분명 제대로 려강을 살피지 못해서, 열혈당이란 존재를 미리 감지하지 못해서, 이런 식으로 포위당할 줄 몰라서 벌어진 일인데 누구를 원망할 수가 있겠는가.

하지만 이대로 당할 수는 없었다. 여기서 죽기에는 억울했다.

비별막은 힘이 쭉 빠진 목소리로 말했다.

"항복하겠소."

"······!"

강학청 등보다 봉삼과 수하들이 더 놀랐다.

비별막답지 않게 너무 빨리 승복했기 때문이다.

'나라고 항복하고 싶어서 하는 줄 아냐.'

물론, 평소라면 일단 한 번 싸워보고 안 되겠다 싶으면 그때 후퇴를 하거나, 도망을 치거나, 그도 안 되면 항복했을 것이다.

그러나 이번엔 아니었다.

'저들의 전력이 너무 강해 보여.'

일단 금장거도 만만치 않았고, 그 옆으로 수하들을 요절냈다고 하는 육 씨 형제들도 있었다.

그리고 그 나머지의 실력이 어떤지는 알 수 없지만, 이젠 수적으로도 상대가 되질 않는 것이다.

'나중에 충분히 준비를 하고 붙는다면 모를까……'

어디서 이런 자들이 우르르 나타났는지는 알 수 없지만, 지금 붙으면 자신들이 질 게 뻔했다.

"우린 이대로 려강을 떠나겠소."

비별막은 강학청의 눈치를 살폈다.

일단 항복을 하긴 했지만, 강학청이 받아들이지 않겠다고 한다면 어쩔 수 없이 싸울 수밖에 없었다.

"두목이 용납하지 않는다고 하지 않았습니까?"

비별막은 내심 안도의 한숨을 내쉬었다.

저리 묻는다는 건 항복을 받아들일 여지가 있다는 의미이기 때문이다.

"아까는 내가 그리 말을 했지만, 우리 두목이 그렇게까지 꽉 막힌 분은 아니오. 내가 잘 이야기하면 이해해 주실 것이오."

강학청은 비별막을 빤히 쳐다봤다.

마치 그의 속내를 파악해 보겠다는 듯이.

비별막은 최대한 태연한 척, 불쌍한 척, 힘이 없는 척을 했다.

강학청은 미소 지었다.

그 미소를 긍정의 의미로 받아들인 비별막은 항복이 받아들여졌다고, 강학청을 속이는데 성공했다고 내심 기뻐했다.

하지만 그의 기쁨은 잠깐에 불과했다.

"아무래도 안 되겠습니다. 말로 했을 때 들었다면 그냥 보내주려고도 했지만, 아무리 생각해도 댁들이 려강에서 한 행동들을 그냥 모른 척할 수가 없습니다. 너무 꼴사납게 행패를 부렸습니다."

비별막은 다급한 음성으로 소리쳤다.

"잠깐 내 말 좀 들어주시오, 강 당두. 이 바닥이 원래 다 그런 거 아니오. 조금만 약한 모습을 보여도 무시를 당한단 말이오. 그래서 어쩔 수 없이 그리 행동했던 거요. 우리도 어쩔 수 없이 명령을 따른 것이오. 우리라고 좋아서 한 게 아니란 말이오."

하지만 마음을 정한 강학청의 반응은 싸늘하기만 했다.

"아무리 명령을 따라 했다고 해도 그 행위에 대한 책임에서 자유로울 수는 없습니다. 비 부두목의 말대로, 이 바닥의 생리가 다 그런 거 아니겠습니까."

"……."

'염병!'

비별막은 더 이상 말이 통하지 않는다는 걸 깨달았다.

그래서 수하들에게 소리쳤다.

"쳐라!"

대화가 안 좋게 진행되면서 칼을 꽉 움켜쥐고 잔뜩 긴장하고 있던 수하들은 반사적으로 뛰쳐나갔다.

하지만 비별막은 수하들과 함께 나서지 않고 뒤로 빠졌다. 그의 오른팔인 봉삼 역시도 눈치를 보며 그를 뒤따라 움직였다.

비별막은 봉삼과 함께 일방적인 승리와 패배로 끝날 수밖에 없는 싸움을 뒤로 하고 급히 도망쳤다.

결국 반각도 되지 않아서 십여 명의 혈맹파 조직원들은 모두 제압당하고 말았다. 비별막에게 버림받았다는 걸 알고 끝까지 저항하려는 조직원은 아무도 없었다.

*   *   *

강학청은 제압된 혈맹파 조직원들을 청운객잔 창고에 가둬

두도록 하고 모두 모이게 했다.

당원들이 주목하는 가운데 강학청이 입을 열었다.

"모두 알다시피 혈맹파의 부두목이 도망을 쳤습니다."

설마 부두목이라는 자가 싸움이 벌어지자마자 부하들을 버리고 도망칠 거라고는 아무도 예상하지 못했다.

하지만 이미 그렇게 되어 버렸으니 어쩔 수 없는 일이 아닌가.

"혈맹파가 이대로 가만히 있을 리 만무하니, 우리가 먼저 선수를 쳐야 한다고 봅니다. 이에 대해서 의견이 있으면 누구든 말해 보십시오."

어차피 열혈당의 이름으로 세력을 넓혀갈 예정이었기에, 이번을 기회로 삼아서 혈맹파를 굴복시키고 무위까지 영향력을 확대하려는 것이다.

묵담향이 손을 들고 말했다.

"강 당두님의 말씀에 동감하기는 하지만, 당장 무위로 가서 혈맹파를 공격한다는 것은 심사숙고해야 한다고 봐요."

"그럼 묵 소저의 생각은 무엇입니까?"

"붙잡은 조직원들을 통해 정보를 얻어낼 수도 있지만, 보다 직접적으로 실감할 수 있는 정보를 얻기 위해서는 일단 몇 명만 가서 혈맹파의 규모와 전력, 그리고 우리가 무위에 갔을 때 관에서 어찌 반응할지에 대한 세밀한 사전조사가 필요하다고 봅니다."

그러자 몇 명이 하오문 하나 공격하는데 그렇게까지 해야 하느냐고 의문을 제기했다.

근방에서 최강의 세력인 패왕보까지 굴복시켰으니, 혈맹파 정도는 가볍게 제압할 수 있을 거라고 생각하는 것이다.

묵담향은 패왕보와의 싸움 이후 이런 긴장감 없는 대응과 무리한 자신감을 진작 우려하고 있었기에 잘 되었다 생각하며 바로 대답을 해주었다.

"물론, 질적으로 봤을 때 혈맹파의 조직원들은 우리의 상대가 될 수 없어요. 하지만 우리는 그들을 그냥 이겨서는 안 됩니다. 거룡방의 이목을 감안해서 외부로 드러나지 않아야 하고, 우리의 숫자가 얼마 되지 않는다는 걸 생각하면 단 한 명이라도 사상자가 나지 않도록 해야 합니다. 만약 이 두 가지 중에 하나라도 어그러지게 되면, 우리가 열혈당으로서 세력을 키우고, 넓히는데 있어서 엄청난 차질을 빚게 될 거예요. 최악의 상황은 본거지에까지 피해를 줄 수 있어요. 그러니 두고두고 후회할 일을 만드는 것보다, 행동 하나하나에 심사숙고해서 좋은 결과를 만들어내야 한다고 봐요."

그녀의 논리적인 예시와 설명에 의문을 제기했던 당원들이 곧 사과를 했다.

자신들이 너무 안이하게 생각했다고 말이다.

강학청이 묵담향에게 그런 말을 해주어 고맙다는 듯 고개를 살짝 끄덕여 보이고 말했다.

"묵 소저가 아주 중요한 말을 해주었습니다. 산중의 왕인 호랑이도 토끼를 잡을 때는 온 힘을 다한다고 했습니다. 우리에게 자신감은 큰 힘이 될 수 있으나, 만용과 오만은 독이 되어서 보이지 않게 우리를 위협할 것입니다. 그러니 모두가 묵 소저의 말을 마음에 깊이 새기고, 신중에 신중을 더 해서 생각하고 행동해 주시기를 바랍니다."

"명심하겠습니다, 당두님."

"자, 그렇다면 묵 소저의 의견을 받아들여 몇 사람이 무위로 가서 혈맹파를 탐문하고 오도록 하지요. 어떤 분이 가시겠습니까?"

객잔 안에 잠시 침묵이 돌았다.

겁이 난다거나, 싫어서가 아니었다. 처음으로 려강을 떠나 활동을 해야 하고, 나름 책임감을 가져야 한다는 이유 때문에 함부로 나서지 못하고 있는 것뿐이었다.

이때, 가장 뒤쪽에서 한 사람이 나섰다.

싸움에 개입하지 않으면서도 처음부터 지금까지 묵묵히 자리를 지키고 있던 반악이었다.

"그 일은 나와 내 종들이 맡아서 하겠소."

"반 소협이 말입니까?"

강학청은 놀란 표정을 지었다.

왜냐하면 그도 반악이 나설 줄은 몰랐기 때문이다.

'그저 탐문하는 정도의 일인 것을 주군께서 왜 하시려는 거

지?'

그의 의문은 당연했다.

또한 다른 당원들도 같은 의문을 느꼈다.

이곳 려강에서 반악의 존재감은 기묘하다, 라는 말로 정의 내릴 수 있었다.

입당한 지는 얼마 되지 않았지만 안휘 제일의 문파였던 남궁세가의 후인이고, 이곳에 있는 누구도 감히 측량하기 어려울 만큼의 엄청난 고수이며, 또한 거룡방의 간자를 잡아내는 데도 일조했다.

그를 굳이 평가하자면 반룡복고당을 이끌어도 될 만큼의 거대한 존재감을 가지고 있지만, 완전한 외인처럼 늘 뒤에서 조용히 관조하는 사람이라고 말할 수 있었다.

솔직히 모두가 그를 어려워했다.

처음 입당 환영식을 했을 때 말고는 당원들과 어울리지도 않았으니까.

하지만 그가 없어서는 안 될 존재라는 걸 모두가 인정하고 있기도 했다.

혈맹파 조직원들을 잡는데 반악이 아무런 행동도 취하지 않았음에도 누구도 불만을 느끼지 않은 건 그 때문이었다.

반악이 너무 대단해서 이 정도의 일은 그가 나설 필요도 없는 일이라고 생각했던 것이다. 또한 그가 그냥 뒤에서 있어주는 것만으로도 큰 힘이 된다고나 할까.

그런데 그만큼 위험하지도, 중요하지도 않은 무위 조사 임무를 맡겠다고 나섰으니 의아할 수밖에.

모두 설명을 요구하는 듯한 시선으로 쳐다보자 반악은 귀찮았지만 어쩔 수 없이 입을 열었다.

"다른 사람들의 얼굴은 너무 드러나 있소. 대부분 려강에서 오랫동안 일을 했었기 때문에 도망친 부두목이 알아볼 수가 있소. 그렇다면 탐문의 역할을 제대로 수행할 수 없을 게 아니오. 그러니 얼굴이 많이 드러나지 않은 나와 내 종들이 가는 게 낫소."

물론, 그게 진짜 이유는 아니었다.

실상은 최근 몇 가지의 일로 답답함을 느낀 반악이 외부로 나가 바람이나 쐬자는 생각이었던 것이다.

하지만 그런 속내를 전혀 모르고 있는 당원들은 감탄한 표정들을 지으며 칭찬의 말을 아끼지 않았다.

"역시 반 소협입니다!"

"생각도 못했던 맹점을 집어냈습니다!"

"반 소협이 조사를 해준다면 안심할 수 있지요."

반악은 내심 쓴웃음을 지었다.

이런 식의 칭찬은 그에게 너무 낯설고, 익숙하지 않은 말들이 아닌가.

솔직히 어색해서 짜증이 날 정도였다. 마음 같아서는 그만 닥치라고 소리라도 지르고 싶은 심정이었다.

그런데 이때 묵담향이 그를 더욱 당혹시키는 말을 했다.

"그렇다면 저도 같이 가겠어요. 저도 려강에서 활동이 거의 없었기 때문에 혈맹파 조직원들이 알아볼 수 없을 거예요. 게다가 남자들만 몰려다니면 의심어린 시선을 받게 될 수도 있으니, 여자 한 명 정도가 끼는 게 좋다고 봐요."

모두 그럴듯하다고 생각했다.

반악을 비롯하여 견일 등은 모두 평균 이상으로 잘생겼기 때문에 자연히 시선을 끌 수밖에 없으니까.

묵담향이 끼어서 유람을 다니는 부부행세를 하면 딱 좋을 것이다.

그런데 이번엔 공추걸도 나섰다.

"나도 같이 동행하겠습니다. 나 역시 려강에 들어온 지 얼마 되지 않았고, 활동도 거의 없었으니까요. 그리고 이목이 하나라도 더 있다면 탐문을 하는데 더 효용성이 있지 않겠습니까."

당원들은 공추걸의 말에도 일리가 있다고 생각했다.

그리고 여섯 명 정도라면 많지도, 적지도 않은 딱 적당한 숫자로 보였던 것이다.

'젠장.'

반악은 내심 욕을 했다.

남들 눈치 안 보고 돌아다니려고 했는데, 순식간에 방해자가 둘이나 붙어버렸기 때문이었다.

그렇다고 두 사람의 동행을 거부하기도 애매했다. 마땅한 이유가 없는 것이다.

강학청은 반악의 침묵을 용인으로 받아들이고 결론을 내렸다.

"그럼 반 소협을 책임자로 해서 여섯 분이 다녀오는 것으로 하겠습니다."

第二十二章

려강에서 도망쳐 나온 비별막과 봉삼은 혹시 모를 사태에
대비하기 위해 숨겨두었던 마차를 타고 최대의 속도로 달려
무위로 돌아왔다.

"돌아오셨습니까, 부두목님."

조직원들은 려강에 있어야 할 비별막이 나타난 것에 놀라며
급히 인사를 했다.

하지만 대꾸도 않는 비별막의 표정이 워낙 좋지 않아서 누
구도 말을 걸 생각을 하지 못했다.

두목의 거처에 거의 당도했을 때, 비별막은 걸음을 멈추고
봉삼에게 당부했다.

"넌 내가 한 말을 절대 잊지 말고, 함부로 입을 놀려서는 안 된다."

"절 믿으십시오, 부두목님."

"나중에 부를 테니, 쥐 죽은 듯이 있어라."

"예."

봉삼이 사라지고, 비별막은 호흡을 가다듬은 뒤 두목의 거처 쪽으로 움직였다.

"안녕하십니까, 부두목님."

거처 주변에 자리 잡고 앉아 있던 거한들이 일어나 머리를 숙였다.

그들은 두목이 자신의 호위로 삼기 위해 특별히 선별한 조직원들이었다. 외모만큼이나 힘과 흉포함이 남다른 자들인 것이다. 지위도 일반 조직원이 아니라 조장 바로 밑이었다.

게다가 두목의 명령이 아니면 티끌만큼도 들어먹지 않아서, 비별막도 함부로 대할 수 없었다.

"두목님 안에 계시지?"

"계십니다. 오셨다고 전해드릴까요?"

"그래."

비별막이 아무리 부두목이라도 허락을 받지 않으면 안으로 들어갈 수 없었다.

두목은 나이가 들어 확실히 기력은 떨어졌지만, 그만큼 경험 많고 교활하며 자신의 안위를 최우선으로 챙기는 인물이었다.

"들어오시랍니다."

입구를 막고 있던 조직원이 옆으로 비켜 길을 열어주었고, 비별막은 마음을 단단히 먹고 안으로 들어갔다.

그런데 안으로 들어선 비별막은 깜짝 놀랐다.

예상하지 못한 사람이 두목인 염노팽과 함께 있었기 때문이다.

"오랜만입니다, 부두목님."

염노팽과 마주 앉아서 이야기를 나누다가 인사를 건네는 젊은 사내는 염서성이었다.

염서성은 염노팽의 양아들이었다.

원래는 염노팽의 조카였으나, 두 아들이 파벌싸움 중에 죽고 나서 양아들로 삼았던 것이다.

그러나 지금으로부터 칠 년 전에 아무런 말도 없이 갑자기 사라졌었다. 그런데 오늘 다시 보게 되었으니 어찌 놀라지 않을 수가 있겠는가.

"어디 있다가 이제와 나타난 거냐? 네가 없어졌을 때 우리가 얼마나 걱정하며 찾아다녔는지 알아?"

비별막은 반갑기 그지없다는 얼굴로 다가가 염서성을 얼싸안았다.

하지만 그의 속내는 그리 편치 않았다.

'이 여우같은 새끼가 돌아올 줄이야.'

아니, 살아 있다는 것부터가 마음에 들지 않았다.

갑자기 사라졌고, 소리 소문도 없어서 죽었다고 생각했기 때문이었다.

'상황도 좋지 않은데, 이 새끼까지 나타나 내 앞길을 막는구나.'

염서성은 염노팽의 죽은 두 아들과 달리 머리가 좋았다.

겁도 없었고, 적당히 성질도 있었고, 싸움도 제법 했고, 어린나이에도 불구하고 수하들을 다룰 줄도 알았다.

한마디로 염노팽의 후계자로서 손색이 없었던 것이다.

그래서 없어졌을 때 내심 얼마나 기뻐했던가.

'그동안 뭘 하고 있었을까?'

겉모양만 보자면 크게 어려움 없이 살았던 것으로 보였다.

그리고 얼싸안으며 느낀 것인데, 몸이 꽤 단단했다. 군살 하나 없이 잘 단련되어 있는 것이다.

'어디서 무공이라도 배운 걸까?'

그러나 그가 의문을 드러낼 틈도 없이 염노팽이 그에게 물었다.

"려강에 있어야 할 자네가 어찌 돌아왔어?"

비별막은 분노와 슬픔이 복합된 표정을 지었다.

"두목님, 당했습니다."

"당해? 누구한테?"

"열혈당이란 놈들인데, 아무도 모르게 려강에서 힘을 키우고 있던 놈들이었습니다."

비별막은 이곳으로 오는 동안 생각해 두었던 이야기들을, 진실은 축소하고 거짓은 살짝 과장시켜 버린 이야기들을 늘어놓기 시작했다.

"처음엔 제가 말씀드렸던 대로 순탄하기만 했습니다."

적당히 행패를 부려 자신들의 힘을 과시하고, 진가장과 협상도 하고, 조만간 상인들을 불러 모아서 자신들이 려강을 관리하겠다는 말만 하면 다 끝날 상황이었는데, 너무도 갑자기 나타난 열혈당의 무리에게 포위당하고 공격당했다고 이야기했다.

"간신히 수하 놈 하나만을 구출해서 도망쳐 나왔습니다. 마음 같아선 죽는 한이 있더라도 수하들과 같이 남아 싸우고 싶었지만, 이 사실을 두목님께 알려야 한다는 생각에 피눈물을 삼키며 도망쳤습니다. 만약 놈들이 이곳까지 노린다면, 대비를 못한 두목님과 수하들이 손도 못 써보고 당할 테니까요. 정말 죄송합니다."

말을 마친 비별막은 털썩 무릎을 꿇었다.

어떤 벌이라도 달게 받겠다는 의사표현이었다.

잠시 동안 침묵이 돌았다.

'이렇게까지 이야기를 했는데, 설마 내게 책임을 묻지는 않겠지?'

비별막은 조마조마한 마음으로 염노팽의 말을 기다렸다.

"일어나."

"두목님, 벌을 내려주십시오!"

"됐어. 자네가 벌을 받는다고 없던 일이 되는 건 아니잖아. 그만 일어나."

비별막은 머뭇거리다 천천히 일어섰다.

그리고 조심스레 시선을 들어 염노팽을 쳐다보는데, 비별막은 저도 모르게 흠칫했다.

염노팽이 문제가 아니라, 염서성이 그를 날카롭게 쳐다보고 있었기 때문이다. 단번에 그의 속내를 꿰뚫어 버릴 듯 매서운 시선이었다.

비별막은 내심 분노를 터트렸다.

'예전에도 저 눈빛이 마음에 안 들었는데……'

여전히 염서성의 눈빛이 거슬렸다.

아니, 예전보다 더욱 마음에 들지 않았다.

"우선 가서 쉬어. 보다 자세한 이야기는 내일 다시 하도록 하지."

"알겠습니다, 두목님."

일단 한고비는 넘겼다고 생각한 비별막은 곧 방을 나갔다.

비별막이 나간 문을 빤히 쳐다보던 염서성은 살짝 비틀린 미소를 지었다.

"부두목은 여전히 능구렁이군요."

염노팽은 웃었다.

"사람은 쉽게 변하기 어려운 게야. 저 녀석은 예전부터 쭉 저런 놈이었어."

"언제고 뒤통수를 칠 놈입니다. 저 같으면 진작 죽여 버렸습니다."

염노팽은 더욱 짙게 웃음을 지었다.

"너는 그동안 더 차갑고, 단호해졌구나."

"그래서 마음에 안 드십니까?"

"그럴 리가. 내 뒤를 잇기에는 더 없이 좋지. 하지만 부두목의 처리는 아직 때가 아니다. 많은 무리를 이끌게 되면 어쩔 수 없이 욕을 먹게 되는데, 부두목이 나 대신 욕먹는 역할을 잘 하고 있거든. 나름 쓸모가 있는 놈이야."

염노팽의 얼굴은 갑자기 음침해졌다.

그는 비별막이 생각하는 것보다 몇 배는 더 교활하고, 철두철미했던 것이다.

이때 누군가 방문을 두드렸다.

그리고 염노팽은 누군가 찾아올 것이란 걸 예상이라도 했다는 듯 조금도 의아해하지 않고 들어오라고 말했다.

"돌아왔습니다, 두목님. 오랜만에 뵙습니다, 소두목님."

봉삼은 방으로 들어오자마자 염노팽에게 인사를 하고, 염서성을 보고도 놀라지 않고 머리를 숙였다.

봉삼은 그동안 비별막 모르게 려강의 일을 전하고 따로 지시를 받고 있었던지라, 염서성이 돌아온 것을 진작 알고 있었던 것이다.

"려강에서 진짜 무슨 일이 있었는지 말해 봐라."

"예, 두목님. 그러니까 어찌된 일이냐 하면⋯⋯."

봉삼은 비별막이 절대 발설하지 말라고 당부했던 진실을 모두 말하기 시작했다.

진가장의 미망인과 만나는 일이 성사가 안 되자 중진들과 접촉하려 했지만 그것도 뜻대로 안 되었던 상황, 수하들이 공격당하고, 열혈당의 당두가 주점에 찾아오고, 결국 싸움이 벌어지자 망설임 없이 수하들을 모두 버리고 도망친 것까지 하나도 빠짐없이 모두 이야기했다.

염서성이 코웃음을 치며 말했다.

"부두목은 확실히 욕먹을 짓을 잘 하는군요."

염노팽은 동감이라는 듯 고개를 끄덕였다.

"하지만 이번엔 실수가 조금 과했군."

적의 정체도 모르고, 전력 파악도 안 되었고, 만만찮은 실력자들까지 보였다면 머뭇거릴 것도 없이 려강에서 빠져나왔어야 했다.

그런데 괜한 고집으로 버티다가 스무 명에 이르는 수하들을 잃다니.

'녀석의 자신감을 너무 키워준 거 같군.'

염노팽은 반심을 갖고 있는 비별막의 속내를 완전히 꿰뚫고 있으면서도 그렇지 않은 척했다.

그랬더니 자신을 언제든 속일 수 있다고 과신하게 되면서 나태해졌고, 결국 하지 말아야 할 실수를 한 것이다.

'때를 봐서 곧 제거해야겠어.'

염노팽은 내심 비별막의 처리를 결심하고 봉삼에게 진정 중요한 것을 물었다.

"그 열혈당에 대해서 진짜 몰랐던 거냐?"

"예, 몰랐습니다. 다만, 듣기로 그들 중에는 푸줏간에서 일을 하던 자들도 있다고 합니다. 도망칠 때 언뜻 보니 그 외에도 얼굴이 익숙한 자들이 적지 않았습니다."

"그 말은 열혈당이 려강에 있는 장사꾼들과 일꾼들이 뭉쳐 만든 단체란 뜻이냐?"

"려강의 장사꾼들이 청사파에 보호비를 내지 않기 위해서 오래전부터 준비를 하고 있었다고 생각할 수도 있겠으나, 제 생각엔 진가장이 개입되어 있는 것 같습니다. 그들이 직접적으로 려강을 관리하기 위해 하오문을 만든 것으로 보입니다. 중진들이 처음엔 우리를 만나려고 하다가, 시기적절하게도 일이 터진 날 만남을 피한 것이 그 증거가 아니겠습니까."

"일리가 있어. 아마도 청사파 문주가 진이청을 죽인 것 때문일 거야. 그 일로 배반을 염려하게 된 거지. 그리고 산하 세력을 지원하여 영향력을 행사하는 것보다, 직접 관리하는 게 낫다고 생각했겠지."

"아버님, 제가 볼 때는 부두목이 한창 행패를 부릴 때 나서지 않고, 거의 막바지에 모습을 드러낸 것도 다른 속셈이 있었던 것 같습니다."

염서성의 말에 염노팽은 그게 무슨 뜻이냐고 반문했다.

"괴롭힘을 당할 때 나타나서 도와줘야 려강 사람들에게 영웅처럼 보일 수 있지 않겠습니까. 즉, 하오문이 아니라 의협을 지향하는 단체라고 자신들을 포장해서 단번에 사람들의 마음을 자신들 쪽으로 모으려는 게 분명합니다. 그렇게 하면 보호비를 요구하더라도 반발하는 상인들이 거의 없을 것입니다. 상인들의 입장에서는 부두목을 물리쳐 려강에서 쫓아냈으니 진정 보호를 받는다는 기분이 들었을 테니까요."

"만약 네 말대로라면 꽤나 곤란한 녀석들이 나타났다고 봐야겠군."

마치 재밌게 어울릴 만한 친구가 나타났다는 듯 말하고 있었지만, 염노팽의 표정은 찬 서리가 깔린 듯 싸늘하기만 했다.

"그만 돌아가 봐라."

염노팽은 비별막에 대한 감시의 끈을 늦추지 말라는 당부와 함께 봉삼을 내보냈다.

봉삼이 나가자 염서성이 물었다.

"그 열혈당이란 놈들을 치실 생각이십니까?"

"쳐야지. 암, 쳐야 하고말고. 하지만 지금은 아니야."

"……?"

"현령과 얽힌 일이 아직 끝나지 않았다. 그 일만 마무리하고 나면 곧바로 놈들을 처리해야겠지. 혈맹파를 농락한 대가를 톡톡히 치르게 해줄 거다."

"그럼 전 그때 다시 불러주십쇼."

"설마 또 사라지려고 그러냐?"

"아닙니다. 그냥 방에 박혀서 죽은 듯이 잠이나 잘 생각입니다. 정말 단잠이란 게 그리웠거든요."

"……?"

염노팽은 별 이상한 대답을 다 듣겠다는 듯 쳐다봤지만, 염서성은 더 이상 아무런 설명도 하지 않고 방을 나갔다.

'도대체 칠 년 동안 뭘 하며 지냈던 거야?'

며칠 전 갑자기 돌아온 염서성은 아무리 물어도 시원스런 대답을 해주지 않았다.

그냥 이곳저곳 돌아다니며 세상 구경을 했다는 설명이 끝이었다.

'언젠가 이야기해 주겠지.'

마음 같아선 계속 다그쳐 묻고 싶었지만, 염서성의 분위기가 그걸 용납하지 않았다.

외견상으로 그냥 봤을 때는 예전과 크게 달라진 게 없었지만, 묘하게 함부로 대하기 어려운 분위기를 발산한다고나 할까.

확실히 칠 년의 시간이 그를 변화시킨 건 분명해 보였다. 그게 정확히 어떤 변화인지 몰라서 문제지만.

"밖에 아무나 들어와 봐!"

염노팽의 부름에 밖을 지키고 있던 호위조직원 중 하나가 안으로 들어왔다.

"부르셨습니까, 두목님."

"파 조장 불러와."

"알겠습니다."

호위조직원이 밖으로 나가고 한식경 뒤.

부름을 받고 온 조장 파오펑이 안으로 들어왔다.

"일은 어찌되고 있냐?"

"몇 명이 완강하게 버티고 있기는 하지만, 곧 처리할 수 있을 겁니다."

염노팽의 얼굴이 노기를 띠었다.

"곧 처리한다고 한 지가 언제인데, 아직까지 그딴 소리를 하는 거야!"

파오펑은 움찔하며 고개를 숙였다.

하지만 그라고 할 말이 없는 건 아니었다.

"워낙 보는 눈이 많아서 함부로 하기가……."

"같잖은 변명은 필요 없어. 힘도 없는 현민들 시선 같은 건 뭐하러 신경 써? 우리가 신경 써야 할 건 단 두 가지, 우리들 자신과 고용주뿐이야. 알겠냐?"

게다가 이번 일에는 그의 돈도 꽤 많이 들어가 있어서 결코 가볍게 처리할 수 없었다.

"명심하겠습니다, 두목님."

"고용주 쪽을 통해서 미리 이야기 다 해두었으니까, 포쾌들도 협조할 거다. 그러니 주변 눈치 보지 말고 밀고 들어가서 어떻게든 끌어내. 안 나오면 시체라도 만들어서 들고 나오란 말이야."

"그 말씀은……?"

"꼭 설명을 해야 알아듣겠냐."

염노팽의 얼굴이 굳어지자, 파오평은 얼른 머리를 숙이며 알아서 처리하겠다고 대답했다.

"이번 일 제대로 못하면 각오해."

염노팽의 눈동자가 차갑게 빛나는 걸 보면, 단순히 조장 자리에서 쫓겨나는 것으로 끝날 것 같지가 않았다.

그래서 파오평은 힘차게 대답했다.

"수단방법을 가리지 않고 끝내겠습니다."

"오늘 안에."

"오, 오늘 안에 끝내겠습니다."

"나가봐."

"옛, 두목님."

파오평이 나가고, 염노팽은 답답하다는 듯 한숨을 쉬었다.

"내가 일일이 지시를 하지 않으면 하나같이 굼벵이가 된다니까."

염노팽은 이래서 은퇴를 못한다느니, 자신이 없으면 혈맹파가 어찌 돌아갈지 상상도 되지 않는다느니, 하는 말을 중얼거리며 침상에 누웠다.

며칠 있지 않아서 많은 일들로 인해 바쁘게 될 테니, 시간이 날 때 휴식을 취해 두려는 것이다.

확실히 그는 예전만큼 기력이 왕성하지 않았다.

하지만 그는 여전히 교활하고, 경험 많은 두목이었고, 지금보다 더 많은 시간이 흘러도 그 사실은 변하지 않을 것이었다.

아니, 지금보다 다양한 경험이 축적되면서 오히려 더욱 교활한, 그리고 욕심도 많은 두목이 될게 분명했다.

드르렁.

염노팽은 침상에 누운 지 얼마 되지 않아서 곧 깊은 잠에 빠져들었다.

*   *   *

지붕까지 있는 한 대의 마차가 려강에서 무위로 향하는 관도를 따라 이동하고 있었다.

"묵 소저. 밖을 보십시오. 꽃이 정말 화사하게 피어났습니다."

공추걸의 말에 묵담향은 창가 쪽으로 시선을 던지며 미소 지었다.

"정말 그러네요. 려강에 있을 때는 몰랐는데, 이젠 정말 완연한 봄이 된 게 느껴져요. 그렇지 않은가요, 반 소협?"

묵담향은 반대쪽 창가 자리에 눈을 감고 앉아 있는 반악을 쳐다보며 물었다.

반악은 눈도 뜨지 않고 대답했다.

"관심 없소."

공추걸은 안타깝다는 듯 혀를 찼다.

"오늘 반 소협의 기분이 별로 좋지 않은 것 같습니다. 혹시 나와 묵 소저가 부부로 행세하게 되었다는 것 때문에 기분이 상한 건 아니겠지요?"

순간 반악의 미간이 좁혀졌다.

하지만 그건 순간에 불과했고, 그는 곧 눈을 뜨고 공추걸을 날카롭게 노려보았다.

공추걸은 손사래를 치며 웃었다.

"하하하, 농담입니다. 그냥 분위기 풀어보자고 한 말이었습니다."

"난 농담을 좋아하지 않소."

"이런, 이런. 제가 기분을 더욱 상하게 한 거 같군요. 앞으로는 조심하겠습니다."

공추걸은 반악을 그냥 조용히 놔두자면서 묵담향의 시선을 다시 창밖으로 이끌었다.

'빌어먹을.'

반악은 짜증이 났다.

사실 아까부터 속이 부글부글 끓어오르는 것을 참느라 애를 쓰고 있었다.

'이러다가 언제고 저 녀석을 두들겨 팰지도 모르겠다.'

묵담향과 공추걸이 부부 행세를 하는 건 괜찮았다.

강학청이 그리 조치한 것은 반악에게 귀찮은 일이 일어나지 않도록, 괜스레 연기할 필요도 없게 나름의 배려를 한 것이었으니까.

하지만 무위에 당도하지도 않았는데 마치 진짜 부부라도 된 듯이 말하고, 행동하는 공추걸 때문에 자꾸만 신경이 거슬리는 것이다.

눈을 감고 무시하려고 해도 그 말과 행동이 점점 도를 더해 가니 무시하기도 쉽지 않았다. 차라리 마부석에 앉아서 가면 나을 텐데, 견일 등이 앉은 것만으로도 꽉 차서 그가 낄 자리가 없었다.

'지붕 위에 앉아서 갈까?'

괜한 생각이 아니라 진짜 그래볼까, 하는 생각이 들었다.

하지만 곧 생각을 접었다. 지붕에 올라 앉아 가면 너무 눈에 뜨일 테니까.

반악은 결국 무위에 도착할 때까지 참기로 했다. 나중에 려강으로 돌아가는 길에는 공추걸과 함께 돌아가지 않겠다고 다짐하면서.

마차는 쉼 없이 달리고, 많은 시간이 흘러갔다.

주구장창 떠들어대던 공추걸도 할 말이 없어졌는지 입을 다물더니만 어느 사이엔가 꾸벅거리며 졸고 있었고, 묵담향은 병법에 관한 책을 읽으면서 침묵하니, 마차 안은 매우 조용해졌다.

'딱 좋군.'

반악은 내심 흡족해하며 명상에 집중했다.

하지만 그의 명상은 오래가지 못했다.

'이게 무슨 냄새지?'

아주 미미하기는 했지만, 후각을 쾌쾌하게 만드는 냄새가 창문 사이로 흘러들어오는 공기에 섞여 있었다.

'탄 냄새?'

근방에서 산불이라도 난 것일까?

아니면 누가 크게 불을 지피기라도 한 것일까?

문득 의문이 들긴 했지만 상관할 일이 아니라는 생각에 반악은 다시 명상에 집중했다.

그러나 냄새가 점점 짙어지고, 나중에는 코와 목이 칼칼해질 만큼 심해지자 계속 무시하고 있을 수가 없었다.

묵담향도 냄새 때문에 책을 읽는 걸 중단했고, 졸고 있던 공추걸도 인상을 찌푸리며 눈을 떴다.

반악은 창문 밖으로 고개를 내밀었다. 견일 등에게 왜 이리 탄 냄새가 심하게 나냐고 물으려고 했던 것이다.

하지만 물을 필요도 없었다.

관도 끝 저 멀리에 하늘에라도 닿겠다는 듯이 짙은 연기가
피어오르고 있었기 때문이었다.

*　　　　*　　　　*

말 그대로 엄청난 화재였다.

무위의 중심지가 아닌 외곽 지역이었으나, 크고 작은 건물
이십여 채가 완전히 전소되었을 만큼 큰 불이었다.

사실 처음엔 큰 불이 아니었으나 바람이 심하게 불었고, 다
닥다닥 붙어 있는 집들이 많아 불이 빨리 옮겨 붙었으며, 적극
적으로 소화 작업을 하지 않아서 피해가 더욱 커져 버린 것이
다.

반악 등이 탄 마차는 화재가 난 곳을 훤하게 볼 수 있는 길
에 멈춰 서 있었다. 무위 중심으로 가기 위해서는 근방을 지나
갈 수밖에 없었는데, 화재 현장을 보기 위해 모여든 수백 명의
사람들 때문에 계속 나아갈 수가 없었기 때문이다.

이런 걸 보면 사람들이 가장 재미있어 하는 구경 중에 하나
가 불구경이란 말이 그냥 퍼진 우스갯소리는 아닌 모양이었
다.

묵담향은 놀라움과 안타까움이 뒤섞인 시선으로 창문 밖을
바라보며 말했다.

"옛날부터 병법에서 화공을 중요시한 데에는 바로 이러한

위력 때문일 거예요. 정말 참혹하군요."

공추걸은 공감한다는 듯 고개를 끄덕였다.

"불이란 참으로 무서워서, 언제나 조심히 다루어야 한다는 걸 새삼 통감하게 됐소. 잠깐의 실수로 저 많은 건물이 사라지고, 또 얼마나 많은 사람들이 죽었을지 감히 상상도 되지 않을 정도요."

그런데 마차 주변에 있던 중년남자가 공추걸의 말을 들은 모양이었다.

"당신은 무위 사람이오?"

공추걸은 아니라고, 묵담향의 어깨에 손을 얹으며 아내와 함께 유람을 하는 중이라고 말했다.

그러자 중년남자는 약간 격앙되고, 분노까지 느껴지는 음성으로 말했다.

"그렇다면 당신은 그런 말을 할 자격이 없소. 실수는 무슨 실수. 자세한 내막도 알지 못하면서 저게 실수로 인해 발생한 화재라고 말하는 거요? 이 모든 게 저기 불에 타 죽어서 실려 나오는 사람들의 잘못이라고 말하는 거요?"

"……."

공추걸은 당혹스러워서 대꾸도 하지 못했다.

크게 의미를 두고 한 말이 아니었고, 그냥 묵담향의 말에 맞장구를 친 것뿐이었다. 결코 다른 사람의 기분을 상하게 하기 위해서 한 말이 아니었는데, 그걸 듣고 이렇게 과민하게 나오는 사람이 있을 줄 어찌 알았겠는가.

중년남자는 공추걸이 당혹해하자 기세가 오른 듯 계속 말을 이었다.

"이 화재는 저들 때문이 아니라……."

중년남자는 갑자기 말을 멈추고 주변을 둘러보았다.

마치 누군가 그의 말을 듣게 되는 걸 두려워하는 눈빛이었다.

걱정하지 않아도 된다는 걸 확인했는지 중년남자는 다시 말을 이었다.

"……불을 낸 건 자신들의 이득을 위해서 강압적으로 이 땅을 차지하고자 했던 자들이오. 그리고 저기 불에 타서 실려 나온 사람들은 땅을 빼앗기지 않으려고, 유일한 삶의 터전을 잃지 않기 위해 버티던 사람들이었소. 그런데 어찌 저들의 실수라고 말하는 거요. 당신이 뭘 안다고 그런 소리를 하는 거요."

중년남자의 목소리가 너무 컸던 걸까.

주변의 다른 사람들도 그 말을 듣고 마차를, 아닌 정확히는 공추걸을 향해 비난의 시선을 던졌다.

"어이, 불난 거 때문에 열 받은 양반. 왜 우리한테 시비를 걸고 지랄이야. 지금 동쪽에서 뺨 맞고서 우리한테 화풀이를 하겠다는 거야?"

가만히 보고 있으면 귀찮은 일이 생길 수도 있겠다 생각한 견일이 얼굴을 험악하게 구기며 중년남자를 향해 으르렁거리

듯 말했다.

가슴에 쌓인 답답함과 분노를 더욱 분출하려고 했던 중년남
자는 움찔하며 입을 다물었다.

계속 말을 했다가는 말을 한 견일이나, 그 옆에서 노려보고
있는 견이, 견삼이 마차에서 뛰어내려 그를 때릴 것만 같았기
때문이다.

그는 변명하듯 말했다.

"난 그냥 함부로 이야기하지 말라고 하고 싶었을 뿐이오.
결코 시비를 걸겠다는 의도가 아니었소."

중년남자는 안타까움으로 감정이 격해져서 그런 것이니 이
해해 달라는 말과 함께 뒤로 물러났다.

그런데 반악이 마차 밖으로 나오며 그를 불러 세웠다.

"그 내막이란 걸 듣고 싶소."

중년남자는 반악을 이상하단 시선으로 쳐다보았다.

"내막을 말이오?"

"그렇소. 무슨 일이 있었는지 알고 싶소."

"당신이 그걸 알아서 무엇 하려고 그러시오?"

이때 견일이 또 나섰다.

"대답이나 할 것이지, 뭔 잔말이 많아?"

반악은 견일에게 손을 들어보였다.

끼어들지 말라는 신호였고, 견일은 얼른 고개를 끄덕이며
중년남자를 노려보던 험악한 시선을 거두었다.

'이 젊은 남자가 저 성질 더러운 마부의 주인이구나.'

중년남자는 반악이 견일 등의 상전이란 걸 알고 화재가 난 배경에 대해 설명하기 시작했다.

"그러니까……."

이곳 근방은 형편이 그리 좋지 않은 서민들의 생활 거주지였다.

허름한 집들과 좁은 길, 풍족함과는 거리가 먼 물건들을 팔기 위해 조그맣게 열리는 시장, 생활고에 시달리는 사람들로 대변되는 무위의 변두리 지역인 것이다.

그런데 최근 현령이 서민들의 보다 나은 생활환경 개선이라는 목표를 내걸고 이곳을 개발하겠다고 선언했다.

처음엔 많은 사람들이 환영했다. 특히 이곳에 땅을 가진, 혹은 건물을 가진 사람들이 환영했다. 땅과 건물의 가치가 높아질 테니까.

심지어 세를 주고 사는 사람들도 뭔가 좋은 일이 생길까 싶어 기대를 했다.

하지만 본격적으로 개발 작업에 착수하면서 그런 사람들의 기쁨과 기대는 단번에 무너져 버렸다.

관에서 땅과 건물을 헐값에 강제 매입하고, 아무런 대책도 없이 세입자들을 쫓아내기 시작했기 때문이다.

게다가 개발 이유란 것도 서민을 위함이 아니라, 이곳을 개발하여 돈을 벌기로 작정한 호족과 거상들이 현령을 회유했기 때문이라는 게 드러나면서 사람들은 동요하기 시작했다.

그리고 곧 분노하고, 반발하여 개발을 철회해 달라는 요구가 빗발쳤다.

"그러나 현령은 들어먹질 않았소. 처음엔 뻔질나게 돌아다니면서 그럴듯한 말로 우리를 현혹하더니만, 우리가 반발을 하자 코빼기도 비추지 않더이다. 심지어 현청에 출입하는 것까지도 통제를 했소."

상황은 극도로 안 좋아졌다.

가뭄에 콩 나는 것처럼 어쩌다 한 번씩 모습을 드러낸 현청의 행정관리는 이미 사업을 민간업자들에게 넘겨 자신들이 개입할 문제가 아니라는 말만 반복했고, 호족과 거상들은 무위의 하오문을 고용하여 강제로 계약을 하게 하고, 사람들을 쫓아내기 시작했던 것이다.

듣고 있던 묵담향이 물었다.

"철거작업에 하오문을 고용했다고요?"

"그렇소이다. 혈맹파라고 하는 하오문이오."

그러면서 불안한 눈빛으로 주변을 둘러보는 게, 그가 혈맹파의 조직원들을 매우 두려워하고 있다는 걸 알 수 있었다.

"내 생각이긴 하지만, 그들도 이 사업에 돈을 투자했을 거요."

배고픈 참새가 익은 벼로 가득한 논을 그냥 지나칠 리가 없지 않겠는가.

"어쨌든⋯⋯."

대부분의 사람들은 무력을 동원한 협박과 회유를 거부할 수 없어 땅과 건물을 넘기고 떠났다.

하지만 일부는 끝까지 저항했고, 건물에서 나오지 않고 자신들의 의지가 관철될 때까지, 현령이 나서서 해결해 줄 때까지 버티는 방법을 선택했다.

"그런데 오늘 혈맹파 조직원들이 대거 몰려와 사람들이 있는 건물에 난입했다고 하오."

그것도 포쾌들의 용인 하에 일어난 일이었다. 안에서 어떤 일이 있었는지는 모르지만 건물에 갑자기 불이 났고, 지금 보이는 처참한 결과를 낳게 된 것이다.

묵담향은 혹시 하는 마음으로 물었다.

"안에 있던 사람들은 어찌되었나요?"

"아까 불에 탄 시신들이 옮겨지는 걸 보았지 않소. 다 죽었소이다."

"아!"

어찌 이런 일이 일어날 수 있단 말인가.

묵담향은 안타깝고, 답답한 마음을 금할 수가 없었다. 민생을 안정시키고, 보호해 주어야 할 관이 이득에만 신경 쓰는 호족과 거상들을 비호하여 이렇듯 참담한 결과를 초래하다니.

하지만 반악 등은 그녀의 안타까움에 별로 공감하지 못했다.

금력과 권력의 유착은 옛날부터 있어 왔고, 또 앞으로도 있을 것이기 때문에 새삼스럽게 놀랄 이유가 없는 것이다.

결국 힘이 있어야 잘 산다는 법칙은 바뀌기가 힘들었으니까. 그래서 공추걸은 표정으로만 공감하는 척했고, 견일 등은 아예 들은 척도 하지 않고 있는 게 아니겠는가.

그리고 반악은 서민들의 안타까운 상황보다는 혈맹파에 더 집중했다.

그가 내막을 듣고자 한 것도 혹시 혈맹파가 개입되어 있을지도 모른다는 육감에 따른 것이다.

'혈맹파도 개입되어 있다면 이 일을 마무리하기 전까지는 려강의 일에 신경 쓸 틈이 없겠군.'

그렇다면 당장은 걱정하지 않고 여유롭게 개인 시간을 가져도 될 것이었다.

"사실 말이 나왔으니 말이지만, 현령의 거짓과 독선적인 행태는 이번뿐만이 아니라오."

중년남자는 이왕 말을 하는 김에 모든 걸 다 털어 버리겠다는 듯 계속해서 말을 이었다.

반악은 듣고 싶은 말을 이미 다 들었기에 그만 됐다고 하려 했지만, 너무 빨리 말을 하는 바람에 막을 틈도 없었다.

"지난번에는 유람객을 불러들이겠다고 멀쩡한 개천을 헤집어 버렸다오. 그 개천 옆으로 자리를 잡고 장사를 하던 좌판 상인들은 경관을 어지럽힌다고 모두 쫓아내기까지 했소."

그러나 많은 사람들의 반대에도 불구하고 현령이 밀어붙여 공사한 개천은 지금 썩어가고 있다고 했다. 유람객을 끌어들이기는커녕, 썩은 냄새 때문에 현민들조차 꺼리는 장소가 되어 버린 것이다.

그런데도 현령은 기대 이상의 훌륭한 성과라며 자화자찬하고 있다고 한다.

"개천 공사가 공금을 빼돌리려고 하는 현령의 꼼수라는 게 빤히 보이는데도 눈 가리고 아웅 하고 있는 것이오. 그 뿐만이 아니오. 지금껏 장마 때 아무 문제가 없었던 서쪽 강이 범람을 할지도 모른다면서 공사를 하겠다고 하더이다. 정말 우릴 바보로 아는 것도 아니고. 게다가 서쪽 강물은 농수로도 사용하고 있는데, 정만 걱정이 태산이라오. 이번엔 얼마나 많은 돈을 빼돌리려고 그러는지, 원. 당신들이 생각하기에도 황당하지 않소?"

묵담향과 공추걸은 물론이고, 견일 등도 어이가 없다는 표정으로 고개를 끄덕였다.

심지어 반악까지도 황당해할 지경이었다.

'내가 들어보았던 부패한 관리들 중 최고로 부패하고, 형편없는 관리군.'

그러나 이젠 더 이상 듣고 싶은 마음이 없었다. 하지만 중년 남자는 아직도 할 말이 많다는 듯 또다시 입을 열 기미를 보였다.

반악은 얼른 그의 입을 막으려고 했다.

헌데 바로 그때 중년남자의 말문을 딱 막아 버리는 일이 발생했다.

"뭐 볼 게 있다고 쥐떼처럼 모여 있는 거야! 당장 꺼지지 못해!"

갑자기 오른쪽에서 우르르 나타난 이십여 명의 사내들이 욕과 고성을 터트리고, 손에 든 몽둥이를 휘둘러대며 모여든 수백 명의 사람들을 쫓아내기 시작했다.

그들은 마치 주인의 명을 따라 수많은 양들을 몰이하는 양치기개들처럼 보였다.

"저들이 혈맹파의 사람들이오. 당신들도 봉변을 당하기 전에 얼른 떠나시오."

중년남자는 겁먹은 얼굴로 경고를 하고 흩어지는 사람들에 섞여 자리를 떠났다.

공추걸은 반악에게 얼른 안으로 들어오라고 손짓했다.

"괜히 저들과 마주쳐 좋을 것이 없으니, 우리도 어서 여길 떠나야 하오."

공추걸을 좋아하지는 않았지만, 그의 말은 옳았다.

그래서 두말 않고 마차에 다시 타려는데 하나의 노성이 그의 발길을 잡았다.

"이게 무슨 짓들인가!"

반악은 소리가 들려온 곳을 돌아봤다.

사람들이 겁을 먹고 도망치는 방향에서 웬 장년인이 걸어오고 있었다.

듬직한 풍채에 반백의 머리, 평범한 옷차림은 장년인을 소탈한 인물로 보이게 했다. 게다가 모두가 무서워하는 혈맹파의 조직원들을 향해 홀로 호통 치는 걸 보면 대범하기까지 한 인물이라 할 수 있었다.

허나 사람들을 몰이하듯 쫓아내던 조직원들이 움찔하며 멈춘 것은 그러한 외적인 이유 때문만은 아니리라.

도망치던 사람들이 멈춰 서고, 조직원들의 눈치를 살피면서도 슬금슬금 장년인의 뒤를 따르는 것도 그만한 이유가 있지 않겠는가.

앞으로 나선 혈맹파 조장 파오평은 떨떠름한 표정을 지으며 말했다.

"나 대인은 괜한 일에 끼어들지 말고 물러나시오. 설마 전 현령이었다는 이유로 우리가 겁을 먹을 거라고 생각한다면 그건 대단히 큰 착각이오."

장년인은 이 년 전까지만 해도 이곳 무위를 다스렸던 전 현령 나무형이었다.

헌데, 그는 현령까지 지냈던 인물치고는 너무 소박한 모습이었다. 아니, 이런 곳에 나타나 서민들을 핍박하는 하오배들에게 호통을 치고 있는 모습도 이상하기는 마찬가지였다.

나무형은 파오평의 은근한 협박에도 굴하지 않고 다시 호통을 쳤다.

"옳고 그름을 따지는데 신분과 직위가 무슨 상관이란 말이냐! 네놈들은 눈에 보이는 권력에만 머리를 숙이는 소인배가 되고자 하는 것이냐! 네놈들이 두려워해야 할 것은 그러한 허울이 아니라, 저 높은 하늘과 저 하늘의 뜻을 따르며 성실히 살아가고 있는 저들 백성들의 선량한 마음이어야 할 것이다!"

"……."

파오펑은 멍한 표정을 지었다.

나무형의 말에 압도당한 것이다. 하지만 곧 정신을 차리고 버럭 고함을 질렀다.

"하늘 따위는 내가 알 바 아니오! 다치기 전에 썩 물러나시오!"

"어허, 아직도 정신을 못 차렸구나!"

"나 대인이나 사태 파악을 하시오! 우린 땅의 소유주들에게 책임을 부여받고 법에 근거하여 저들을 쫓아내는 것이오. 나 대인이 계속 방해한다면 우리의 권리를 침해하는 것이니, 이 이상 참지 않을 거요!"

"마음대로 하거라! 난 여기서 한 발자국도 물러나지 않을 것이다!"

파오펑의 얼굴이 일그러졌다.

'빌어먹을!'

난감했다.

아무리 권력을 잃은 인물이라 해도 전직 현령이었던 자를 상대로 무력을 행사한다는 건 꺼림칙한 일이었으니까.

'하지만……'

염노팽의 얼굴이 떠올랐다.

오늘 안에 모든 걸 마무리짓지 않으면 각오하라고 했던 염노팽의 서슬 퍼런 경고를 생각하면, 아무리 상대가 전직 현령이었다고 해도 신경 쓸 게 무엇인가.

세상 그 무엇도 자신의 목숨보다 소중한 건 없으니까.

"스스로 자초한 일이니 날 원망 마시오! 뭣들 하고 있느냐, 당장 쫓아내!"

조직원들은 서로 눈치를 보았다.

정말 무력을 써서 나무형을 쫓아내도 되는 것인지 걱정이 되는 모양이었다.

'빌어먹을 자식들, 내 인생에 하등 도움이 안 되는구나.'

파오펑은 내심 한숨을 내쉬며 앞으로 나섰다.

솔선하여 수하들을 움직이게 하려는 것이다.

그는 손에 쥔 몽둥이를 꽉 움켜쥐고, 두 눈에 힘을 주고서 나무형을 향해 다가갔다.

"나 대인께는 손가락 하나 댈 수 없다!"

갑자기 한 소리 외침과 함께 삼십대의 장정이 나무형의 앞을 막아섰다.

그리고 그게 시작이었다.

조금 전까지만 해도 혈맹파가 무서워 도망치기 급급했던 사람들이 무슨 힘과 용기가 생겼는지, 나무형을 둘러싸며 싸울 태세를 취했다.

장정들만이 아니었다. 여자와 노인까지 나무형을 지키겠다며, 그를 보호하겠다며 몰려들었다.

나무형은 매우 드물게도 진정 현민들의 존경과 지지를 받고 있는 전직 현령이었던 것이다.

"어쩌지요?"

조직원들이 점점 불어나는 사람들을 불안스럽게 쳐다보며 파오평에게 물었다.

이제 사람들의 숫자는 백 명도 넘을 정도였다.

하지만 파오평이라고 달리 무슨 방도가 있겠는가.

그런데 놀랍게도 나무형이 사람들을 제지하고, 만류했다.

"날 보호할 생각을 하지 마시오. 저들과 싸우려고도 하지 마시오. 이 일은 전 현령이었던 나의 책임이기도 하기에 나서는 것일 뿐, 누구 한 사람이라도 다치는 상황을 원하지 않소이다."

하지만 이미 사람들의 의지와 기세는 그조차도 막을 수 없을 만큼 치솟아 있었다.

"우린 나 대인을 끝까지 지킬 겁니다!"

"지금껏 우릴 진정으로 걱정하며 다스리신 분은 나 대인밖에 없으셨습니다! 우린 나 대인을 잃고 싶지 않습니다!"

사람들은 너도 나도 나무형을 지키겠다고 했고, 나중에는 그를 다시 현령으로 추대하자는 말까지 나왔다.

관리 임용은 그들이 어찌할 수 있는 게 아니었지만, 지금 사람들에겐 가능하냐 아니냐 하는 문제는 중요한 게 아니었다.

그런데 바로 그때 십여 명의 포쾌들이 장내에 나타났다. 사람들이 파오펑의 해산 작업에 저항하고 있다는 말을 듣고 온 것이다.

"이게 무슨 일이야?"

포쾌들의 얼굴이 당혹감으로 물들었다.

때마침 나무형을 다시 현령으로 추대하자는 목소리가 크게 높아지고 있었으니, 포쾌들이 당혹해하는 건 너무도 당연한 일이었다.

특히 함성의 중심에 전 현령인 나무형이 있어 더욱 그러했다.

선임포쾌는 그대로 보고 있을 수 없었다. 이런 상황이 현령의 귀에 들어가면, 제대로 대처하지 않았다는 질책과 함께 그는 당장 자리에서 쫓겨날 수도 있었기 때문이다.

선임포쾌는 먼저 앞으로 나서며 다른 포쾌들에게 소리쳤다.

"왜들 보고만 있어! 모두 해산시켜!"

포쾌들이 나타나자마자 적극적으로 나서면서 명분과 힘을 얻게 된 파오펑이 수하들에게 명령했다.

"죄다 쓸어버려!"

선임포쾌의 말보다 조금 격한 표현이긴 했지만, 그 뜻을 이해한 조직원들은 포쾌들과 뒤섞여서 나무형을 둘러싸고 있는 사람들을 향해 달려들었다.

"악!"

"억!"

몽둥이가 난무하고, 고통스런 비명이 사방에서 터져 나왔다.

마음은 굳세고 단단했지만 훈련을 받아 조직적으로 움직이는 포쾌들의 몽둥이를, 싸움에 단련된 거칠기 그지없는 하오문 조직원들의 몽둥이를 막기에 사람들의 몸은 너무 약했던 것이다.

특히 여자와 노인들은 속수무책으로 당할 수밖에 없었다.

"도와야 하지 않을까요?"

얼굴 가득 안타까움으로 가득한 묵담향이 공추걸과 반악을 번갈아 쳐다보며 말했다.

공추걸은 난감한 표정을 지었다.

자신들이 무위에 온 이유를 감안하면 나서선 안 되지만, 묵담향의 눈빛을 단박에 외면하기가 힘들었던 것이다.

하지만 그에 비해서 반악의 대답은 단호했다.

"우리가 끼어들 일이 아니고, 그래서도 안 된다는 건 묵 소저가 더 잘 알고 있지 않소."

"하지만……."

그녀도 당연히 알고 있었다.

그러나 머리는 안 된다고 하지만, 마음은 이대로 보고만 있기가 힘들다 말하고 있었다.

약자를 가엽고 불쌍하게 여기는 마음은 사람의 본성 중 하나라고 하지 않던가.

그러나 무공을 익히지도 않은 그녀가 할 수 있는 건 아무것도 없었고, 그래서 더욱 간절하고 안타까운 눈빛으로 반악을 쳐다보았다.

하지만 반악은 자신들이 이 일에 개입했을 때 생겨날 곤란함을 염두에 두지 않을 수 없었다. 그리고 말 그대로 그가 상관할 일이 아닌 것이다.

반악은 묵담향의 시선을 모른 척하며 명령을 기다리는 견일 등에게 말했다.

"출발해라."

마차는 일방적인 폭행과 아우성이 난무하는 상황을 뒤로하고 무위의 중심지로 움직였다.

*   *   *

"식사 안 할 거요?"

반악의 물음에 묵담향은 그를 쳐다보지도 않고 삼층 객방으로 올라가 버렸다.

공추걸은 이층을 바라보며 안타깝다는 듯 고개를 내저었다.

"묵 소저가 아까 일로 단단히 화가 난 거 같습니다."

"……."

"그냥 반 소협이 사과를 하십시오."

반악은 그게 무슨 소리냐는 듯 공추걸을 날카롭게 쳐다봤다.

그리고 물었다.

"내가 왜 사과를 해야 하오?"

사람들을 돕지 않고 온 것은 이성적으로 봤을 때 당연한 선택이었다.

자신들은 나름 중요한 임무를 위해 온 것이고, 괜한 일로 문제를 일으켜서 제대로 된 조사도 없이 혈맹파의 의심을 불러오게 할 수는 없는 일이기 때문이었다.

하지만 공추걸은 그게 아니라고 말했다.

"반 소협도 적지 않은 여자들을 만나보았을 테니 잘 아시리라 봅니다만, 때로 남자들은 그냥 이유도 모른 채 여자에게 사과해야 할 때도 있는 겁니다."

이게 도대체 무슨 소린가?

이유도 모른 채 사과를 해야 한다니.

게다가 맞는 말이라는 듯 견일 등이 옆에서 고개를 끄덕거리고 있지 않은가.

그렇다고 반악의 입장에서는 무슨 뜻이냐고 묻기도 자존심이 상했다.

견일 등이 있는 앞에서 약한 모습을 보일 수도 없지만, 무엇보다 자신은 여자를 잘 알고 있다는 듯 말하고 있는 공추걸 앞에서 무지함을 드러내기가 싫었기 때문이다.

모른다는 걸 인정하면 지는 거다, 라는 기분이라고나 할까.

그래서 다른 의미로 거부감을 드러냈다.

"난 이유도 없이 사과 같은 건 하지 않소."

"반 소협이 그런 마음이라면 더 할 말이 없지만, 한동안 묵 소저와 소원해질 것을 각오해야 할 겁니다."

반악은 싸늘한 미소를 지었다.

마치 그런 것 따위는 자신에게 아무런 걱정거리도 되지 않는다는 것처럼.

허나, 진짜 내심은 약간 달랐다.

살짝 신경 쓰이고, 거슬리는 기분이었다.

그리고 그런 기분 때문에 짜증이 났다.

'내가 왜 이런 기분을 느껴야 하는 거냐.'

아까 일은 당연한 결정이었고, 그는 묵담향과 신경 쓸 만한 관계도 아닌데 말이다.

반악은 자리에서 일어났다.

공추걸은 의아한 시선으로 쳐다보았다.

"주문 안 합니까?"

"배고프지 않소. 그리고 난 따로 움직이며 조사하겠소."

견일 등이 뒤따라 일어섰다.

그러나 반악은 고개를 내저었다.

"나 혼자 움직일 테니, 너희들도 알아서 움직여라."

즉, 자유롭게 조사할 시간을 주겠다는 의미였다.

견일 등은 겉으로 담담하게 고개를 끄덕이면서도, 내심으로는 환호를 질렀다. 얼른 조사하고 기루에 가서 즐길 생각이었던 것이다.

반악은 곧 객잔을 나갔고, 공추걸은 견일 등에게 말했다.

"댁들의 주인은 참 고집스럽고, 독특한 사람인 거 같소. 배고픈데 주문이나 합시다."

견일은 퉁명스럽게 대답했다.

"댁이나 많이 드시오."

그리고 그들도 객잔을 나가 버렸다.

공추걸은 기분 나쁜 표정으로 객잔 입구를 쳐다보았다.

"종들도 주인만큼이나 마음에 들지 않는군."

*　　　*　　　*

객잔을 나선 반악은 느긋한 걸음으로 현내의 이곳저곳을 돌아다녔다.

그 모양새만 보자면 목적이 없는 것 같지만, 실상은 아니었다. 그는 혈맹파의 조직원을 찾고 있는 중이었다.

무위에 다다랐을 때만해도 천천히 여유를 두고 개인적인 시간을 갖으려고 했었지만, 그냥 조사를 빨리 끝내고 다시 려강으로 돌아가야겠다고 마음먹은 것이다.

그래야 묵담향도, 공추걸도 신경 쓸 일이 없게 될 테니까.

'저기 있군.'

불량스러운 걸음과 당당한 눈빛으로 주변을 쏘아보며 대로를 지나는 네 명의 사내는 척 보아도 혈맹파의 조직원이었다.

몇몇 상인들이 그들에게 인사를 건네면서도 똑바로 얼굴을 마주하지 못하고 눈치를 살피는 것만 봐도 알 수 있는 일이었다.

반악은 눈에 띄지 않게 멀찍이서 그들의 뒤를 쫓았다.

조직원들은 수금을 위해 나온 모양이었다. 한식경에 걸쳐 시장을 돌아다니더니, 그들이 허리에 차고 있던 빈 주머니들이 모두 묵직하게 변해 버린 것이다.

네 명은 다시 왔던 길을 돌아 현내의 북쪽으로 이동했다.

그리고 하나의 커다란 장원에 이르더니 그 안으로 들어가 버렸다.

'저 장원이 혈맹파의 본거지란 말인가?'

장원이 있는 지역은 흔히 하오문들이 자리 잡고 있는 지역과 달랐다.

후미지고, 구석지고, 더럽고, 지저분하고, 외져 있다는 말들과는 전혀 어울리지 않는 곳인 것이다.

기루 꼭대기 층, 혹은 도박장 지하, 아니면 주점의 뒷마당을 거처로 삼는 일반성과도 거리가 멀었다. 도리어 지역의 유지, 호족, 혹은 거상이 살고 있는 집처럼 거창하고 그럴듯하게 보였다.

이것만 봐도 혈맹파가 무위에서 얼마나 큰 위세를 부리고 있는지를 알 수가 있었다.

반악은 멀찍하게 거리를 두고 장원을 둥글게 돌면서 몰래 들어갈 만한 곳을 찾았다. 그리고 왼쪽 담장 쪽이 상대적으로 허술하다는 판단을 내렸다.

그는 해가 완전히 저물어 주변이 온통 어둑해질 때까지 기다렸다. 그리고 점찍어 두었던 왼쪽 담장으로 빠르게 다가가, 가볍게 땅을 찍어 담장을 뛰어넘었다.

반악은 근처에 있는 건물 지붕으로 올라가 낮게 엎드렸다.

'일단 중심 쪽으로 가자.'

보통 침입을 경계하기 위해서 화롯불을 피우는데, 상대적으로 더 많은 화롯불이 피워지고 있는 곳이 장원의 중심일 게 분명했다.

어떤 곳이라도 중요한 사람, 혹은 중요한 물건이 많은 곳을 방비하는데 더 집중하기 마련이었으니까.

반악은 몇 개의 담장과 건물을 지나고, 유독 덩치가 크고 사나운 인상의 조직원들이 지키고 있는 곳을 발견했다.

두목인 염노팽의 거처였다.

'신경 쓸 만한 자는 하나도 없군.'

제법 날카로운 시선으로 주변을 살피고 있었지만, 반악의 침투를 알아챌 만큼은 아니었다.

하긴 이곳은 무림문파가 아니라, 하오문의 본거지였으니 당연했다.

아니, 설사 무림문파라고 해도 절정고수인 반악의 움직임을 알아챌 만한 자가 있을 거라고는 생각하기 어려웠다.

반악은 조직원들의 시선이 하늘로는 향하지 않는다는 걸 파악하고, 호흡을 가다듬어 공력을 끌어올린 후 지붕자락을 타고 달렸다.

그리고 그 끝에 이르러 가속도를 이용해 뛰어올랐으니, 새처럼 비상하여 십 장에 가까운 거리를 단번에 뛰어넘고 깃털처럼 가볍게 지붕에 안착했다.

반악은 그래도 혹시 모른다는 마음으로 빠르게 주변을 살폈다.

그의 능력이 대단하다는 사실을 떠나서 이런 상황에서는 조심해서 나쁠 게 없는 것이다.

자신 쪽을 쳐다보는 조직원이 아무도 없다는 걸 확인한 반악은, 기왓장 몇 장을 빼내고 그가 들어갈 수 있을 만큼의 적당한 틈새를 만들었다.

굵고 넓어서 몸을 감추기 용이한 대들보가 보였다. 그 아래로 세 명이 탁자를 중심으로 앉아 있었다.

소리 없이 은밀히 안으로 들어가 대들보에 몸을 의지하고 아래를 살폈다.

'마침 비별막이 있었군. 그리고 저놈은 아까 화재현장에서 사람들을 몰아내는데 앞장선 놈이고⋯⋯.'

비별막, 파오평을 제외하고 남은 사람이 한 명뿐이었으니⋯⋯.

'저자가 두목이겠군.'

반악의 예측은 정확했다.

남은 한 명이 혈맹파 두목 염노팽이었다.

그는 세 사람의 대화에 귀를 기울였다.

＊　　　＊　　　＊

"병신 같은 새끼! 어떻게 일을 그 따위로 처리하는 거야!"

얼굴이 붉으락푸르락 하던 염노팽은 결국 참지 못하고 파오평에게 버럭 고함을 질렀다.

파오평은 잔뜩 주눅이 들었지만, 그도 할 말이 없는 건 아니었다.

"가차 없이 몰아붙였지만 현민들의 숫자가 계속해서 늘어나는 바람에 어쩔 수가 없었습니다. 포쾌들조차도 질려 버려서 물러날 정도였습니다."

사실 그로서는 질책을 받는 게 억울한 일이었다.

오늘 안에 모두 끝내라는 염노팽의 명을 따르다가 생겨난 일이었으니까.

"지금 그걸 변명이라고 하는 거냐? 지금 민란이니, 어쩌니 하는 말까지 돌고 있어. 아까 현령이 나보고 뭐라고 그랬는지 아냐? 멍청이란다. 생각도 없이 일을 하고 있다는 거야. 그런 머리로 어떻게 두목질을 하냐고 비웃기까지 했다. 내가 너 때문에 그런 말을 들어야겠냐? 엉? 내가 네 병신 짓거리 때문에 그런 말을 들어야 해!"

염노팽은 감정을 조절하기가 힘들었는지 벌떡 일어나 그대로 파오펑을 걷어찼다.

그리고 의자를 집어 들더니 가차 없이 내리치기 시작했다.

"대답해 봐! 또 개념 없이 아가리를 놀려보라고!"

퍽! 퍽! 퍽!

염노팽은 욕을 하며 의자가 부서질 때까지 내리치고, 그래도 분이 풀리지 않아 발로 짓밟았다.

지켜보는 비별막은 내심 혀를 내둘렀다.

'저놈의 성질머리는 언제 봐도 지랄 같군.'

게다가 기력도 왕성했다.

염노팽도 이제 다 늙었다, 라고 생각하며 반기를 들 기회를 노리고 있던 비별막으로서는 등줄기가 서늘해지지 않을 수 없었다.

물론, 그렇다고 해서 마음을 접겠다는 생각은 조금도 없었지만.

"일어나!"

염노팽은 질릴 때까지 두들겨 패놓고 그냥 누워 있는 것도 용납하지 않았다.

파오펑은 일어나기가 힘들었지만, 이대로 기절하고 싶을 만큼 온몸이 아팠지만 안간힘을 써서 일어섰다.

"이 정도에서 봐주는 걸 다행으로 알아! 당장 내 눈앞에서 사라져!"

파오펑은 비틀거리는 몸을 가까스로 가누면서 방을 나갔다.

"내가 저딴 놈을 믿고 일을 맡겼으니……."

답답하기 그지없다는 듯 한숨을 푹푹 내쉬던 염노팽은 갑자기 비별막을 빤히 쳐다보았다.

내심 찔리는 구석이 있었던 비별막은 어색한 표정으로 왜 그렇게 보시냐고 물었다.

"역시 자네뿐이야."

"예?"

"내가 믿고 일을 맡길 사람은 자네뿐이라고."

"감사합니다."

"그래서 말인데……."

염노팽은 뭔가 중요한 이야기를 할 거라는 듯 두 사람밖에 없는 방안과 바깥 동정까지 살피는 시늉을 하더니 한층 작아진 음성으로 말했다.

"자네가 해주어야 할 일이 있네."

비별막은 저도 모르게 긴장된 표정을 하고 되물었다.

"무슨 일입니까?"

"이번 사태가 파 조장 녀석의 멍청한 판단 때문이라는 것은 확실하지만, 문제가 더욱 커진 것은 전 현령인 나 대인 때문이 아닌가."

"그렇지요."

도망치기 급급했던 현민들이 그렇게 난리를 칠 수 있었던 건 나무형이라는 존재가 있었기 때문이었다.

"나 대인은 현령 시절에도 꽤나 골칫거리가 아니었습니까. 처음에 그 인간의 성정도 모르고 뇌물을 주려다가 옥에 갇힌 놈들이 셀 수도 없었죠. 만약 두목님이 조금 지켜보다 주자고 하시지 않았다면 우리도 큰 곤욕을 치러야 했을 겁니다. 그 이후로 우리는 관의 눈치가 보여서 보호비를 걷지 못했고, 가장 큰 수입원이었던 도박장의 문을 닫아야 했고, 정말 기루와 주점이라도 없었다면 진짜 먹고살기조차 힘들었을 겁니다."

"그랬지. 정말 힘겨운 시절이었어. 포정사가 그를 쫓아내서 다행이었지, 지금까지도 그가 현령이었다면 우린 무위에서 계속 버티기가 힘들었을 거야. 자네도 알다시피 두 아들을 저 세상으로 보내면서도 이를 악물고 참고 노력해서 무위를 손에 넣지 않았는가. 그런데 법이 어쩌고 바른 도리가 어쩌고 백성이 어쩌고 하는 헛소리만 해대는 현령 하나 때문에 완전히 쪽박을 찰 뻔했으니.”

비별막은 기회다 싶어 얼른 아부를 떨었다.

“지금 생각하면 두목님의 지도력이 워낙 뛰어나셨기 때문에, 그렇게 힘든 시절을 꿋꿋하게 버틸 수 있었던 게 아닌가 싶습니다.”

“무슨 소리. 다 자네와 같은 친구가 나를 도왔기 때문이 아니겠는가.”

“감사하신 말씀입니다.”

“그래서 이번에도 자네한테 일을 맡길 수밖에 없겠어.”

“말씀만 하십쇼. 두목님의 명이라면 섶을 지고 불속으로라도 뛰어들 수 있습니다.”

물론, 진심은 아니었다.

말로는 염노팽의 영도력이 뛰어났기 때문에 고생했던 시절을 이겨낼 수 있었다며 칭송했지만, 그것도 진심은 아니었다.

다 자신이 잘나서, 노력해서, 살신성인의 정신으로 인내하며 보좌해서 지금의 혈맹파를 유지할 수 있었다고 생각하는 것이다.

즉, 고생고생해서 이 자리까지 올랐으니 되도록 오래오래 살아서, 당연히 염노팽보다 더 오래 살아서 부귀영화를 누리고 싶어 하는 비별막이 섶을 지고 불속에 뛰어드는 미친 짓을 왜 하겠는가.

허나 염노팽은 마치 그 말에 감동이라도 받았다는 듯한 표정을 지으며 말했다.

"나 대인을 제거하게."

"……."

비별막은 멍한 표정을 지었다.

자신이 잘못 들었다고 생각했기 때문이다.

"죄송합니다. 다시 한 번 말씀해 주십쇼."

"나 대인을 제거하라고."

"예?"

"나 대인을 죽여서 아무도 찾지 못할 산에다가 묻으란 말일 세. 아니면 소호로 가서 돌을 묶어 수장시켜도 좋겠지. 혹은 사고처럼 위장할 수 있으면 더 좋고."

"진심이십니까?"

"진심이지. 그 인간이 살아 있으면 좋을 게 없다는 건 자네 역시도 인정하는 바가 아닌가."

물론, 그랬다.

오늘 증명되었듯이 두고두고 그들의 발목을 잡을 인간이었 다.

하지만 전직 현령을 죽여서 땅에 묻어 버리는 건, 호수에 던 져 버리는 건, 사고처럼 위장해 죽이는 건 이야기가 다른 문제 였다. 그것도 그가 직접 손에 피를 묻혀야 한다면 더더욱 그러 했다.

"저기 그건 좀……. 그냥 적당히 팔이나, 다리 하나 부러트려서 겁을 주는 것으로도 충분하지 않을까요?"

"그 정도로는 너무 약해. 그 인간이 얼마나 고집이 센데."

"처자식 중 하나 납치하는 건요? 시집간 딸을 납치해서 매음굴에 팔아 버리겠다고 하는 겁니다. 아니면 호북 쪽에서 관리를 하고 있다는 아들놈을 죽이겠다고 하면 어떨까요."

"그 정도로는 안 된다니까. 그냥 죽이는 게 확실한 방법이야."

"하지만……."

비별막은 너무 극단적으로 대응하는 게 아니냐고 말했다.

아무리 뇌물을 받아먹고 있는 현령과 포쾌들이라고 해도 전직 현령을, 나름 같은 부류라 할 수 있는 나무형을 죽였는데 그냥 넘어갈 리가 없지 않느냐고 말이다.

그러나 어떻게든 손을 떼고 싶어 장황하게 설명하며 부정적인 측면을 부각시키던 비별막은 염노팽의 한 마디에 말문이 막히고 말았다.

"임 대인의 지시가 있었네."

임 대인이라 하면 현 현령인 임몽반을 이야기하는 것이다.

"정말입니까?"

"그럼 내가 이런 일에 허튼 소리를 하겠는가?"

물론, 임몽반은 직접적으로 나무형을 죽이라 말을 한 적은 없었다.

그저 오늘 현민들이 크게 소란을 일으킨 일로 노발대발하다가, 역시 나무형이 살아 있는 건 모두에게 불행한 일이라는 간접적인 표현을 했을 뿐이었다.

하지만 바보가 아닌 이상 그 의미를 모를 수가 없었다.

그리고 비별막을 정리하기로 작정했던 염노팽으로서는 아주 좋은 기회란 생각이 들어, 임몽반에게 잘 처리하겠다고 호언장담까지 하고 돌아왔다.

'이놈이 나 대인을 죽이게 하고, 나중에 이놈 짓이라고 밀고해서 붙잡히게 만드는 것이지.'

그럼 현령의 지시를 이행하고 비별막까지 처리하게 되는, 일석이조, 일거양득, 님도 보고 뽕도 따는 아주 기분 좋은 결과를 얻게 되는 것이다.

염노팽은 비별막의 어깨를 꽉 움켜잡았다.

"자네만 믿고 있겠네. 부담을 주려고 하는 건 아니지만, 이 일을 제대로 처리하지 못하면 우리 혈맹파는 그대로 끝이라는 것만 알아두게. 자네도 임 현령의 속이 엄청 좁은 건 알고 있지? 그 인간이 나 대인 이야기만 나오면 이를 가는 것만 봐도 알 수 있잖아. 싫어하는 이유도 웃겨요. 동문수학 시절 자기보다 공부 잘하고, 시험도 일찍 붙어서 자존심을 상하게 만들었기 때문이래. 그 인간하고는 절대 원한을 지면 안 되는 거지. 아주 소소한 것이라도 말이야."

염노팽은 어쩔 수 없이 해야 한다면서 이런저런 설명을 늘어놓았지만, 돌이라도 씹은 듯한 비별막의 낯빛은 크게 변함이 없었다.

'이번 일은 감이 영 안 좋은데.'

그러나 이렇게까지 말을 하는데, 거부할 수도 없는 일이 아닌가.

게다가 염노팽은 비별막으로서는 받아들일 수밖에 없는 말로 압박을 주었다.

"이 일이 잘 되면 려강의 실패를 없었던 일로 하겠네. 그뿐인가. 내 적극적으로 자네를 지원해서 그 열혈당이란 것들을 쓸어버리고 려강을 자네에게 주어 관리하도록 하겠네."

구미가 당기는 내용이었지만, 그래도 지금 당장 대답하기가 쉽지 않았다.

그러나 말 그대로 명령이기에 시간을 달라느니, 나중에 다시 이야기하면 안 되겠냐고 말을 할 수도 없었다. 그랬다가는 조금 전 파오평처럼 맞을 수도 있었으니까.

그가 아무리 부두목이라 해도 염노팽의 지랄 같은 성격이면 그렇게 하고도 충분히 남았다.

결국 비별막이 할 수 있는 대답은 하나뿐이었다.

"언제까지 하면 됩니까?"

"딱 기한을 정한 건 아니지만, 빠르면 빠를수록 좋은 것이지. 얼마 있지 않아서 개발 공사를 시작해야 하는데, 나 대인이 또 어떤 식으로 방해를 할지 모르지 않는가."

"계획을 세워보겠습니다."

"필요한 게 있으면 뭐든 말만 하게. 돈이든, 여자든 자네 마음대로 쓸 수 있게 해주겠네."

"계획을 세우면 바로 말씀드리겠습니다."

"최대한 빨리 계획을 세우게나."

"알겠습니다, 두목님."

인사를 하고 방을 나가는 비별막의 표정은 그리 좋지 않았다.

결심을 굳혔다고는 하지만 전직 현령을 죽여야 한다는 압박감이 적지 않았던 것이다.

그에 반해 염노팽은 매우 만족한 얼굴로 의자에 깊숙이 기대고 앉아서 소리 없이 웃기 시작했다.

모든 게 그의 뜻대로 흘러가고 있었으니까.

*　　　*　　　*

반악은 혼자 웃고 있는 염노팽을 내려다보며 내심 코웃음을 쳤다.

염노팽이 어떤 의도로 비별막에게 명령을 내렸는지 대충 짐작이 되었기 때문이다.

차도살인.

비별막의 손을 빌어 나무형을 제거하고, 관의 손을 빌어 비별막을 제거한다.

'교활하고, 음흉한 놈이군.'

하지만 다른 한편으로는 염노팽이 영리해 보였다.

이득을 위해 만인의 존경을 받는 사람을 죽이고, 수하까지 제거한다는 악랄한 의도를 떠나서 객관적으로 볼 때 매우 훌륭한 계획이기 때문이었다.

'혈맹파를 치려면 우선 저놈의 숨통부터 끊어놔야겠군.'

만약 반악 개인의 싸움이라고 한다면 지금 당장 내려가 염노팽의 목을 부러트렸을 것이다.

하지만 이 싸움은 그의 싸움이라기보다 열혈당의 싸움이기 때문에 그렇게 죽일 수는 없었다. 겉모양은 하오문끼리의 싸움이라고 할지라도 어느 정도의 정당함은 갖추어야만 했으니까.

'강학청에게 경고를 해주면 알아서 대응하겠지.'

반악은 다음을 기약하며 조심스럽게 지붕 위로 올라갔고, 기왓장을 본래의 위치로 옮겨 놓아 침입의 흔적을 없앴다.

그리고 경계를 서고 있는 조직원들이 다른 곳을 보고 있을 때, 빠르게 뛰어서 지붕을 박차고 날아올라 한 건물 너머의 지붕 위에 내려섰다.

그런데 그가 연이어 지붕을 박차고 두 번째 담장을 넘어설 때 누군가 그를 따라오고 있는 게 아닌가.

그것도 눈치채지 못하게 할 의도를 갖고 은밀하게.

'들켰나?'

그렇다면 아마도 두 번째 건물의 지붕 위를 지날 때였을 것이다.

그때 살짝 긴장을 풀었더니 발끝에 힘이 들어가 소리가 난 모양이었다.

물론, 그 소리는 매우 미약했고, 그 정도로 발각된다는 건 매우 놀라운 일이었다.

즉, 그 건물 안에 그만큼 감각이 예민한 고수가 있었다는 뜻인 것이다.

'어떤 놈인지 궁금하군.'

하오문에 그 정도의 고수가 있다는 게 신기했다.

하지만 궁금하다고 해서 시간을 낭비하고 싶은 마음은 없었다.

반악은 천을 꺼내 얼굴을 가리면서 빠르게 달렸다. 그런데 장원을 벗어나고 제법 달렸음에도 추적자는 좀처럼 떨어지질 않았다.

'아, 정말 귀찮네.'

작정하고 달린다면 떨쳐내지 못할 리가 없겠지만, 아무리 밤이라도 현내에선 사람들의 시선 때문에 충분히 달릴 수가 없었다.

게다가 그답지 않게 도망쳐야 한다는 것도 짜증났다.

'그냥 죽여 버려야겠군.'

반악은 지붕 위로 올라서며 빠르게 주변을 살피고, 싸울 만한 곳을 찾았다.

'저기다.'

너무 늦은 밤이라 사람의 인적이 끊기고, 허름한 구조의 상점들이 가득한 곳이었다.

반악은 머뭇거리지 않고 그 방향으로 몸을 날렸다.

'흠, 자신이 있다는 건가?'

갑자기 달리는 속도를 높였고, 한참이나 달렸고, 급히 방향을 꺾었다면 바보가 아닌 이상 고의로 유도하기 위함이란 걸 모를 리가 없을 것이다.

그런데도 계속 따라 오는 걸 보면 어떤 상황에서도 자신이 있다는 뜻이 아니겠는가.

타탁.

반악은 목적한 곳에 이르러 땅을 박차고, 짚으로 엮은 지붕 위에 올라섰다.

그리고 지붕에 손을 쑥 집어넣어서 짚을 고정시키고 있던 두 척 길이의 나무를 빼들었다. 무기 대용으로 쓰려는 것이다.

잠시 추적자가 나타나길 기다렸다.

"......"

하지만 좀처럼 모습을 드러내지 않았다.

들켰다는 걸 인정하지 않고 있는 걸까?

아니면 두려운 걸까?

혹은 당황해서 그럴 수도 있었다.

'그것도 아니면……'

반악을 탐색하고 있는지도 몰랐다.

적을 알고, 나를 알면 백전백승이라 하지 않았던가.

만약 그렇다면 매우 신중하고, 조심스런 놈일 게 분명했다.

그러나 이유가 무엇이건 간에 반악은 오래 기다릴 생각이 없었다.

"그만 나와라."

하지만 그래도 나오지 않았다.

반악은 짜증이 났다.

"이런 식으로 해서 내 평정심을 깨려고 하는 거라면 아주 좋은 선택이다. 하지만 난 화가 나고 감정적일 때 더 무서운 사람이야."

추적자는 여전히 모습을 드러내지 않았다.

반악은 곧장 지붕을 박차고 연달아 넉 장의 거리를 줄이며 왼쪽 두 건물 건너 아래 쌓여 있는 흙더미를 향해서 나무를 찔렀다.

파팍.

나무가 닿기 직전 흙더미가 폭발하듯 사방으로 비산하고, 그 사이에서 한 남자가 모습을 드러내며 공중으로 치솟아 올랐다.

반악은 앞으로 내밀었던 나무를 당기고, 뒤로 몸을 회전시켜 땅에 내려섰다. 그리고 시선을 들어 지붕 위에서 그를 내려다보고 있는 추적자를 쳐다보았다.

추적자는 염노평의 양아들인 염서성이었다.

반악은 물었다.

"넌 뭐야?"

염서성은 어이없다는 듯 웃었다.

"그건 내가 할 말이잖아. 너야말로 누군데 남의 집에 허락도 없이 들어왔던 거냐? 얼굴을 가리고 있는 걸 보면 좋은 의도는 아닌 거 같은데, 뭐하는 놈이야?"

하지만 반악은 대답은 않고 다시 물었다.

"넌 뭐야?"

"……."

염서성은 이거 말이 통하지 않는 놈일세, 하는 표정으로 반악을 노려보았다.

그리고 어쩔 수 없다는 듯 말했다.

"난 염서성이다."

"그리고?"

"혈맹파 두목의 양아들이다."

"내가 듣기로 양아들은 몇 년 전에 실종됐다고 하던데?"

무위에 오기 전 붙잡은 조직원들을 통해 파악한 내용이었다.

"실종은 무슨. 나 며칠 전에 돌아왔어. 모두 헛소문이야."

"죽었다고도 하던데?"

"죽긴 누가 죽어. 그냥 인생 경험 좀 하다가 온 것뿐인데."

"네가 그 양아들이란 걸 어찌 믿지?"

"그거야……."

염서성은 대답을 하다 말고 입을 다물었다.

생각해 보니 침입자 따위한테 이렇게 시시콜콜 대답할 필요가 없었던 것이다.

그리고 이젠 그도 반악의 정체가 무엇인지 들어야 할 차례가 아닌가.

"내가 말을 했으니, 너도 정체가 뭔지 말해야 되는 거잖아. 넌 뭐야?"

"안 알려줘."

"뭐? 왜 안 알려줘? 너 나 놀리는 거냐?"

"언제 대답해 준다고 했던가?"

"……."

염서성은 할 말이 없었다.

그리고 보면 반악은 그냥 무턱대고 묻기만 했는데, 자신이 알아서 대답을 해준 것이다.

'이거 열 받네.'

염서성은 나름 세상 경험 좀 하고 왔다고 자부했다.

그런데 반악에게는 애송이처럼 놀림만 당한 꼴이 된 게 아닌가.

"그렇게 나오겠단 말이지? 좋다, 그 잘생긴 얼굴이 엉망이 되고도 입을 안 열지 보자!"

염서성은 지붕을 박차고 뛰어올라 반악을 향해 독수리처럼 떨어졌다.

순간 염서성의 발끝이 여섯 개로 늘어나며 반악의 머리를 내리찍었다. 닿기도 전에 압력이 전해지는 것이 파괴력 또한 만만치 않을 것 같았다.

'제법인걸.'

반악은 두 걸음 물러나며 나무를 빠르게 여섯 번 휘둘렀다.

타타타타타탕!

연이은 충돌음이 터지고, 염서성은 발끝을 밀어내는 반탄력에 몸을 실어 한 바퀴 회전한 뒤, 땅에 내려섰다. 그리고 지체 없이 앞으로 움직이며 반악의 얼굴을 향해 주먹을 네 번이나 내질렀다.

반악 역시 나무를 내리치며 주먹을 마주쳤다.

빡! 빡! 빡! 빡!

딱딱한 기음이 네 번 울리고, 반악과 염서성은 한 장의 거리를 두고 대치했다.

염서성이 공격을 멈추고 뒤로 물러난 것이다.

'이 새끼, 강하네.'

발과 주먹이 아직도 얼얼했다.

아직 최고 경지에 이르지는 못했지만 돌처럼 단련된 그의 발과 주먹이 나무와 격돌하여 이 정도의 고통을 느낀다는 건 심각한 일이었다.

'이거 온 힘을 다하지 않으면 큰일 날 거 같은데.'

괜히 쫓아왔나, 하는 후회까지 일었다.

그는 방에서 운기 중이라 한창 예민한 상태에서 기척을 느꼈다. 몸이 날랜 도둑놈이구나 싶어 쫓아 왔고, 그 와중에 보통 도둑놈은 아니라는 생각에 호기심이 발동하여 여기까지 따라왔다. 하지만 막상 손발을 맞부딪쳐 보니 그의 생각 이상으로 강한 상대였던 것이다.

허나 놀란 건 반악도 마찬가지였다.

'내가 공력을 실은 나무에 이 정도의 자국을 남기는 놈이라…….'

반악은 나무에 선명하게 찍힌 자국들을 보며 염서성을 새삼스런 시선으로 쳐다봤다.

무림 전체를 따져 봐도 이 정도로 강력하고 단단한 주먹과 발을 가진 자는 결코 많지 않았다. 염서성이 이십대 후반임을 감안하면 더욱 그러했으니, 분명 유명한 고수에게서 제대로 무공을 배운 걸 것이다.

그리고 그 고수가 누구인지 짐작도 되었다.

반악은 물었다.

"너 금노의 제자냐?"

금노(金老)는 구노의 일인인 독근궁이었다.

발과 손이 쇠처럼 단단하다고 해서 별호가 금각비(金臂脚)였다.

반악이 그리 짐작한 것은 주먹에 일가견이 있는 고수나, 발길질에 일가견이 있는 고수는 많아도, 둘 다 일가견이 있어 이름이 높은 고수는 금노가 유일하다 할 수 있었기 때문이다.

그리고 젊은 염서성은 결코 금노가 아닐 테니, 그 제자라고 생각한 것이다.

염서성은 놀란 표정을 지었다.

"네가 그걸 어떻게 알았어?"

그가 금노의 제자임을 아는 사람은 아무도 없었기에 놀라는 게 당연했다.

하지만 반악은 코웃음을 쳤다.

"그거 가지고 놀라기는. 어느 정도 상식만 있어도 다 알겠다."

"……"

염서성은 심각한 얼굴이 되었다.

때가 되기 전까지는 자신이 금노의 제자임을 계속 숨기려 했는데, 반악이 단박에 알아본 데다 상식만 있으면 알 수 있다고 하니 매우 당황한 것이다.

물론, 무공에 관련하여 반악 정도의 상식을 갖는 것도 쉽지 않은 일이겠지만, 염서성은 반악이 그만큼 대단한 인물이라는 걸 모르고 있지 않은가.

반악은 나무를 옆으로 던졌다. 염서성의 주먹과 발이 워낙 단단하여 이 정도의 나무로는 몇 합을 버티지 못할 것이니, 그도 적수공권으로 싸우고자 하는 것이다.

반악은 손가락을 까딱이며 말했다.

"덤벼."

그런데 염서성은 고개를 흔들었다.

"싫다."

"뭐?"

"지금 말고 나중에 다시 싸우자."

지금의 몸 상태는 완벽하지 않았다.

이대로 싸운다면 이길 수 없을 것만 같았다. 반악이 이 정도의 고수인지도 모르고 쫓아온 것이니까.

기를 다스리고, 육체를 긴장시키고, 투지를 바로 세울 만한 시간이 필요했다. 일종의 전투태세를 갖춰야만 했다. 그의 사부도 의지만 가지고 강한 상대와 싸우는 건 바보 같은 짓이라고 하지 않았던가.

하지만 반악은 코웃음을 쳤다.

그가 혈맹파에 들어간 것을 알고 있는 염서성을 그냥 보내줄 리가 없기 때문이었다.

그런데 염서성은 그런 반악의 속내를 짐작하고 말했다.

"네놈이 누구인지 모르지만, 장원에 들어온 것을 누구에게도 말하지 않겠다. 아버님께도 함구하겠다. 그러니 지금은 날 그냥 보내다오."

"……."

반악은 눈살을 찌푸렸다.

그리고 퉁명스럽게 물었다.

"내가 왜? 널 어떻게 믿고?"

"믿건 말건 그거야 네 맘이긴 하지. 하지만 내가 진짜 준비가 안 됐다. 네가 누구인지는 모르지만, 너 정도의 실력자가 준비도 되지 않은 사람과 싸우는 건 자존심 상하는 짓이잖아. 그러니 오 일 뒤에 여기서 다시 보자. 그때까지 완벽하게 준비를 갖추고 오겠다."

"……."

반악은 잠시 고민했다.

하지만 그가 할 말이야 뻔한 게 아니겠는가.

"그냥 지금 죽어라."

"그래? 지금 꼭 싸워야겠다면……."

그렇다면 더 이상 빼지 않겠다는 듯 도전적인 표정을 짓던 염서성이 갑자기 땅을 찼다.

땅이 커다랗게 움푹 파이고, 흙더미가 넓게 퍼지며 반악을 향해 날아갔다.

"이깟 잔꾀를!"

반악은 양 손바닥을 연달아 내지르며 바람을 일으키고, 흙더미를 좌우로 밀어냈다.

그리고 앞으로 뛰어나갔다. 하지만 곧바로 어이없는 표정을 지으며 우뚝 멈춰 섰다.

"……!"

기습을 위해 흙을 날린 것인 줄 알았더니, 염서성은 이미 등을 보이고 도망치는 중이었다. 그것도 제법 거리를 벌린 걸 보면 흙더미를 날리자마자 뒤돌아 달렸고, 그를 쫓아오던 것에 비할 바 없이 빠른 속도를 내고 있음이 분명했다.

"잊지 마라! 오 일 뒤에 여기서 다시 보는 거다!"

저 멀리서 염서성의 외침이 메아리처럼 아련하게 들려왔다.

반악은 인상을 찡그렸다.

"금노의 제자씩이나 되는 놈이……."

도망을 치다니.

원괴 울표신은 사랑하는 아내를 지키기 위해 목숨을 구걸했다고 하지만, 염서성이 굴욕을 마다않고 도주하는 이유는 무엇이란 말인가.

'단순히 겁쟁이일지도…….'

무공이 고강하고, 유명한 고수의 제자라고 해서 무조건 강단 있다고 할 수는 없으니까.

'그런데 저놈을 어쩌지?'

다시 쫓아가서, 혈맹파의 장원에 들어가서라도 처리를 해야 할까?

'일단 지켜보자.'

이곳에서 다시 보자는, 아무에게도 말하지 않겠다는 말을 믿는 건 아니었다.

하지만 혈맹파까지 쫓아 들어가더라도 염서성을 조용히 제거할 수는 없었다. 죽이는 건 문제가 아니지만 쉽게 죽어줄 실력이 아니었으니까.

꽤나 시끄러워질 게 분명했다.

'만약 놈이 나에 대해 발설하고, 혈맹파가 날 잡겠다고 난리를 치면……'

물론, 염서성이 그의 얼굴을 아는 게 아니기 때문에 크게 걱정할 건 없겠지만, 일이 커지면 그때는 앞뒤 볼 것도 없이 그냥 혈맹파에 쳐들어가 염서성을 포함해서 모두 괴멸시켜 버리면 되는 것이다.

혹, 열혈당 내에서 반발이 일어나더라도 강학청이 알아서 처리해 줄 게 아니겠는가.

'괜히 호기심을 풀겠다고 늦장을 부렸다가, 일이 쓸데없이 번거롭게 되었군.'

반악은 다음에 염서성을 보게 되면 망설이지 말고 죽여야겠다고 생각하며 얼굴을 가리고 있던 천을 벗고 객잔 쪽으로 걸음을 옮겼다.

*　　　*　　　*

'응?'

객잔으로 향하던 반악은 어둑한 골목길 저 앞으로 지나가는 장년인을 보고 고개를 갸웃거렸다.

장년인은 분명 오늘 화재현장에서 보았던 전 현령 나무형이었다.

하오배들에게 호통을 치던 그 모습이 매우 강렬했던지라 얼굴을 확실하게 기억하고 있는 것이다.

'이 늦은 시간에 혼자서?'

아무리 행동과 모양새가 소탈한 사람이라고 해도 전직 현령이었던 인물이 아닌가.

이런 낙후된 지역에서, 그것도 구석진 골목길을 혼자 걷고 있는 건 상식적으로 이해할 수가 없었다. 게다가 산책을 하는 것도 아닌 것이, 어딘가 목적한 곳으로 가는 듯 걸음이 빠르고 거침이 없었다.

'무슨 비밀스런 일이기에……'

혼자서 이렇게 인적 없고, 외진 골목을 이용하고 있다는 것은 남들이 알기를 원하지 않는다는 의미가 아니겠는가.

'매음굴이라도 가는 건가?'

겉으로는 언행이 바르기 그지없어 군자니 성인이니 칭송받고 있다고 하더라도, 뒤에선 별의별 음란하고 추잡스런 짓거리를 하는 이들이 부지기수였다.

나무형이라 해서 그렇지 않다고 단언할 수는 없는 것이다.

'하지만……'

염노팽과 비별막의 이야기를 들어보면 나무형은 근본적으로 올바른 사람이었다.

차라리 당당하게 드러내놓고 한다면 모를까, 뒤에서 낄낄거리며 음란하고 추잡한 변태 짓거리를 할 것 같아 보이진 않는 것이다.

'객잔으로 빨리 돌아갈 일도 없으니까.'

오히려 묵담향 때문에 마음이 편치 않을 것이었다.

반악은 잠시의 고민 끝에 결국 나무형을 따라가 보기로 했다.

'오늘은 호기심에 이끌리는 일이 너무 많군.'

반악답지 않은 행보였다.

그러나 현민들에게 존경과 사랑을 받고 하오배들에게까지 청백리라고 인정받는 사람이, 그 뒷면에는 어떤 모습을 지니고 있는지를 알고 싶었다.

반악은 혹시 몰라 다시 천으로 얼굴을 가리고 나무형이 지나간 골목으로 조용하고, 빠르게 달려갔다.

*   *   *

어둑한 골목만을 골라 이동하던 나무형은 크고 높은 문과 담장으로 둘러싸인 장원에 당도했다.

장원은 규모가 크기도 했지만, 지어진 지 오래된 듯한 고풍

스러움도 느껴졌다.

'저건……?'

현령의 사택이었다.

포쾌들이 정문을 지키는 것만 봐도 알 수 있는 일이었다. 또 다른 포쾌들은 담장을 따라 경계를 서고 있었다.

'얼마나 구린 짓을 많이 했으면 포쾌들에게까지 집을 지키게 하는 거냐.'

게다가 민생 안정과 범죄소탕에 매진해야 할 포쾌들을 공무도 아닌 일에 사사로이 써먹다니.

현 현령인 임몽반이 얼마나 부패하고, 타락한 관리인지를 잘 드러내는 광경이었다.

'그런데 나 대인이 왜 저길?'

임몽반은 나무형의 이야기만 나오면 이를 간다고 했다.

허면, 그게 거짓으로 돌게 만든 이야기일 뿐, 실상은 그 반대란 말인가?

문을 지키는 포쾌가 나무형에게 몇 마디 말을 듣고 안으로 들어갔다. 그리고 얼마 뒤 다시 나와 나무형이 안으로 들어갈 수 있도록 문을 열어주었다.

'흥미가 절로 생기는군.'

반악은 싸늘한 미소를 지었다.

이왕 여기까지 따라온 것, 반악은 끝까지 쫓아가 나무형이 왜 임몽반을 찾아갔으며, 진짜 어떤 인간인지를 알아보기로 했다.

만약 오늘 그가·보았던 모습이 가식이었다고 한다면…….

'목을 비틀어 죽여 버리겠다.'

지금껏 무위의 현민들을 속여 신망을 얻은 것 때문이 아니었다.

반약 자신을 감탄하게 했다는, 그도 나무형이 좋은 현령이었고 흔하지 않게 청렴한 관리였다고 믿도록 만들었다는 게 죽어 마땅한 이유였다.

반악은 경계를 서고 있는, 하지만 누가 감히 현령의 거처에 침입할까 하는 안이함으로 성의 없이 경계를 서고 있는 포쾌들의 눈을 가볍게 피해서 장원 안으로 들어갔다.

*   *   *

장원 안은 곳곳에 피워진 화롯불로 인해 그리 어둡지가 않았다. 그래서 나무형은 하인의 안내를 받으며 감회어린 시선으로 자세히 주변을 둘러보았다.

'그러고 보니 이곳에 왔던 게 삼십 년도 훨씬 더 전의 일이군.'

이곳은 현청에서 현령에게 마련해 주는 집이 아니었다.

임몽반의 증조부가 이곳 무위의 현령으로 부임한 뒤 사비를 들여 구입하고부터, 임씨 일가가 쭉 살았고 지금도 살고 있는 집이었다.

나무형은 임몽반과 동문수학하던 시절, 임몽반의 생일날 다른 동기들과 함께 초대를 받아서 딱 한 번 온 적이 있었던 것이다.

하인은 새로 지은 지 얼마 되어 보이지 않는, 장원에서 가장 큰 삼층 누각 안으로 안내한 뒤, 화려한 문이 돋보이는 방문 앞에서 멈춰 서도록 했다.

"나리, 나 대인을 모셔왔습니다!"

"들라 하라."

방안에서 흘러나온 말투는 오만하기 그지없었다.

하인은 나무형에게 고개를 숙여보이고는 밖으로 사라졌다.

나무형이 내심 한숨을 내쉬며 문을 열자 안에서 향나무 냄새가 진하게 풍겨왔다.

임몽반은 값비싸 보이는 의자에 앉아, 역시 화려하고 비싸 보이는 탁자 위에 과도해 보일 만큼 안주를 풍성하게 차려놓고 술잔을 기울이고 있었다.

안주는 혼자서 먹기에는 너무 많은 양이었고, 이미 한 병을 다 마신 듯 두 번째 병을 들어 잔에 채우는 것에 비해 집어 먹은 흔적도 거의 없었다.

먹고 싶어서 차려놓았다기보다는 그냥 할 수 있으니까 풍성하게 차린 것이 분명했다.

의자부터 시작해 차려진 음식들까지 방 안의 모든 것이 참으로 사치스런 모습들이었고, 나무형은 저도 모르게 눈살을 찌푸렸다.

청렴결백을 생활신조로 삼아서 고집스럽게 살아왔던 그로서는, 현령인 임몽반이 사치스럽기 그지없는 방 안에서 여유를 부리고 있다는 게 못마땅할 수밖에 없는 것이다.

사실 임몽반의 증조부 때부터 조부, 그리고 부친에 이르기까지 대대로 무위의 현령을 지내오며 적지 않은 부를 쌓긴 했으나 이런 누각을 세울 만큼, 이 정도로 비싼 물건들로 방 안을 가득 채울 정도는 아니었다.

무위의 인구밀도, 경제 여건상 현령에게 들어오는 뇌물이란 것도 한계가 있는 것이니까.

즉, 임몽반은 선대를 능가하는, 그리고 상식을 뛰어넘는 부정한 방법으로 부를 쌓고 있는 게 분명했다.

나무형이 안으로 들어선 것을 빤히 알면서도 천천히 느긋하게 한 잔을 마신 임몽반은 귀찮다는 시선으로 쳐다보며 말했다.

"이 야심한 시각에 찾아오다니, 자넨 예의란 것도 모르는가?"

"오늘 꼭 자네에게 해야 할 말이 있어서 그런 것이니 이해해 주게."

임몽반은 그 대답이 마음에 들지 않는다는 듯 코웃음을 쳤다.

"자리도 안 권할 셈인가?"

"앉게."

나무형은 임몽반의 앞에 앉아 곧바로 말을 꺼냈다.

"오늘 무슨 일이 있었는지 알고 있는가?"

"무슨 일?"

"힘없는 현민들이 당연한 권리를 주장하다가 불타 죽었네. 그리고 무도한 자들이 법을 무시한 채 현민들을 힘으로 핍박했고, 이를 바로 세워야 할 포쾌들은 수수방관을 넘어 무도한 자들과 작당을 하여 공권력을 함부로 사용했네. 어찌 이와 같은 일이 일어날 수가 있단 말인가. 자네가 정녕 백성들을 아낄 줄 아는 현령이라고 한다면, 당장 포쾌들을 이끈 책임자를 찾아내 처벌하고, 그 무도한 자들은 잡아서 일벌백계하여 현민들의 억울함을 풀어주도록 하게나."

"그게 무슨 말이야!"

임몽반은 버럭 화를 냈다.

"그 힘없는 현민이란 자들은 현의 발전을 위해 추진되는 일에 개인의 이득을 따져 방해한 자들이야. 자신이 가진 게 없다고 무조건적으로 가진 이들을 원망하고, 미워하는 무식한 자들일세. 그리고 책임을 도외시한 채 하는 것도 없이 요구만 할 줄 알아요. 불이 난 것도 그들이 피우다 낸 것이 분명해. 그러니 자업자득이라 할 수 있지. 내 말 잘 듣게, 자네가 무도한 자들이라 하는 이들은, 불만만 가득하여 원망할 거리를 찾기 위해 모여든 불한당 같은 놈들이 혹 행패라도 부릴까 싶어 미리 방지하고자 스스로 돕겠다며 나선 사람들일세. 그리고 포쾌들은 응당 현의 치안을 걱정하는 게 당연하지 않은가. 소란이 일어나면 수단 방법을 가리지 말고 진정을 시켜야지. 그런데 무엇이 함부로 공권력을 행사했다는 것인가. 법이란 지키라고 있는 것이야. 누구도 예외일 수가 없어. 자네야말로 전직 현령이었던 자가 어찌 그리도 감정적이고, 법을 무시하며, 무림의 방종한 자들이나 떠들어낼 만한 말을 부끄러움도 없이 늘어놓는가. 참으로 답답한 노릇일세. 그러니 포정사께서 자넬 쫓아낸 것이야."

나무형은 어이가 없었다.

괴변도 이런 괴변이 없었다. 현민들을 마치 무지한 폭도처럼 말하고, 하오배들과 포쾌들의 행동을 정당하다 주장을 하다니.

그리고 그가 현령에서 물러난 것은 뇌물을 바라는 포정사의 요구를 거부하자, 오매불망 임용되기만을 바라고 있던 임몽반이 그 틈을 타서 거금의 뇌물을 바쳐서 현령 자리를 돈으로 샀기 때문이다.

그런데도 잘못을 잘못이라 여기지 않는 임몽반의 저 당당함은 도대체 어디서 나오는 것이란 말인가.

뻔뻔스러워서 부끄러움이 없는 사람을 후안무치라 했다.

이제 보니 임몽반이 딱 그런 사람이었다.

하지만 나무형은 포기하지 않고 다시 설득에 나섰다.

"법이란 것도 결국 백성을 위해 만든 것이네. 법의 적용에 있어 유함을 갖고, 법으로는 판별할 수 없는 상황의 정당성 여부를 따지라고 관리가 있는 것이야. 그리고 아무리 소수의 의견이라도 들어야 하는 것이 다스리는 자의 몫이고, 번거롭고 힘들더라도 한 명 한 명의 어려움과 슬픔을 찾아서 다독여야 하는 게 자네가 해야 할 일이네. 나라를 다스리는 자는 백성이 가난한 것을 걱정하는 게 아니라 편안하지 못함을 걱정하라고 하지 않았는가. 그런데 어찌 가진 자들만 옹호하고, 없는 자들은 그저 춥고, 배고파도 따르라고만 하는가? 잘잘못을 따지기 전에 그들이 왜 그렇게까지 나서야 했는지에 대해서 차분히 생각해 보게나."

"차분히는 무슨 차분. 그건 자네가 아무것도 몰라서 하는 말이야. 이번과 같은 사업을 계속 추진하면 없는 자들도 결국에는 잘 살게 될 것이야. 무지한 현민들은 그냥 무턱대고 반대만 하고, 당장 이득이 없다고 투덜거리지만, 나중에는 오히려 내게 고마워하게 될 걸세. 난 현령이 되면서 법과 원칙으로 무위를 다스리겠다고 다짐했어. 자네처럼 원칙과 소신도 없는 현령이 아니란 말일세. 내가 반드시 무위를 전국에서 손꼽히는 현으로 만들 거고, 곧 그리 될 것이네."

임몽반은 나무형의 말은 하나도 듣지 않고, 자신의 주장만 반복하고 강조했다.

오늘 일어난 사건은 명확한 계획과 구상도 제시하지 못하면서 더 나은 미래를 위해 있을 수도 있는 통과의례라며, 현민들의 고통과 슬픔과 답답함에 대해선 조금도 신경 쓰지 않고 있었다.

이런 사람이 어찌 현령이라 할 수 있단 말인가.

나무형은 한숨을 내쉬었다.

"자네 정말 많이 변했군."

예전 동문수학할 때부터 특권의식과 오만으로 가득 차 있었다는 건 알았지만, 이렇게까지 극단적이지는 않았었다.

그때는 최소한 옳고 그른 것을 판별할 줄 알았고, 잘못을 인정하지는 못해도 부끄러워할 줄 아는 사람이었던 것이다.

그런데 지금은 아예 상식과 대화가 통하지 않는 사람이었다.

'자신을 위해서라면 잘못이어도 상관없고, 남이 힘들어도 자신만 풍족하면 된다는 생각에 빠져 있다.'

임몽반은 이미 돌이킬 수 없는 부패관리였다.

나무형은 일어섰다.

더 이상의 대화는 무의미했다. 소귀에 경을 읽는 것과 같았다.

'이제 내가 할 수 있는 것은 현민들과 함께 서서 옳은 것을 주장하고, 그른 것에 대해 저항하는 것뿐이구나.'

"자네의 뜻은 잘 알겠네. 하지만 난 동감할 수가 없네. 자네 말을 들어 보니 앞으로 더욱 가진 자들만을 위한 현령이 될 것 같으니, 난 힘없는 현민들과 함께하겠네."

"……."

나무형은 문으로 걸어갔다.

그런데 문고리를 잡은 순간 아무 대꾸도 없던 임몽반이 입을 열었다.

"내 처음이자 마지막으로 분명히 말을 해주지."

"……?"

"난 자네를 좋아하지 않아. 이유는 딱히 없어. 그냥 자네가 마음에 안 들어. 그 고매하고 잘났다고 으스대는 듯한 성품부터, 세상의 냉혹함과 이기심을 모른 척하는 생각과 행동들까지 모든 게 짜증나고, 싫다네. 그리고 앞으로도 변함없이 그러할 걸세. 하지만 자넬 건드리진 않을 거야. 대신 자네 옆에 있는 사람들을 가만두지 않을 걸세. 그러니 자네가 현민들과 함께할수록 그들은 더욱 괴로운 일을 겪게 되겠지. 자넨 그들의 의지를 북돋아주면서 저항하고 이겨내려 애를 쓰겠지만, 세상은 힘이 없으면 아무것도 할 수가 없네. 시간이 갈수록 힘겨워지고, 지쳐갈 테지. 그러면 난 더욱 가혹하게 다그치고, 냉혹한 현실을 더욱 확실히 알게 해줄 것이야. 혹 내 인간성의 피폐함을 염려하는 짓은 하지 말게. 난 그러한 상황을 기쁜 마음으로 즐길 것이니까. 결국 자넨 혼자가 되겠지. 자네와 함께하면 불행해진다는 걸 알게 된 현민들까지 모두 떠날 테니까. 그리고 현민들은 내 다스림을 따라 복종하고, 움직이게 될 걸세. 종국에는 자넬 원망하게 될 거야. 자네라는 존재 자체를 잊으려 할지도 몰라. 아니, 반드시 그렇게 될 게 분명해."

"……."

"어떤 어려움이 있더라도 부디 힘껏 노력하여 날 더욱 즐겁게 해주게. 앞으로의 시간들을 기대하고 있겠네."

문고리를 잡은 그대로 돌처럼 굳어 버린 나무형의 얼굴은 창백했다.

임몽반이 그에게 쏟아내는 원독과 조롱의 말들은 그만큼 충격적인 것이기 때문이다.

"밤길 조심해서 잘 가게."

임몽반은 마치 지인에게 하듯 인사를 했다.

하지만 그의 얼굴엔 비웃음이, 술잔을 입으로 기울이는 손동작은 한껏 여유로워서 염려하는 듯한 인사말과 전혀 어울리지 않았다.

나무형은 마음 가득 휘몰아치는 당혹감과 혼란을 가까스로 억누르며 문을 열고 밖으로 나갔다. 그리고 힘없이 왔던 길을 되짚어 나아갔다.

*　　　　*　　　　*

반악은 누각 꼭대기에서 아래를 내려다보고 있었다.

그의 시선 끝에는 나무형이 있었다.

지쳐 버린 듯한 뒷모습.

뭔가 중요한 것을 잃어버리고, 의욕조차 상실하여 더욱 힘들어 보이는 뒷모습이었다.

나무형을 고통스럽게 하기 위해 현민들을 괴롭히고 있다는 임몽반의 독설은 그만큼 날카롭고, 치명적이었다.

하지만 그게 끝이 아니질 않은가.

반악은 임몽반이 염노팽을 사주하여 나무형을 죽이려 한다는 것을 알고 있었다. 두고두고 괴롭혀서 고통과 외로움을 느끼게 해주겠다며, 자신은 그것을 즐기겠다고 협박하는 건 사실 말뿐인 것이다.

실상은 무위를 자신의 마음대로 다스리는데 있어서 나무형이 살아 있다는 것 자체가 그에게 큰 부담으로 작용한다고나 할까.

임몽반이란 인간은 그걸 참고 있기에는 너무나 속이 좁고, 옹졸하며, 이기적인 인간이었다.

반악은 결심했다.

'나 대인을 죽도록 놔두지 않겠다.'

관리 따위 관심도 없었다.

실제로 나무형은 그와 상관없는 사람이고, 오히려 열혈당이 무위를 손에 넣는데 있어서 걸림돌이 될 것이다.

그러나 죽게 할 수 없었다.

나무형과 같은 올바른 위정자가 살아 있지 않는다면, 또 누가 살아 있어야 한단 말인가.

　'결코 죽게 놔두지 않겠다.'

　반악은 지붕을 박차고 날아올라 장원을 빠르게 벗어났다.

第二十三章

객잔에 도착한 반악은 이층으로 올라가 묵담향이 머무는 객방 앞에 섰다.

똑똑.

문을 두드렸음에도 안에선 아무런 말도 들려오지 않았다.

자고 있는 걸까?

반악은 그녀가 깨어 있다는 걸 알고 있었다.

그는 자신이 원하기만 한다면 그녀의 방바닥에서 개미가 지나가는 소리까지 들을 수 있을 정도로 청각을 예민하게 만들 수 있었으니까.

반악은 잠시 더 기다렸다가 다시 문을 두드리고 말했다.

똑똑.

"할 말이 있소."

고요함이 감돌았다.

하지만 반악은 묵담향이 문을 향해 다가오고 있다는 걸 알 수 있었다.

문이 열리고 묵담향이 얼굴을 내밀었다.

"무슨 일이죠?"

그녀를 알고 난 이후 반악이 들었던 가장 퉁명스런 음성이었다.

'기분이 단단히 틀어져 있군.'

사과를 하지 않는다면 한동안 묵담향과 소원해져야 할 거라던 공추걸의 경고는 틀리지 않았다.

화를 내는 일이 드문 묵담향이 이 정도로 기분이 틀어져 있다면 쉽게 풀릴 리가 없는 것이다.

하지만 지금은 묵담향과의 문제가 중요한 게 아니었다.

"혈맹파를 괴멸시켜야겠소."

묵담향은 어리둥절한 표정을 지었다.

자신들은 혈맹파를 괴멸시키기 위해 무위로 정탐을 온 게 아닌가.

새삼스럽게 할 말은 아닌 것이다.

그녀는 곧 반악이 어떤 의미로 말을 한 것인지 깨달았다.

"설마 지금 당장 우리들끼리 혈맹파를 공격하자는 말인가요?"

"우리가 아니라, 나와 내 종들이 할 거요."

"도대체 그게……."

묵담향은 말을 하다 말고 반악의 팔을 잡고 방으로 끌어당겼다.

혈맹파에 대한 이야기를 사람들이 쉽게 오갈 수 있고, 아래층에서도 들을 수 있는 통로에서 할 수는 없는 일이기 때문이다.

묵담향은 문을 닫고서 바로 따져 물었다.

"여기 온 지 하루도 안 됐는데, 갑자기 무슨 말을 하는 거예요?"

"말 그대로요. 혈맹파를 괴멸시켜야겠소."

"아까 공 소협이 말해 주었는데, 반 소협 혼자서 조사하겠다고 나갔다면서요. 갑자기 그런 말을 하는 걸 보면 무슨 중요한 정보라도 들은 게 있는 건가요?"

반악은 잠시 생각했다.

나무형에 관한 이야기를 해주어야 할까. 그와 같은 사람이 죽기를 원하지 않으니 당장 혈맹파를 없애 버려야 한다고 말해야 할까.

반악은 하지 않기로 했다.

오늘 낮에 현민들을 돕자고 했던 걸 무시했는데, 지금은 나무형의 처지를 방관할 수 없다고 한다면 가뜩이나 기분이 틀어져 있는 묵담향이 더욱 화를 낼 것 같았기 때문이다.

그래서 반악은 진실을 살짝 뒤틀어서 이야기했다.

"혈맹파에 몰래 들어가 려강에서 도망친 부두목 비별막과 두목인 염노팽이 이야기하는 걸 들었소."

"그런데요?"

"염노팽은 려강의 일에 대해서 엄청나게 분노했소. 내일 당장이라도 모든 수하들을 이끌고 려강으로 쳐들어갈 기세였소."

"그렇다면 우리도 지금 당장 려강으로 돌아가 강 당두님에게 상황을 알리고, 싸움에 대비하도록 하면 되잖아요."

"물론, 그래도 되지만 한 가지 문제가 있소."

"무슨 문제요?"

"염노팽이 이곳 현령과의 친분을 이용하여 려강 현령에게 도움을 요청하려는 거 같았소. 뇌물을 마련하는 즉시 현령을 만날 생각이라고 했소. 막대한 금액을 필요로 하기에 돈을 준비하기까지는 시일이 걸릴 것이라고 했지만, 문제는 혈맹파가 관의 도움까지 받는다면 우리의 상황이 매우 곤란해질 거라는 거요."

그가 부용설과 협약을 맺어 관의 문제는 걱정할 것이 없다는 걸 강학청을 제외하고는 아직까지 아무도 모르기 때문에 할 수 있는 말이었다.

"만약 관과의 관계가 어그러지게 되면 우리가 려강에서 기반을 잡기가 매우 어렵게 된다는 건 묵 소저도 잘 알고 있지 않소."

"그렇기는 하죠."

아무리 관과 무림은 불가침의 관계라고 하지만 그거야 무림인들의 생각일 뿐이고, 관은 귀찮아서 하지 않는 것이지 마음만

먹는다면 무림을 초토화시킬 수도 있는 막강한 존재인 것이다.

"그러니 저들이 관과 연동하여 려강으로 쳐들어오기 전에 괴멸시켜야만 하오."

묵담향의 얼굴은 심각해졌다.

반악의 말에 일리가 있다고 여긴 것이다. 하지만 그와 견일 등만 혈맹파를 공격한다는 것은 여전히 동조하기가 어려운 모양이었다.

"아무리 반 소협이 대단한 고수라고 해도 혈맹파의 조직원들은 오십 명이 넘어요. 그 많은 사람들과 어찌 싸우려는 건가요. 그리고 아무리 적이라고 해도 그렇게 많은 사람을 죽여야 한다면……."

정신적으로 감당할 수 있을지가 걱정이라는 말은 차마 하지 못했다.

혹시 반악의 자존심을 상하게 하는 말이 아닌가 해서였다.

반악은 묵담향이 하고자 하는 말의 뜻을 이해하고 내심 헛웃음을 지었다.

'안휘 제일의 사파 고수로서 잔혹마라고 불렸던 내가 사람을 죽이고 나서의 정신적 충격이 염려스럽다는 말을 듣게 되다니…….'

농담으로나 들을 수 있는 말이 아닌가.

그러나 겉으로는 심각하고, 진중하게 표정과 말투를 유지했다.

"물론, 쉽지 않은 일일 것이오. 하지만 지금은 나 개인의 고

충을 따질 때가 아니니, 모든 걸 감내할 수밖에 없지 않겠소."

"……."

"한시가 급하오. 혈맹파가 움직이기 전에 서둘러 시작해야만 하오."

묵담향은 어쩔 수 없다는 듯 무겁게 고개를 끄덕였다.

"알겠어요. 하지만 무턱대고 정면으로 공격하는 것은 말리고 싶어요."

묵담향은 강학청도 인정할 만큼 병법에 대한 지식이 깊었다.

그런 그녀가 이렇게 이야기를 한다면 뭔가 생각이 있다는 뜻이 아니겠는가.

"묵 소저가 내게 당부하고 싶은 말이 있다면 새겨듣도록 하겠소."

"반 소협의 말대로라면 시간도, 여유도 없어요. 그렇다면 최소의 공격으로 최대의 효과를 얻어야 하지 않겠어요? 즉, 머리를 떼어내고, 허리를 잘라내세요."

머리라 하면 두목인 염노팽을, 허리라 하면 그의 명령을 듣고 수하들을 이끄는 부두목과 조장들을 이야기하는 것이리라.

아무리 거대한 세력도 머리가 없으면 계획을 구상할 수가 없고, 허리가 잘리면 행동력이 사라지는 법이었으니까.

혈맹파는 한순간에 혼란에 휩싸이고, 내분이 일어나 순식간에 붕괴될 게 분명했다.

어찌 들으면 참으로 단순한 계책이었다. 그리고 자존심 강

한 무림인들이 듣는다면 화를 내고, 거부할 만한 계책이기도
했다.

명예와 호승심을 배제한, 오직 승리만을 위한 계책이기 때
문이다.

하지만 반악은 계책이 마음에 들었다. 그는 명예보다 실리
를 더 중요하게 생각하고 있었으니까.

"묵 소저의 말을 따르도록 하겠소. 다만, 공 소협은 이 일을
모르고 있는 게 좋겠소."

"왜죠?"

"그가 이 일에 동조할지 확신이 없기 때문이오. 그의 반대
에 부딪쳐 조금이라도 머뭇거릴 틈이 없지 않소."

"그럴 수는 없어요."

"……?"

"우린 동료잖아요. 동료라면 아무리 공감을 얻을 수 없는
계획이라고 해도 숨겨서는 안 되는 거라 생각해요."

동료.

반악은 마치 처음으로 들어본 말인 것처럼 그 말을 속으로
되뇌었다.

오래도록 거룡방에 속하여 살아왔지만, 방원들과 함께 수많
은 적들을 상대로 싸워왔지만, 단 한 번도 동료라는 개념을 떠
올린 적이 없었다. 그래서 말 자체도, 의미도, 그에게는 매우
낯설게만 느껴졌다.

솔직히 살짝 씁쓸하면서 화가 나기도 했다.

묵담향은 그가 몰랐고, 알고자 하지도 않았던 동료란 개념이 매우 중요하다는 듯 말하고 있는데, 그는 여전히 별다른 감흥을 느끼지 못하고 있기 때문이다.

그래서 되묻는 그의 말투는 살짝 퉁명스러웠다.

"그가 반대하면 어쩔 거요?"

"그러지 않기를 바라지만, 만약 반대를 한다면 더욱 잘 설명해 어떻게든 공감을 얻도록 해야겠지요. 내가 책임을 지고 그를 설득하겠어요."

"……"

반악은 잠시 대꾸하지 않았다.

공추걸에게 이야기를 하자는 것이 마음에 들지 않았지만, 동료이기에 그를 배제할 수 없다는 주장에 이의를 제기하는 것도 이상할 것 같았다.

"알겠소. 묵 소저가 그에게 말하시오."

"기다리고 있으세요. 제가 공 소협을 불러올게요."

묵담향은 곧 방을 나갔고, 벌써 잠들어 있던 공추걸을 깨워서 데리고 왔다.

그런데 묵담향의 설명을 들은 공추걸은 너무 쉽게 찬성을 했다. 반대하면 어쩌나 하고 우려했던 반악의 입장에서는 황당함을 느낄 정도였다.

'하긴, 이 녀석도 무림인이니까.'

적과 한바탕 싸우자는데 거절할 무림인은 없는 것이다.

물론, 누구도 아닌 묵담향이 필요성을 강조했기 때문에 금방 동조했다고 볼 수도 있었다.

어쨌든 세 사람은 합의를 이루었고, 반악은 아직 돌아올 기미도 보이지 않는 견일 등을 데리고 와야겠다며 서둘러 객잔을 나갔다.

반악은 얼마 있지 않아서 탐문을 핑계 삼아 주점에서 한 잔걸치고, 이어서 기루를 방문하여 즐거운 시간을 보내려고 했던 견일 등을 찾아냈다.

"따라와."

그는 견이에게 나무형을 몰래 감시하면서 그의 신변을 지키라고 보낸 뒤, 아쉬움 가득한 표정의 견일과 견삼을 데리고 다시 객잔으로 돌아왔다.

*　　　*　　　*

혈맹파가 운영하는 고급주점.

특별한 손님만을 접대하기 위해 마련된 몇 개의 방 중 한 곳에 조장 파오펑이 치료를 받으며 술을 마시고 있었다.

"등에 약을 발라야 하니, 상의 좀 벗어주시겠습니까?"

얼굴에 난 상처치료를 끝낸 의원은 눈치를 살피며 조심스럽게 물었다.

눈을 감으며 고통을 참고 있던 파오펑은 대꾸 없이 고개를 끄덕였고, 그를 시중들도록 하기 위해 기루에서 데려온 기녀가 얼른 상의를 벗겨냈다.

"으음."

의원이 최대한 조심스럽게 약을 바르는데도 파오펑은 신음이 나오는 걸 참지 못했다.

그만큼 심하게 맞은 것이다.

'빌어먹을 늙은이!'

파오펑은 내심 욕을 하고, 또 욕을 했다.

아무리 생각을 해도 자신은 잘못한 게 아무것도 없는데 맞았다는 기분을 떨칠 수가 없었다.

"크윽."

파오펑은 등에 이어 허리까지 욱신거리는 고통에 다시금 신음 소리를 냈다.

그래도 기녀가 옆에서 보고 있기에 이 정도로 참은 것이지, 아무도 없었다면 더욱 크게 신음을 터트렸을 것이다.

'그 늙은이도 언젠가는 뒷전으로 물러날 터, 그때 오늘의 빚을 갚아주겠다. 가만, 그러고 보니……'

예전 술자리에서 비별막이 두목 자리에 대한 욕심을 간접적으로 드러낸 적이 있었다.

'세상이 빠르게 변하는 만큼, 사람도 그에 맞추어서 변화를 해야 한다고 했던가?'

그때는 무슨 소리인지 이해가 가지 않아서 무식한 놈이 배운 척한다며 내심으로 욕을 하고 그냥 무시해 버렸었다.

그런데 오늘 두목에게 개 맞듯 두들겨 맞으며 굴욕을 당하고 보니 그의 말이 이해도 가고 백번 옳게 느껴졌다.

'조만간 부두목님과 술 한 잔 해야겠군.'

그리고 새로운 혈맹파에 대해서 진중하게 이야기를 해보기로 결심을 굳혔다.

"으읔."

약을 바르면서 의원이 또 아픈 상처를 건드렸다.

파오평은 조금이라도 고통을 상쇄시키기 위해 술을 가득 채운 잔을 입안으로 기울였다.

꿀꺽.

그가 마신 술은 주점에서 가장 독한 술이었기에 목에서부터 위장까지 불이 난 듯이 화끈하게 달아올랐다.

하지만 통증은 여전했다.

"한 잔 더."

기녀가 얼른 술을 따랐다.

파오평은 그렇게 석 잔을 연달아 마신 끝에야 잔에서 손을 놓았다.

'조금 낫군.'

강렬한 술기운에 머릿속이 멍멍했지만, 통증이 덜 느껴지고 몸 전체가 얼얼해서 기분이 조금 나아졌다.

그때 우연인지 기녀의 풍만한 가슴이 팔꿈치에 닿았다.

기녀의 얼굴을 쳐다봤다. 눈초리가 가늘게 올라가 묘하게 색기가 느껴지는 예쁜 얼굴이었다. 음심을 동하게 만드는 얼굴이라고나 할까.

파오평은 하초에 힘이 들어가는 걸 느끼며 의원에게 물었다.

"멀었냐?"

"아닙니다. 이제 곧 끝납니다."

"얼른 끝내."

의원의 손놀림은 조금 더 급하게 움직였다.

파오평은 그 사이에 술을 마시면서 기녀의 허벅지와 허리를 매만졌다.

취기는 더욱 강해지고, 하초에 들어가는 힘은 한계에 이르렀다. 느긋하게 치료가 끝나기를 기다릴 만한 인내심 역시 바닥을 친 상태였다.

"됐어! 내일 다시 와!"

"하지만 조금만 더 하면 되는데요?"

"내일 다시 오라니까!"

아까까지만 해도 몸이 아파 움직이기도 힘들어 했던 파오평은 의원이 뒤로 나동그라질 정도의 괴력을 발휘했다.

"내일 다시 와!"

"예, 예, 알겠습니다."

겁을 먹은 의원은 벌떡 일어나 얼른 방을 나갔다.

파오평은 의원이 나가고 문이 닫히자마자 기녀의 허리를 휘어 감았다.

"아이, 왜 이러셔요."

기녀는 파오평의 손길에서 벗어나려는 듯 허리를 뒤틀었다.

그러나 희한하게도 그녀의 몸은 파오평에게 더욱 바짝 붙어 버렸다.

"요거 하는 짓이 아주 여우일세."

파오평은 참으로 귀엽다는 표정을 지으며 기녀의 가슴을 쓸어 올리듯 어루만졌다.

"누가 여우예요. 그렇게 다친 몸으로 제 몸을 원하는 나리야말로 늑대예요."

"하하하, 그럼 여우와 늑대가 만났으니 더 잘 된 거지."

파오평은 탁자 위에 있는 술병과 안주들을 밀어내 버리고, 기녀를 번쩍 들어 앉혔다.

그리고 급히 옷을 벗기기 시작했다.

"나리, 천천히, 천천히요."

"천천히는 무슨. 난 원래 뭐든지 빨리 하는 성격이야."

"그럼, 그것도 빨리 끝나겠네요?"

"들이미는 속도만 빠르니까 걱정하지 마."

기녀는 깔깔거리고 웃으면서 스스로 탁자에 누웠다.

그녀는 눈을 감고 옷을 벗기면서 동시에 애무하듯 쓰다듬어 오는 파오평의 손길을 음미했다.

얼굴은 기대감으로 붉게 달아오르고, 살며시 벌어져가는 입에서 조금씩 달뜬 신음이 새어나왔다. 헌데, 상의를 벗기고, 하의까지 벗겨가던 파오평의 손이 갑자기 멈췄다.

기녀는 눈살을 찌푸렸다.

'한창 기분이 좋아지고 있는데 멈춰 버리면 어떡해!'

그녀는 눈을 뜨지도 않고 물었다.

"왜 멈추는 거예요?"

대답은 없었다.

"나리?"

역시 대답은 없었다.

그래서 의아해하며 눈을 뜨고 고개를 들었다.

파오평은 눈을 부릅뜨고 의자에 앉아 있었다. 아가미처럼 살짝 벌어진 그의 목에서 붉은 핏물이 줄줄 흘러나오고 있었다.

누군가 그의 목젖을 베어 버린 것이다.

"꺄아!"

파오평의 목을 따고 대들보 위로 올라 선 견삼은 기녀의 찢어질 듯한 비명을 뒤로하고 구멍 뚫린 천장을 통해 주점을 벗어났다.

*　　　*　　　*

혈맹파가 운영하는 고급기루.

240

'하루 동안에 같은 기루를 두 번이나 들어가는 것도 처음이군.'

견일은 반악에게 발견되어 아쉬움 가득한 마음으로 나와야 했던 기루를 바라보았다.

원래 기루를 앞에 두면 절로 기분이 좋아져서 헤벌쭉 웃게 되건만, 지금은 그냥 쓴웃음만 나왔다.

즐기자고 온 게 아니라, 명령을 수행하기 위해 온 것이기 때문이다.

견일은 고의로 취한 듯 비틀비틀 걸으며 기루로 들어갔다.

"아이고, 공자님! 저희 기루를 또 찾아주셔서 감사합니다!"

견일이 바로 한 시진 전에 찾아왔었기에 총관이 그를 알아보는 것은 당연했다.

"아까는 오시자마자 몇 잔 안 드시고 가시기에 아쉬움이 무척 컸습니다. 그런데 다른 분들은?"

"그 자식들 이야기는 하지도 마. 나 혼자 신나게 놀 거니까, 얼른 방으로 안내해."

"아까 그 방으로 모실까요?"

"더 좋은 방으로."

견일은 묵직한 주머니 안으로 손을 넣었다가 금원보를 살짝 꺼내서 보여주며 웃었다.

총관도 마주 웃었다. 아까 전에 일행들과 같이 왔을 때도 제법 놀 분위기였는데, 지금은 아주 작정을 했는지 부유함을 과시하기까지 하다니. 게다가 몸에서 나는 주향과 얼굴색을 보아선, 이미 꽤나 취한 상태였기에 돈을 뽑아 먹기가 매우 수월할 게 분명했다.

그러니 어찌 기쁘지 않을 수가 있겠는가.

'봉 잡았다.'

"특실로 모시겠습니다!"

총관은 희희낙락하여 아무에게나 잡아주지 않는 최상층 특실로 견일을 안내했다.

조금 전 보았던 금원보는 물론이요, 주머니 안에 있는 모든 돈들이 술값과 기녀의 화대로 사용될 것을 조금도 의심하지 않으면서.

하지만 그러한 기대는 일각도 되지 않아서 와르르 무너지고 말았다.

와장창.

음식을 담은 사기그릇이 허공을 날아 벽에 부딪쳐 산산조각이 났다. 그리고 총관을 따라 방 안으로 들어오던 기녀는 놀라서 비명을 질렀다.

"꺄악!"

"염병, 저것도 기녀라고 데리고 온 거냐!"

견일은 기녀의 얼굴을 보자마자 총관에게 성질을 부렸다.

'젠장! 젠장!'

총관은 인상을 찡그렸다.

기루에서 제일 괜찮은 기녀들만 줄줄이 데려와 어느새 열

명이 넘었는데, 견일이 계속해서 퇴짜를 놓고 비싼 음식과 그 릇을 집어던지며 손해를 끼치고 있었기 때문이다.

처음에 그릇을 던졌을 때는 주머니에 든 금원보만 빼먹으면 충분히 만회할 수 있다고 자위하며 대수롭지 않게 넘겼지만, 이제는 아니었다.

견일을 만족시킬 만한 얼굴의 기녀도 더 이상 없거니와, 버 린 음식과 깨진 그릇의 양도 만만치 않았고, 이젠 짜증이 나서 견일을 상대하고 싶지도 않았다.

"공자님, 죄송하지만 공자님의 눈에 찰 만한 기녀가 저희 기루에는 없는 듯합니다. 제가 다른 기루를 추천해 드릴 테니, 그곳으로 가십시오."

하지만 작정하고 행패를 부리고 있는 견일이 총관의 제안을 순순히 받아들일 리가 없었다.

"뭐? 장난해? 어서 여자나 데려와!"

와장창!

견일은 고함을 치며 그릇을 던졌고 정확히 총관의 머리에 맞았다.

"이……!"

총관의 얼굴은 붉으락푸르락해졌다.

맞은 부위도 아프고, 깨진 조각으로 인해 얼굴에 상처까지 났기 때문이다.

그는 더 이상 참을 수가 없었다.

"끌어내게."

그릇이 깨지고, 기녀가 내쫓기고부터 혹시 모를 상황을 염려하여 특실 밖에서 대기하고 있던 조직원 둘이 총관의 말을 듣고 다가왔다.

총관은 그를 지나치는 조직원들에게 자그맣게 속삭였다.

"저자를 뒷문으로 끌고 나가 적당히 밟아주고, 주머니는 은밀히 챙겨서 나한테 오게."

자주 있는 일은 아니었지만 술이 과해 행패를 부리는 손님을 밖으로 쫓아낸 적이 몇 번 있었다.

그리고 그들의 주머니에서 챙긴 돈으로 총관과 조직원들이 쏠쏠한 재미를 보곤 했던 것이다.

조직원들은 걱정 말라는 듯 슬쩍 웃어보이고는, 견일에게 다가가며 말했다.

"손님, 우리가 입구로 안내해 드리리다. 괜히 복잡하게 만들지 말고 얌전히 따라오시오."

총관은 이제 걱정할 것도 없고, 견일의 주머니에 들어 있는 금원보는 자신의 것이라는 생각에 흐뭇한 미소를 지었다.

허나, 그의 기대는 또다시 깨지고 말았다.

퍽. 퍽.

두 번의 격타음과 함께 조직원들은 바닥으로 나동그라졌고, 견일은 비틀거리면서도 의자를 집어 들어 그들이 기절할 때까지 내리쳤다.

견일은 취기로 인해 몸을 가누기 힘들다는 듯 털썩 주저앉고, 혀가 꼬인 말투로 총관을 향해 삿대질을 하며 소리쳤다.

"내가 만만해 보이냐! 이 몸이 한때는 뒷골목에서 알아주는 주먹이었어! 당장 여자 데려와! 여기서 최고의 여자로 데려오란 말이야! 안 데려오면 모두 다 이놈들처럼 작살이 날 줄 알아!"

총관은 얼굴 가득 오만상을 찡그렸다.

'염병, 이거 아주 개 같은 놈이 걸렸잖아.'

만취한데다, 성질은 지랄 같고, 대화는 안 통하고, 주먹까지 쓸 줄 알다니.

정말 최악의 손님이 걸린 것이다.

"예, 예, 공자님. 노여움을 푸시고 조금만 기다려 주십시오. 금방 최고의 여자를 대령하겠습니다요."

일단 비위를 맞춰주기 위해 거짓말을 했다.

"술! 술도 가져와!"

"예, 예, 금방 가져다 드리겠습니다."

총관은 얼른 특실을 나왔다.

"저 인간 잘 감시하고 있어. 도망치게 해서도 절대 안 돼. 알겠냐?"

"예, 총관님."

총관은 점소이들에게 단단히 지시를 해두고, 일층으로 내려 갔다.

그리고 계산대 뒤쪽에 마련된 방으로 들어갔다. 그곳에는 네 명의 사내가 도박을 하고 있는 중이었다.

그 가운데 수염이 덥수룩하고 덩치가 제일 큰 중년인이 눈만 움직여 총관을 힐끔 쳐다봤다. 그는 혈맹파의 조장 계둔이었다.

계둔은 다시 도박판을 쳐다보며 물었다.

"총관도 같이 할래?"

평소였다면 좋지요, 하며 자릴 잡았을 것이다.

하지만 지금은 그것보다 더 중요한 문제가 있지 않은가.

"계 조장님, 지금 특실에서 일이 터져 골치를 썩고 있습니다."

"밖에 애들 두 명 있잖아."

"당했습니다."

"뭐?"

계둔도, 다른 조직원들도 깜짝 놀라 총관을 쳐다봤다.

"몇 명한테 당했다는 거야?"

"한 명이요."

"무림인인가?"

기루의 특성상 힘을 믿고 강짜를 부리고, 소란 피우는 무림인들이 일 년에 한두 번 정도는 있었다.

그렇다고 큰 문제는 아니었다. 아무리 무공을 익혔어도 한 손이 열 손을 당하기는 어려운 법이니까.

물론, 무공이 너무 고강해서 제압하기도 힘들고, 크게 피해가 날 것 같을 때는 적당히 비위를 맞추며 술에 약을 타서 힘을 못 쓰게 한 뒤, 목을 따서 야산에 묻거나 강물에 던져 처리하곤 했다.

"무림인은 아닌 듯하고 그냥 힘 좀 쓰는 놈인 거 같습니다."

"무기 가진 거 없어?"

"그냥 맨손이었습니다. 그런데 하는 짓이 무식하기 그지없었습니다. 생긴 것도 괜찮고, 가진 돈도 많아 부잣집 한량이라고 생각했는데, 끌어내려고 하자 먼저 선방을 날려 쓰러지게 하고는 의자로 기절할 때까지 내리치지 뭡니까."

계둔은 재미난 이야기를 들었다는 듯 웃었다.

"하하하, 그거 아주 제법인 놈일세. 우리 애들이 놈을 너무 만만히 봤구만."

"그런 것 같습니다. 저도 깜빡 속았습니다."

"나중에 교육 좀 단단히 시켜야겠군. 언제든 방심하지 말라고 그렇게 이야기를 했는데, 아직도 정신을 못 차리고 애송이 놈한테 당하고 있으니."

계둔은 답답하다는 듯 고개를 내저으며 진행되고 있던 판을 손으로 휘저었다.

조직원들은 헛바람을 터트리며 원망스러워하는 시선으로 계둔을 쳐다봤다. 그들이 이기고 있던 판을 깬 것이기 때문이다.

하지만 계둔은 그 시선을 단박에 무시해 버리고 명령을 내렸다.

"얘들아, 너희들이 가서 처리하고 와라. 절대 방심하지 말고 처음부터 작심하고 때려. 일단 다리나, 팔을 부러트리고 기선을 제압하란 말이야."

조직원들은 아쉬움을 완전히 지우지 못한 표정이었지만, 명령은 명령.

"알겠습니다."

자리에서 일어난 세 명의 조직원들은 총관에게 걸어갔고, 계둔은 잠깐 쉬어야겠다며 간이로 마련된 침상에 누웠다.

'방심하지 말라느니, 어쩌니 했으면 자기가 직접 나설 것이지.'

총관은 이왕이면 계둔도 같이 나서기를 바랐지만, 저리 누워 버린 사람에게 달리 무슨 말을 하겠는가.

실무적으로는 그가 기루의 모든 걸 관리하고 책임지고 있었지만, 혈맹파 조장에게 이래라저래라 할 수 있는 실질적 힘은 전혀 가지고 있지 않은 것이다.

'운이 좋았어.'

계둔은 총관과 수하들이 방을 나가자 키득거리며 웃었다.

크게 지는 판이라 적지 않은 돈을 잃게 생겼는데, 총관이 시기적절하게 나타나 도움을 청한 덕분에 모면할 수 있었던 것이다.

'녀석들이 도박만 하면 위아래도 모르고 죽자고 달려드니…… 다음 판부터 정신 똑바로 차리고 해야겠어.'

계둔은 마음을 다지면서 수하들이 취객을 처리하고 돌아오길 기다렸다.

헌데, 다시 돌아온 것은 총관뿐이었다. 그것도 얼굴이 잔뜩 일그러져서.

"당했습니다."

"또? 어쩌다가?"

"방심했어요. 손님이 엎드려 헤롱거리고 있는 걸 보고 다가가다가……."

다리를 차여 쓰러지고, 술병으로 머리를 맞고, 팔꿈치에 뒷덜미를 찍히고, 종국에는 전에 당한 조직원들처럼 기절할 때까지 의자로 맞았다는 것이다.

"이런 병신 같은 새끼들이! 그렇게 방심하지 말라고 했건만!"

하지만 계둔은 곧 이상하다는 생각이 들었다.

'술에 만취한 놈이 아무리 방심했다고 해도 다섯 명이나 쓰러트리는 게 가능한 건가?'

가능은 했다.

만약 무공을 오랫동안 수련한 고수라고 한다면.

'무기가 없다고 하면 권각술을 익혔을지도…….'

무공 중에는 술에 취하면 더욱 강해진다고 하는 취권도 있지 않은가.

생각이 거기까지 미치자 계둔은 총관의 뺨을 사정없이 후려쳤다.

철썩.

"병신 새끼! 일 한두 번 해! 그 새끼 무림인이잖아!"

난데없이 뺨을 맞은 총관은 터진 입술을 어루만지며 항변했다.

"하지만 무기도 없었고, 무림인처럼 보이지가 않았어요."

계둔은 인상을 쓰며 다시 총관의 뺨을 후려쳤다.

철썩.

"내일 죽어도 이상하지 않을 만큼 늙어서 허리가 구부정한 할망구도 조심해야 하는 곳이 무림이야. 그런데 생긴 걸로 그런 걸 따지냐! 더 맞을 소리 그만 하고, 술에다가 효과 강한 약을 가득 타서 놈에게 먹여. 뭐해, 후딱후딱 안 움직이고!"

총관은 더는 맞고 싶은 마음이 없었기에 부리나케 방을 나갔다.

'하여튼 일 하는 거 하고는…….'

계둔은 한쪽에 놓아둔 칼을 집어 들었다.

수하들이 죄다 당했으니 그가 직접 취객의 목을 따야 하기 때문이었다.

'혹시 모르니, 애들 몇 명 데리고 와서 올라가야 할까?'

방을 나서서 특실로 향하는 계단을 오르던 계둔은 잠시 고민했다.

혼자 올라가 처리한다는 게 괜스레 불안하고, 마음에 걸렸던 것이다.

하지만 그동안 꽤 강해 보이던 무림인들도 여럿 잡아 죽이지 않았던가. 지금껏 단 한 번의 실수도 없었는데, 새삼 실패

할 걱정을 하는 것도 우스운 일이었다.

'됐다. 약한 모습을 보일 수는 없지.'

불안감 해소보다는, 체면이 더 중요했다.

어느 바닥이나 다 그렇듯이 한 번 이름값이 떨어지면 다시 회복하기가 어렵기 때문이었다.

'게다가⋯⋯.'

이번에야말로 비급이란 걸 얻게 될지 누가 알겠는가.

계둔은 난동 피운 무림인을 제거할 때마다 늘 기대감을 갖고 그들의 품을 뒤지곤 했었다. 혹시 무공비급이 있을지 모른다는 기대감이었다.

하지만 지금껏 기대가 충족된 적은 한 번도 없었다.

게다가 가진 것 없이 힘만 믿고 강짜 부린 걸 자랑이라도 하듯 쓸 만한 칼 하나 나오면 다행이고 보통은 은 한두 냥, 금창약, 자잘한 암기 정도가 다였다.

'그러나⋯⋯.'

희망을 버릴 순 없었다.

이번에는 비급이 나올 수도 있고, 수하들이 없는 지금 나오게 되면 그 혼자서 독식할 수 있지 않겠는가.

'무림고수가 되면 우선 두목부터 제거하고, 혈맹파 두목이 되는 거다.'

그런 다음 더욱 큰 세력으로 키우고, 무림 전체에 명성을 드높일 수도 있을 것이다.

자신이라고 거룡방과 같은 거대 세력의 수장이 되지 말란 법은 없으니까.

'암, 그렇고말고.'

거대하고도 즐거운 상상에 기분이 좋아진 계둔은 조금 급해진 걸음으로 성큼성큼 계단을 올랐다.

무림인 취객을 얼른 죽여서 품을 뒤져보고 싶어서였다.

"어떻게 됐어?"

특실 앞에 도착한 계둔은 안으로 들어가며 물었다.

방 곳곳에 기절한 수하들이 볼썽사납게 널브러져 있었다.

총관은 조용히 말했다.

"몽혼약이 든 술을 먹고 방금 잠들었습니다."

"강한 걸로 확실히 먹인 거지?"

"황소도 쓰러질 만큼 강한 걸로 진하게 타서 먹였습니다."

"의심은 안 해?"

"만취한 놈이 술을 마다할 리가 없고, 그 맛을 제대로 알리도 없잖습니까."

아까 입술이 터질 정도로 두 번이나 뺨을 맞아서 총관의 대꾸는 살짝 퉁명스러웠다.

계둔은 그 말투가 마음에 안 들었지만, 어서 빨리 견일의 품을 뒤져야 한다는 조급함 때문에 그냥 무시해 버렸다.

"모두 나가."

"여기서 처리하게요?"

"그럼 어디서 처리해."

"아무리 그래도 여긴 특실인데, 피가 튀면 어쩌려고요. 일단 들고 나가서 주방이라던가, 창고라던가……."

사실 특실이 더럽혀지는 걸 걱정한다기보다, 옮기는 과정 중에 견일의 돈주머니를 몰래 빼돌리려는 속셈이었다.

하지만 계둔은 마음이 급했다.

"그럴 시간이 어디 있어. 잔말 말고 얼른 나가 있어. 사람 죽는 거 보고 싶으면 계속 구경하던지."

"아, 아닙니다. 나갑니다."

총관은 견일이 허리에 차고 있는 돈주머니를 계둔이 혼자 챙길 것 같아서 마음이 불편했지만, 사람 죽는 꼴은 조금도 보고 싶지 않았기에 점소이와 함께 얼른 특실 밖으로 나가 문을 닫았다.

'좋았어.'

계둔은 득의의 미소를 지으며 칼을 빼들었다.

그리고 바닥에 널브러져 있는 견일을 향해 조금씩 다가갔다. 아무리 약을 먹어 업어 가도 모를 정도가 되었다지만 조심할 건 조심해야 하는 것이다.

콕콕.

일단 칼끝으로 견일의 다리를 건드려보았다. 반응이 없자 어깨에 생채기가 날 정도로 힘을 주어 찔러보기도 했다.

역시 반응이 없었다.

'완전히 갔군.'

이제 확실히 안심한 계둔은 호흡을 가다듬고 칼을 치켜들었다.

'가만.'

갑자기 총관의 말이 맞을지도 모른다는 생각이 들었다.

특실을 구성하고 있는 모든 물품은 제법 고가의 물건들이었다. 바닥에 깔린 것도 마찬가지였다. 그런데 목을 자르면 엄청난 양의 피가 나올 것이고, 그렇게 되면 쓸데없는 손해만 생기는 게 아니겠는가.

그렇다고 주방이나, 창고까지 들고 나가서 처리하긴 싫었다. 지금 당장, 아무도 없을 때 품을 뒤져서 확인해 보고 싶었던 것이다.

'목을 부러트리자.'

사람의 육체란 참으로 신기해서 이곳저곳 칼질을 당해도 꿋꿋하게 살아남는 경우도 있는 반면, 머리를 잡고 가볍게 뒤틀어 버리는 것만으로도 너무 쉽게 죽어 버리는 것이다.

그래서 계둔은 목을 부러트려 깔끔하게 죽이는 방법을 쓰기로 결심했다.

'어디 보자.'

계둔은 견일의 위쪽으로 자릴 옮겨 머리를 움켜잡았다.

이대로 비틀어 버리기만 하면 되는 것이다.

헌데, 그 순간 견일의 눈이 번쩍 떠졌다.

'혁!'

계둔은 헛바람을 내질렀다.

예상 못한 상황이라 너무 놀란 것이다. 그래서 견일이 손을 뻗어 그의 양 손목을 잡고, 하체를 위로 튕겨올리며 양다리로 그의 목을 휘어감기까지 아무런 반항도 하지 못했다.

설사 놀란 상황이 아니었다고 해도 견일의 동작이 너무 갑작스럽고, 은밀하고, 빨라서 막지 못했을 것이다.

계둔은 순식간에 견일의 몸 아래 깔렸고, 온몸이 억눌려 꼼짝도 하지 못하는 상태가 되었다.

견일은 자신의 발에 목이 졸린 상태로 깔린 계둔을 내려다보며 말했다.

"몽혼약 따위로 날 어쩔 수 있을 거라 생각했냐? 그건 그렇고, 네가 수하놈들이랑 들러붙어 앉아서 방을 나오지 않는 바람에 취객 행세까지 하며 생고생을 해야 했잖아. 자식아, 앞으로 도박 끊어."

계둔은 너무나 화가 나고 분노했지만, 알겠다고 도박을 끊을 테니 살려만 달라고 말하려 했다.

그러나 목이 졸려 소리가 나오질 않았다. 그래서 몸을 어떻게든 움직여서 의사표시를 하기 위해 안간힘을 썼다.

그때 견일이 말했다.

"아, 미안. 이젠 끊을 기회도 없겠다."

우둑.

목이 부러진 계둔은 그대로 죽었고, 견일은 그런 계둔을 두고 일어섰다.

"견삼에게 뒤쳐질 수 없으니, 서둘러 움직여야겠군."

견삼과 두 명씩 맡아서 혈맹파 조장들을 처리하고 있었던 것이다.

견일은 곧 창문을 통해 특실을 빠져나갔다.

한참 시간이 흐른 뒤, 의아해하며 안으로 들어온 총관은 깜짝 놀라 소리쳤다.

"계 조장이 죽었다! 어서 혈맹파에 달려가서 알려!"

*   *   *

견일과 견삼이 조장들을 처리하고 있던 그 시간, 공추걸은 어둑한 골목에서 나와 혈맹파의 정문을 향해 걸어가고 있었다.

그는 얼굴이 드러나지 않도록 눈 아래를 천으로 가린 상태였다.

"어이, 넌 뭐야?"

정문에서 경비 역할을 하고 있던 조직원이 인상을 쓰며 공추걸에게 물었다.

하지만 공추걸은 대꾸도 않고 계속해서 걸어갔다.

조직원은 심상치 않은 느낌을 받았다. 어둑한 시간에 얼굴을 가리고 있는 것도, 공추걸의 담담한 눈빛도 그렇지만, 왼손에 검을 들고 있었기 때문이다.

"웬 놈이냐고 묻잖아!"

조직원은 크게 소리쳤다.

정문에는 그 혼자 있었기 때문에 근처에 있는 조직원들이 듣기를 바라고 목소리를 높인 것이다.

마침 근처에서 잡담을 나누고 있던 조직원들 세 명이 그의 외침을 듣고 뛰어왔다.

"무슨 일이야?"

"저놈은 뭐야?"

"너 뭐하는 놈이냐!"

공추걸은 대답하지 않았다.

대신 석 장의 거리 안으로 들어서며 검의 손잡이를 잡았다.

명백히 공격하겠다는 행동표현.

처음부터 이상하다 생각하며 긴장하고 있던 조직원들은 공추걸을 확실한 적으로 인식하고 비수와 몽둥이를 치켜들었다.

하지만 공추걸은 검을 들고 있는 반면에 그들이 가진 건 비수와 몽둥이뿐이니 불안할 수밖에 없었다.

"안으로 가서 알리고 오겠다."

공추걸을 가장 먼저 발견한 조직원이 눈치 빠르게 안으로 뛰어 들어갔다.

남은 조직원들은 자신이 가지 못한 걸 아쉬워하며 몽둥이를 더욱 굳건히 잡고 공추걸을 견제했다.

그들은 잔뜩 목소리를 높이며 소리쳤다.

"여기가 어딘 줄 알고 나타나!"

"가까이 오지 마!"

"오면 죽는다!"

하지만 그들의 경고가 별다른 견제가 되지 못한다는 건 그들 자신이 더 잘 알고 있었다.

그런데 공추걸이 석 장의 거리를 두고 멈춰 섰다.

'어라? 통했나?'

조직원들은 순간 자신들의 위협이 통한 거라 생각했다.

하지만 공추걸이 곧바로 검을 뽑아들자 상황은 달라졌다.

스릉—

조직원들은 소리만 듣고도 가슴 한 쪽이 가늘게 베어지는 느낌에 몸서리를 쳤다.

검날이 달빛에 반사되는 빛은 너무나 날카로웠다.

그들은 두려움을 느꼈다. 불안감은 더욱 높아졌다.

공추걸은 내심 비웃음을 지었다.

'이런 자들을 상대로 검을 휘둘러야 하다니.'

묵담향이 짠 계획이기도 하고, 패왕보와의 싸움 이후 떨어진 실전 감각을 다듬을 생각으로 반대 없이 나서긴 했지만, 막상 조직원들을 마주 대하고 보니 검을 휘두르고 싶은 마음이 생기질 않았다.

하지만 눈앞의 조직원은 세 명.

숫자가 늘고, 무기까지 제대로 갖추게 되면 저들의 두려움과 불안감은 언제 있었느냐 싶게 사라져 버리고, 강한 적대감과 투지를 뿜어낼 게 분명했다.

물론, 그가 제대로 실력 발휘를 하면 그 적대감과 투지가 다시 두려움으로 바뀌게 되겠지만.

'허나, 너희들에겐 투지가 생길 기회조차 없을 것이다.'

묵담향이 그에게 주문한 건 최대한 이목을 끌고, 많은 조직원들을 정문 쪽으로 몰려나오게 만들어야 한다는 것이었다.

그러니 일단 기선제압을 위한 희생물이 필요했다.

'오는군.'

장원 안 저 뒤쪽에서 십여 명의 조직원들이 달려오는 게 보였다.

공추걸은 곧바로 바닥을 차며 세 명의 조직원들을 향해 빠르게 몸을 날렸다.

"……!"

동료들이 달려오는 걸 보고 표정이 밝아졌던 세 명은 갑자기 달려드는 공추걸을 보고 깜짝 놀라 뒤로 물러났다.

하지만 그들이 물러나는 것보다 공추걸이 전진하는 속도가 몇 배나 빨랐다.

스악―

첫 번째 목표가 된 조직원은 몽둥이로 칼을 막았다.

그러나 아무리 단단한 나무라도 정심으로 검을 수련한 무림인이 휘두른 칼의 날카로움을 견디기는 어려운 일.

몽둥이는 그대로 두 쪽이 나고, 그 주인의 미간은 검 끝에 걸려 가늘고 깊게 갈라졌다.

"죽어라!"

동료가 이마에서 피를 뿌리며 쓰러지는 걸 본 다른 두 명은 도망치는 걸 포기하고 비명처럼 소리치며 비수를 던졌다.

평소 던지는 연습을 해왔던지, 비수는 제법 날카롭게 날아왔다.

하지만 공추걸이 검을 짧게 좌우로 흔드는 가벼운 동작에 비수는 바닥으로 떨어지고, 검 끝은 순식간에 그들의 코앞까지 다다랐다.

스스악—

하나의 동작인 듯 빠르게 두 번 휘둘러진 검 끝에 목이 베어진 두 조직원은 핏물을 뿜으며 뒤로 넘어갔다.

"놈이 우리 동료들을 죽였다!"

달려오던 조직원들이 분노와 당혹감이 섞인 목소리로 고함을 질렀다.

그들은 공추걸이 정문 안으로 들어오자 다섯 장의 거리를 두고 포위했다.

사실 다섯 장의 거리라 하면 이곳이 야산이나 평야가 아닌 이상 포위했다고 하기에는 너무 먼 간격이었다. 그러나 동료들을 베어 버리던 손속의 쾌속함과 날카로움을 보았기 때문에 누구도 더 가까이 다가갈 엄두를 내지 못했다.

수적인 우세에 있었지만, 누구도 앞에 서서 먼저 죽고 싶은 생각은 없었으니까.

무엇보다 그들의 앞에 서서 이끌어야 할 조장이 아무도 없었기에 이런 소심하고, 어처구니가 없는 포위 상태가 된 것이다.

"조장님들은 어디 있는 거야?"

"왜 아무도 오질 않는 거야?"

결국 공추걸을 처음 목도하고, 눈치 빠르게 동료들을 부르러 갔다가 죽음을 모면한 조직원이 두목님께 알려야겠다며 안쪽으로 뛰어갔다.

남은 조직원들은 내심 안으로 달려간 동료를 부러워하며 공추걸을 주시했다.

'그래도 우리한테는 칼이 있잖아.'

최소한 앞서 당한 동료들처럼 허망하게 당할 가능성은 없다고 생각하는 것이다.

더구나 공추걸은 검을 빼들고만 있을 뿐, 다른 움직임을 보이지 않았다. 그저 지켜만 보고 있었다.

'우리 숫자가 많아서 겁먹었나?'

실력이 얼마나 뛰어나던 간에 홀로 십여 명을 앞에 두었으니 공격하기 꺼려하는 게 이상한 일은 아닌 것이다.

하지만 공추걸의 속내를 확인하려는 사람은 아무도 없었다. 확인하려면 공격을 하거나, 도발을 해야 하는데, 그랬다가 공추걸이 첫 번째 목표로 삼고 달려들면 감당할 자신이 없었으니까.

그래서 조직원들은 소리 없는 눈빛 교환으로 의견을 모아 결정했다. 조장들이나, 두목이 나타나 어떤 지시를 내릴 때까지 포위만 하고 있기로.

*　　　*　　　*

특별히 선출되어 염노팽의 거처를 지키고 있는 호위조직원들은 누군가 갑자기 담장 문을 부술 듯이 열고 뛰어 들어오자 벌떡 일어나 칼을 빼들었다.

하지만 곧 자신들의 동료라는 걸 알고 짜증을 냈다.

"뭐하는 짓이야! 여기가 두목님의 거처인 줄 몰라서 그러는 거냐!"

"큰일 났습니다! 적이 쳐들어왔어요! 두목님께 알려야 됩니다!"

"무슨 적? 몇 명이나?"

"칼잡이 한 놈인데, 정체는 모르겠습니다! 어쨌든, 엄청나게 강합니다! 순식간에 세 명을 쓰러트렸는데, 지금 다른 동료들이 포위를 하고 있는 중입니다!"

호위조직원들은 이게 무슨 소리인가 싶어 어리둥절한 표정을 지었다.

칼잡이 한 명인데 강하고, 세 명이이나 당했는데 그냥 포위만 하고 있고.

하지만 생각과 판단은 자신들의 역할이 아니기에 안으로 들어가 염노팽에게 보고했다.

염노팽은 급히 밖으로 나왔다. 그리고 조직원은 조금 더 세부적으로 상황을 보고했다.

설명을 모두 들은 염노팽은 버럭 화를 냈다.

"아무리 강해도 기껏 칼잡이 하나뿐인데, 그걸 못 처리해! 조장들은 뭘 하고 있는 거야!"

"조장들이 아무도 없습니다."

"뭐? 왜 조장이 아무도 없어?"

"그건 저도 잘⋯⋯."

조직원도 영문을 모르고, 당황해서 여기까지 보고하러 온 것이니 대답할 말이 없는 것이다.

"병신 새끼들!"

염노팽은 조장들이 술을 처먹고 있거나, 계집질이나 하고 있을 거라 생각했다.

그는 조장들이 나타나면 단단히 혼내주기로 작정을 하고 호위조직원들 일곱 명을 향해 명령을 내렸다.

"너희들이 모두 가서 처리하고 와."

아주 잠깐 자신이 직접 나설까도 생각했지만 혹시 모를 위험에 노출될지도 몰라 하지 않기로 했다.

아무리 수하가 많아도 눈 먼 칼은 피할 수 없고, 놈이 두목

먼저 죽이겠다고 달려들 수도 있었으니까.

'아마도 우릴 만만히 보고 돈이나 빼 쓰려고 하는 기생충 같은 무림인이겠지.'

그런 자라면 자신이 직접 나서지 않아도 힘과 흉포함이 남다른 호위조직원들이 일반조직원들을 지휘하여 처리할 수 있을 것이었다.

"금방 다녀오겠습니다, 두목님."

호위조직원들은 곧 정문 쪽으로 사라졌고, 염노팽은 나타나지 않은 조장들과 난데없이 나타나 소란을 피우는 무림인에 대한 분노를 곱씹으며 자신의 방으로 돌아왔다.

헌데, 그는 방에 들어서고 의자에 앉자마자 돌처럼 굳어 버리고 말았다.

등불이 미처 다다르지 못하는 방 한쪽 어둑한 구석에서 반악이 소리 없이 걸어 나왔기 때문이다.

"네놈은 누구냐!"

염노팽은 크게 소리쳐 물었다.

수하들이 듣고 오라고 고의로 목소리를 높인 것이었지만, 곧 당혹감에 내심 욕을 내뱉었다.

'젠장, 방금 정문 쪽으로 보냈지. 가만, 이건 뭔가 이상하다……?'

의구심이 생겨났다.

'혹시 정문에서 소란을 일으키는 칼잡이와 이놈이 한 패거리?'

정문에서 소란을 일으켜 이목을 집중케 하고, 상대적으로 경계가 느슨해진 내처를 노린다.

계략의 냄새가 나는 상황이 아닌가.

반악은 염노팽이 무슨 생각을 하는지 짐작하고 말했다.

"맞아."

"……."

"하지만 알아서 죄다 정문으로 보낼 줄은 몰랐다. 덕분에 일이 훨씬 쉬워졌어."

염노팽의 얼굴이 일그러졌다.

반악의 말대로라면 죽여 달라고 스스로 알아서 목을 들이민 꼴이 아닌가.

'칼잡이를 감안하면 이놈도 강한 놈이겠지?'

일단 박도를 들고 있다는 게 위협적으로 느껴졌다.

염노팽은 그의 칼이 걸려 있는 왼쪽 벽을 슬쩍 쳐다봤다.

칼을 손에 쥐기만 한다면 어떻게든 저항하여 수하들이 있는 정문까지 도망칠 수 있을 것 같았다.

염노팽은 왼쪽으로 움직였다. 그리고 움직임에 대한 관심을 흐트러트리기 위해 반악에게 말을 걸었다.

"어디서 온 놈들이냐?"

"……."

"무림인 같은데, 낭인인가?"

"……."

"다른 지역 하오문에 고용되었겠지? 보수는 얼마나 받았냐? 이대로 그냥 돌아간다면 내가 그보다 두 배를 더 주겠다."

"……."

"아니면 자리를 원하나? 실력도 좋고, 이 정도의 계략을 짜낼 정도라면 나 역시 환영이다. 바로 부두목 자리를 주지. 높은 급료는 물론이고, 기루도 맡기겠다. 그럼 원하기만 하면 마음껏 여자를 품을 수 있을 것이다."

"……."

"싫은가? 그럼 뭘 바라지? 원하는 게 있으면 말해 봐라."

"……."

반악은 한 번도 대꾸하지 않았다.

하지만 염노팽은 상관없었다. 그가 칼을 쥘 수 있을 때까지 시간만 끌 수 있으면 되는 것이니까.

그는 충분히 되었다 싶을 때 몸을 날려 벽에 걸린 칼을 잡고 바로 뽑아들었다.

스릉—

"하하하, 내가 쉽게 당할 줄 알았냐!"

염노팽은 마치 이제부터 모든 상황이 뒤바뀌기라도 한다는 듯 웃으며 호기롭게 외쳤다.

하지만 반악은 내심 코웃음을 쳤다. 그가 몰라서 방관한 것이 아니었다.

그는 염노팽이 칼을 쥐게 되면 상대적으로 당당해질 것이

고, 그래서 그 자신감 때문에 묻는 말에 솔직히 대꾸할 가능성
이 높다고 판단했던 것이다.

"비별막은 어디 있지?"

"……!"

염노팽의 얼굴이 의아함으로 물들었다.

자신을 죽이기 위해 온 것이라 생각했는데, 부두목을 찾으
니 이상하게 생각되는 건 당연했다.

"부두목은 왜 찾지?"

"그놈이 나 대인을 죽이지 못하게 하려고."

"……!"

염노팽은 이제 당혹감을 느꼈다.

"네놈들은 누구냐!"

"열혈당."

"뭐?"

너무도 예상 못한 대답이라 염노팽은 멍해졌다.

하지만 곧 정신을 차리고 얼굴을 일그러트렸다.

"려강에서 여기까지 부두목을 뒤쫓아 왔구나."

그러나 비별목을 찾는 이유는 여전히 이해가 가지 않았다.

려강의 일을 마무리하러 왔다느니, 하는 이유라면 모르지만
그가 비별막에게 은밀히 내린 지시를 막기 위해서라니.

그러나 더는 그런 것 따위는 상관없었다. 더 이상 반악과 노
닥거리며 위험을 자초하고 싶지 않았다.

"부두목이 어디 있는지 나도 모른다. 그리고 네놈이 무엇 때문에 막으려는 것인지 모르지만, 나 대인의 죽음을 막을 수는 없을 것이다."

염노팽은 말하는 사이에도 슬금슬금 창문 쪽으로 움직였다.

문을 열고 도망치는 것보다, 창문을 부수며 뛰쳐나가는 게 더 빠른 방법이었으니까.

반악은 원하는 대답을 얻지 못해 아쉬움을 느꼈다.

'할 수 없군. 지금으로썬 비별막의 종적을 찾을 수가 없지만, 나 대인을 계속 지켜보면 놈도 결국 나타나겠지.'

아니면 조직원들을 예의주시해 봐도 될 것이다.

최소한 한 명 정도는 비별막이 어디 있는지 알 것 아니겠는가. 혹은 비별막이 측근에게 연락을 할 수도 있었다.

반악은 박도를 빼들었다.

염노팽의 긴장감이 짙어졌다. 창문에 거의 다다랐는데, 반악이 공격할 움직임을 보이고 있었으니까.

'서둘러야겠다.'

하지만 반악은 곧바로 공격해 오지 않았다.

그는 문득 떠오르는 게 있어 물었다.

"네 양아들이 아무 말도 하지 않았냐?"

"……?"

염노팽의 어리둥절한 표정만으로도 대답은 충분했다.

'그 녀석이 약속을 지켰군.'

반악은 장원에 들어와 우선 염서성을 먼저 찾았었다.

염노팽을 죽이는데 그가 가장 큰 걸림돌이라 생각했으니까. 하지만 그의 모습은 어디서도 찾을 수가 없었다.

'지금이다!'

염노팽은 반악이 생각에 빠진 지금이 기회라 생각하고 곧바로 창문을 향해 몸을 날렸다.

하지만 그가 움직이는 것과 동시에 반악이 번개 같은 속도로 박도를 휘둘렀고, 칼바람이 염노팽의 오른 다리를 쓸고 지나갔다.

쿠당탕!

"아악!"

종아리가 절반이나 잘려진 염노팽은 바닥을 뒹굴며 비명을 질렀다.

반악은 한심하다는 듯 말했다.

"도망칠 때도 방심은 하지 말았어야지."

염노팽은 이를 악물고 벽을 짚으며 일어났다.

'이놈이 도풍까지 일으킬 수 있는 고수라니!'

그의 생전 이렇게 강한 고수와 맞상대한 적은 처음이었다.

'하지만 어떻게든⋯⋯.'

도망칠 수도 없고 이길 자신도 없었지만, 어떻게든 수하들이 돌아올 때까지 저항해 보려는 것이다.

하지만 그의 생각과 행동은 부질없는 짓이었다. 그가 일어난 순간 어느새 지척까지 다가온 반악이 박도를 휘둘러 그의 목을 깔끔하게 베어 버렸기 때문이었다.

반악은 염노팽의 시신을 쳐다보지도 않고 곧바로 방을 나섰다. 공추걸에게 상황이 끝났음을 알리고, 서둘러 나무형이 있는 곳으로 가기 위해서였다.

*   *   *

"컥!"

호위조직원은 신음소리를 터트리며 왼쪽 가슴에 깊이 찔러 들어온 검날을 움켜잡았다.

하지만 힘이 하나도 남지 않은 상태였기에 그 이상은 아무것도 할 수 없었다. 그저 원독어린 시선으로 공추걸을 노려볼 뿐이었다.

슥—

공추걸은 검을 잡아당겼고, 검날을 잡고 있던 손가락까지 잘려나간 호위조직원은 마지막 호흡을 내쉬며 그대로 쓰러졌다.

그를 끝으로 앞장서 덤벼들었던 호위조직원들은 모두 전멸해 버렸다. 그들의 뒤를 따라 공격하던 조직원들은 두려움에 휩싸인 얼굴로 공추걸과 거리를 벌리기 급급했다.

공추걸의 시선이 안쪽 건물 지붕을 향했다. 막 지붕 위로 올라선 반악이 그를 향해 손을 한 번 흔들고 사라졌다.

'끝났군.'

공추걸은 앞을 겨누고 있던 검을 흔들어 피를 털어내고, 검집에 넣었다.

이곳에 온 목적이 달성되기도 했지만, 더욱 숫자가 늘어나 스무 명이 넘는데도 불구하고 믿고 있던 호위조직원들이 모두 죽고 나자 감히 덤벼들 생각도 못하고 물러나기 급급한 조직원들을 상대로는 도저히 싸울 마음이 생기질 않는 것이다.

공추걸은 조직원들에게 말했다.

"죽음을 각오하고 나와 싸울 자신이 있다면 쫓아와라."

그는 등을 보이고 당당히 돌아서서 걸어갔다.

하지만 누구도 떠나는 그를 뒤쫓지 않았다. 등을 보이고 있는 그를 공격하려는 조직원은 아무도 없었다. 그저 서로 눈치만 보며 우두커니 서 있기만 했다.

공추걸의 모습이 완전히 사라지고 조직원들은 조용히 혼란스런 마음을 추슬렀다. 자신들은 할 만큼 했다고 자위하면서.

그런데 조금 뒤 그들에게 연달아 두 가지의 충격적인 소식이 전해졌다.

첫째는 나타나지 않았던 네 명의 조장들이 정체모를 괴한들에게 살해당했다는 것이고, 둘째는 호위조직원들과 조장들의 죽음을 전하러 갔더니 방에 염노팽이 죽어 있었다는 사실이었다.

조직원들은 다시금 혼란에 빠졌고 이번엔 진정시키기가 힘든 것이었다. 한동안 시끌시끌하기만 할 뿐, 어떤 행동을 취하는 사람 하나 없었다. 무엇보다 그들을 진정시키고, 통솔할 만한 지위를 가진 인물이 장원에 없기 때문이었다.

하지만 곧 그들은 의지할 사람이 두 명 남았다는 걸 깨달았다.

한 명은 염노팽의 양자인 염서성.

또 한 명은 부두목 비별막이었다.

무리는 곧 염서성과 비별막을 찾기 위해 두 무리로 나뉘어 흩어졌다.

*   *   *

봉삼은 어둑한 골목만을 골라 급하게 달려가고 있었다.

그의 표정은 걸음만큼이나 다급했다. 비별막에게 서둘러 두목과 조장들의 죽음을 알려야 하기 때문이었다.

'두목과 조장들이 한꺼번에 모두 죽어 버리는 일이 발생하다니……'

누구도 예상 못한 일일 것이다.

비별막도 이 소식을 듣는다면 크게 놀랄 게 분명했다. 하지만 봉삼이 진정 신경 써야 할 것은 그런 반응이 아니라 자신의 태도였다.

'부두목의 신임을 얻은 상태이기는 하나, 앞으로는 보다 확

실한 오른팔이 되어야 한다.'

이제까지는 두목 쪽에서 일을 한 것이나 마찬가지였다.

그러나 두목이 죽었고 부두목밖에 남지 않았으니 그가 선택할 길은 뻔했다. 그래서 지금 아무에게도 알리지 않고 혼자서 부두목을 찾아가는 것이다.

두목과 조장들의 죽음을 먼저 알리고, 당장 혼란에 빠진 조직원들을 규합하여 두목으로 올라서야 한다고 조언하기 위해서.

즉, 조언을 통해서 자신이 그를 보좌할 만한, 중요한 사안에 대해 논의할 수 있는 유일한 수하라고 인식시킬 수 있을 게 분명했다.

봉삼이 발바닥에 땀이 나도록 밤길을 달려 도착한 곳은 무위 동쪽 외곽 산 초입에 있는 허름한 오두막이었다.

지금은 사용하지 않는 사냥꾼들의 휴식처였다.

오두막 안에선 미세한 불빛이 새어 나오고 있었다.

봉삼은 주변을 살피고 문을 두드리며 말했다.

"부두목님, 소인 봉삼입니다."

문이 천천히 열리고 비별막의 얼굴이 나타났다.

"함부로 찾아오지 말라고 했는데, 왜 왔어?"

비별막의 말투에는 살짝 짜증스러움이 섞여 있었다.

원래 좋은 성질도 아니었지만, 나무형을 죽여야 한다는 압박감으로 인해 신경이 예민해져 있는 것이다.

하지만 내막을 알지 못하는 봉삼은 내심 투덜거렸다.

그는 거칠어진 숨결을 가다듬으며 차분히 말했다.

"급히 전해드릴 일이 있어 왔습니다."

"뭔 일?"

"일단 안에서 말씀드리겠습니다."

봉삼은 들어오라고 문을 열어주는 비별막을 따라 안으로 들어갔다.

오두막 안에는 어설프게 만들어진 침상과 탁자, 의자가 하나씩 있었다. 탁자 위에는 등불과 함께 이러저러한 물건들이 놓여 있었는데, 모두 모양새들이 예사롭지 않았다.

'이것들은 모두 함정을 설치할 때 쓰는 것들인데?'

가죽 주머니에 들어 있는 것은 독가루가 분명했다.

봉삼은 비별막이 왜 이런 물건들을 가지고 있는지 몰랐다. 오두막에 있을 거라는 말만 했을 뿐, 자세한 내막은 알려주지 않았기 때문이다.

두목도 이 일에 대해 말해 준 게 없었다.

"말해 봐. 뭔 일이 생겼는데 온 거야?"

비별막은 앉으란 말도 없이 물었다.

할 일이 많으니 얼른 말하고 가라는 표정이었다.

"두목과 조장들이 죽었습니다."

"뭐? 그게 무슨 밀이야?"

봉삼은 각자 관리하고 있던 기루와 주점 등에서 조장들이

274

피습당해 죽었고, 웬 칼잡이가 정문에서 소란을 피우다가 호위조직원들까지 죽이고 떠난 뒤에 두목 역시 방에서 죽은 채로 발견된 상황을 설명했다.

모든 설명을 들은 비별막의 표정은 딱 한 가지로 정의 내리기가 힘들었다.

기쁨, 당혹, 환희, 걱정의 상반된 감정들이 차례대로 떠올랐다 사라지길 반복했다.

하지만 최종적으로 기쁨만이 남았다.

기회다 판단한 봉삼이 얼른 말했다.

"부두목님, 제가 옆에서 보좌해 드릴 테니 지금 당장 장원으로 돌아가셔서 혼란에 빠진 조직원들을 진정시키고, 규합하셔야 합니다. 그러면 부두목님이 두목이 되시는 겁니다."

봉삼은 비별막이 크게 웃으며 당장 가자, 라고 말할 줄 알았다.

하지만 비별막은 봉삼의 생각보다 철두철미한 면을 가지고 있었다.

"염서성은 어디 있냐?"

"모르겠습니다. 그는 장원에 없었습니다. 아무도 그가 어디 있는지 몰라서 지금 찾고 있는 중입니다."

'이상하군. 혹시 그놈도 당한 건가?'

비별막이 생각할 때 네 명의 조장들이 모두 죽었으니 가능성은 충분했다.

'어쩌면 두목과 조장들이 살해당한 걸 알고 위험하다 생각해 몸을 숨겼는지도 모르지.'

머리를 굴릴 줄 아는 녀석이니 그렇다고 해도 이상할 게 없었다.

그리고 그 점에 있어서는 비별막도 마찬가지였다.

갑자기 주요 인물들이 모두 죽었고, 그 흉수들도 밝혀지지 않은 상태에서 모습을 드러낼 수는 없는 일이 아닌가.

'정체가 뭘까?'

뒷골목 패권이라는 게 어제 다르고, 오늘 다른 것이라 혈맹파를 노릴 만한 자들은 넘쳐났다.

패권을 잡는 동안 원한을 맺은 이들도 적지 않고, 자신들이 려강을 탐냈던 것처럼 타 지역의 하오문들이 세력을 넓힐 속셈으로 행한 일일 수도 있었다.

'어쩌면 열혈당 놈들이 날 뒤쫓아 온 것일지도.'

그럴 가능성 역시 배제할 수 없었다.

아니, 그 가능성이 가장 높았다. 자신이 돌아온 시기와 너무 맞물려서 일이 터졌기 때문이었다.

'어쨌든, 흉수가 누구든 간에 함부로 움직일 수는 없는 일이다.'

그도 노리고 있을게 분명하니까.

조장들도 죽였는데, 부두목이라고 그냥 둘 리 만무하지 않은가.

골치 아픈 일을 맡아 짜증이 이만저만이 아니었는데, 그 일 때문에 봉삼을 제외하고 아무에게도 밝히지 않은 채 이곳에 있었던 게 운이 좋았던 것이다.

'하지만……'

봉삼의 말대로 장원으로 돌아가 조직원들을 규합해야 할 필요성은 분명히 있었다.

다만, 지금 당장 무턱대고 돌아간다면 위험을 자초하는 어리석은 짓이 될 것이다.

'뭔가 날 보호할 만한 안전막이 필요해.'

하지만 순식간에 조장들과 두목을 제거할 수 있는 자들을 견제할 만한 방법이 없었다.

'아! 현령!'

뭐라 해도 현령은 무위의 최고 권력자였다.

그 의도가 무엇이든 상관없이 원하기만 하면 말 한 마디로 사람을 붙잡고, 가두고, 때론 죽일 수도 있는 막강한 권한을 가진 존재였다.

'현령에게 부탁해 포쾌들의 호위를 받는다면 어느 정도 안전을 보장받을 수 있을 것이다.'

아무리 겁 없는 놈들이라도 포쾌들 앞에서 살인할 생각은 못할 테니까.

그러나 현령이 하오배에 불과한 그의 부탁을 그냥 들어줄 리가 만무한 일.

뭔가 관계를 돈독하게 할 만한 게 필요했다.

'어쩔 수 없이 나무형을 죽일 수밖에 없구나.'

두목이 죽었다는 말에 나무형을 죽이지 않아도 된다고 생각했는데, 이젠 자신의 안전을 위해서라도 계속 일을 진행할 수밖에 없게 된 것이다.

그것도 이틀 정도 확실한 준비를 하고 작업에 들어가려 했던 것인데, 지금은 그럴 여유도 갖지 못하게 되었다. 최대한 빨리 처리하고 현령을 찾아가서 자신의 안전을 확보해야만 했으니까.

'내일 새벽에 바로 실행한다.'

마음이 급해진 비별막은 함정을 만들기 위해 준비하던 것들을 살펴봤다.

나무형은 매일 이른 새벽에 이 산으로 와서 중턱까지 등산을 한다. 그래서 그 길목에 함정을 설치해 죽이려는 게 비별막의 계획이었다.

치명적이면서도 사고처럼 보이도록 하기 위해서 최대한 신중하게 준비를 하는 중이었는데, 이젠 그럴 시간이 없었다.

간단한 거 한두 개만 가지고 지금 당장 가서 설치할 생각이었다. 함정이 실패하면 자신이 직접 모습을 드러내 죽일 각오까지 다졌다.

"부두목님, 장원으로 안 돌아가십니까?"

"안 가."

"왜요?"

"그건 알 거 없고. 너 먼저 돌아가 있어."

그가 나무형을 죽이려 한다는 걸 아는 사람은 적을수록 좋으니, 봉삼에게까지 말을 할 필요는 없었다.

"부두목님은요?"

"난 나중에 간다."

"저도 그때 같이 가면 안 될까요?"

지금 밖은 위험했다.

두목과 조장을 죽인 자들이 무위를 집어 삼키겠다면서 일반 조직원들까지 공격할 수도 있지 않겠는가.

그리고 최대한 비별막과 같이 있어야 조금 더 확고한 신임을 받을 수 있을 것이다. 하지만 비별막은 그런 봉삼의 처지를 전혀 신경 쓰고 있지 않았다.

"그냥 가 있어."

"그럼, 언제 오실 건데요? 그 정도는 알고 있어야 하지 않겠습니까."

비별막의 얼굴이 일그러졌다.

"새끼가. 가라면 갈 것이지 웬 잔말이 그리 많아! 빨리 나가!"

한 번만 더 입을 열면 때릴 것 같은 기세였기에 봉삼은 얼른 고개를 조아리며 문 쪽으로 돌아섰다.

그는 아쉬움 섞인 표정으로 뒤를 한 번 돌아보고는 문을 열고 밖으로 나갔다.

'아, 새끼. 꼼수를 부리기는…….'

비별막은 봉삼이 왜 가지 않으려 하는지 알고 있었다.

괜히 현내에 있다가 흉수들에게 공격받을지도 모른다는 두려움 때문일 것이다.

쿵.

갑자기 문이 묵직하게 울리는 소리에 비별막은 벌떡 일어났다.

"새끼가 가라고 했더니 문에다 발길질을 해? 저게 죽고 싶어 환장을 했나!"

문의 울림이 성질이 난 봉삼의 발길질 때문이라 생각한 것이다.

하지만…….

콰쾅!

굉음과 함께 하나의 신형이 문을 박살내면서 안으로 뛰어 들어왔다.

비별막은 깜짝 놀라 칼을 집어 들었다. 그런데 문을 부수고 안으로 뛰어 들어온 건 봉삼이었다. 게다가 입에서 피를 흘리고 동공이 풀린 걸 보니 이미 절명한 상태가 아닌가.

즉, 그는 스스로 뛰어 들어온 게 아니고, 절명할 만큼 엄청난 힘에 밀려 문까지 부수고 들어온 것이었다.

비별막은 저도 모르게 떨리는 심장을 진정시키려 애쓰면서 부서진 문 바깥쪽 어둠속을 쳐다봤다.

"......!"

사람의 윤곽을 발견한 비별막의 눈동자가 가늘어졌다.

반악이 어둠 속에서 걸어 나와 문의 파편을 묵직하게 밟으며 안으로 들어왔다. 그의 뒤에는 추적술을 발휘해 봉삼의 흔적을 좇는데 앞장선 견삼이 있었다.

"네놈은 누구냐?"

비별막은 반악의 얼굴이 생소했다.

려강에서 반악은 싸움에 직접 개입하지 않고 멀찍이 떨어진 채 지켜보고 있었기 때문에 비별막은 그가 열혈당의 사람이라는 것을 모르는 것이다.

견삼 역시 낯설기는 마찬가지였다.

반악이 오두막 안을 둘러보며 말했다.

"열혈당에서 왔다."

비별막의 얼굴이 일그러졌다.

자신이 흉수에 대해 예상했던 것 중 하나와 딱 들어맞기는 했지만, 그게 결코 기분 좋은 일은 아니기 때문이었다.

비별막은 탁자에 놓인 가죽주머니를 힐끔 쳐다봤다. 가죽주머니 안에는 치명적인 위력을 발휘할 독가루가 담겨 있었다.

'한 걸음만 움직이면 집어들 수 있다.'

그는 반악을 쳐다보며 말했다.

"두목과 조장들을 죽인 게 네놈들 짓이냐?"

"맞아. 그리고 이제 네가 죽을 차례다."

"내가 죽을 차례라……."

비별막은 순간 한 걸음 움직이며 가죽주머니를 집어 들었고, 그대로 반악을 향해 던졌다.

아니, 던지려고 했다.

툭.

"……?"

비별막은 바닥을 쳐다봤다.

그곳엔 가죽 주머니를 쥐고 있는 그의 손이 떨어져 있었다.

자신의 팔을 쳐다봤다. 손목에서부터 보이지 않았다. 너무나 말끔하게 잘려서 이제야 잘린 부위에서 핏물이 흘러나오고 있었다.

그는 뒤늦게 고통과 충격을 느끼며 입을 벌렸다.

"으아!"

반악은 눈살을 찌푸렸다.

그는 천장에 매달려 있는 견일을 쳐다봤다. 천장을 통해 들어온 견일이 독주머니를 던지려 한 비별막의 손목을 자른 것이었다.

반악의 시선을 받은 견일은 양손에 쥔 초겸으로 비명을 지르는 비별막의 목을 겨냥했다. 그리고 그대로 끌어당기듯 휘둘렀다.

서걱.

풀을 자른 것처럼 말끔하게 베어지는 소리와 함께 비명소리가 그치고, 비별막의 머리는 바닥에 떨어져 고요해진 오두막 안을 데구루루 굴러 침상 끝에 가서야 멈췄다.

하지만 이미 반악 등은 오두막을 떠난 뒤라 그 움직임을 끝까지 본 사람은 아무도 없었다.

＊　　　＊　　　＊

이른 새벽.

사위가 안개에 휩싸여 작은 실바람에도 파도처럼 넘실거렸다.

그 안개 사이로 가벼운 옷차림의 나무형이 걷고 있었다.

그의 목적지는 무위 동쪽 외곽에 솟아 있는 산이었다. 포정사에 의해 원치 않게 현령에서 물러난 이후, 허탈한 마음을 달래기 위해 오르기 시작한 것이 습관이 되어 이때까지 하루도 빠지지 않고 산행을 하고 있는 것이다.

그러나 오늘은 습관도 아니고, 일상적인 산행도 아니었다.

오늘의 산행은 그에게 특별한 의미가 있었다.

"……?"

산 초입에 이른 나무형의 눈동자가 의아함으로 물들었다.

그가 등산로로 이용하는 길목에 웬 젊은 사내가 서 있었기 때문이다.

그는 반악이었다.

'못 보던 젊은이인데?'

현령 시절 그는 마을 곳곳을 오가며 신분 고하를 가리지 않고, 남녀노소 구분하지 않으며 사람들을 만나왔다.

현령에서 물러난 뒤에도 크게 다르지 않았다. 갓 태어난 아기라면 모를까, 그가 무위에서 모르는 얼굴이란 있을 수가 없는 것이다.

그런데 얼굴도 모르는 젊은이가 새벽에, 그것도 그가 매일같이 오르는 등산로 초입에 서 있다는 건 이상한 일이 분명했다.

하지만 의문이 생기는 것과는 상관없이 나무형은 미소를 지으며 인사를 건넸다.

"안녕하신가, 젊은이. 난 무위에 사는 나무형일세."

반악도 마주 인사를 했다.

"안녕하시오. 난 반악이오."

"허허, 반악이라. 반 소형제와 잘 어울리는 이름이구만. 그런데 반 소형제도 등산을 하려고 왔는가?"

반악은 잠시 생각하다 고개를 끄덕였다.

"그렇소."

"꼭대기까지 올라가려는가?"

"모르겠소. 일단 그냥 올라가 볼 생각이오."

"허허허, 꽤나 즉흥적인 사람이구만. 어쨌든 나와 함께하

세. 난 평소 중간까지만 올라가지만, 오늘은 작정하고 꼭대기까지 올라가 볼 생각이라네. 반 소형제가 어디까지 올라갈지는 모르지만, 일단 가는 동안 말동무를 하면 심심하지 않고 좋지 않겠는가."

반악은 순순히 고개를 끄덕였고, 두 사람은 나란히 산을 오르기 시작했다.

"반 소형제는 등산을 자주 하는가?"

등산?

과거 잔혹마 시절 영물을 찾기 위해서가 아니라면 산을 오르지 않았던 반악에게 있어서 순수하게 등산의 목적으로 산을 오른 건 딱 한 번밖에 없었다.

상관미조를 등에 짊어지고 올랐던 황산의 연화봉.

결국 연화봉에서 암계에 걸려 죽을 뻔했으니, 그리 떠올리고 싶지 않은 경험이었다.

그날의 기억이 떠올라 살짝 기분이 나빠진 반악은 저도 모르게 말투가 퉁명스러워졌다.

"등산 같은 거엔 관심이 없소."

나무형은 의아하게 쳐다봤다.

"그런데 오늘은 어찌 산을 오르는가?"

반악은 바로 대답하지 못했다.

사실 그러한 유형의 질문은 이곳에 오는 동안 스스로도 자문한 것이었다.

'이 사람을 만나 뭘 어쩌려는 거지? 그럴 생각도 없었으면서 등산을 하러 왔냐는 말에 왜 그렇다고 대답한 거지?'

어찌어찌 인연이 닿고, 마음이 끌려 나무형의 죽음을 막기로 작정했다.

그래서 묵담향을 속이면서까지 혈맹파의 주요 인물들을 피습하고, 비별막까지 찾아내 죽였다.

그럼 끝난 게 아닌가.

악심을 품고 있는 현령이 남아 있으나 실질적으로 움직여 나무형을 죽이려는 자들을 제거했으니 더 관여할 필요는 없었다.

나무형을 죽지 않게 한다는 목적이 이뤄졌으면 미련 없이 돌아섰어야 하지 않는가.

'왜 나는 여기까지 왔는가?'

답은 없었다.

하지만 대답할 말이 없는 건 아니었다.

반악은 의문의 시선을 보내고 있는 나무형을 보지도 않고 저 위쪽을 쳐다보며 말했다.

"평소 등산에 관심이 없다 해서 산을 오르지 말란 법은 없지 않소."

"……."

나무형은 기묘한 표정을 지었다.

그리고 웃었다.

"하하하, 그렇지. 반 소형제의 말이 맞네. 어제는 관심이 없다고 해도, 오늘은 올라가 보고 싶은 마음이 생긴다고 해서 이상한 건 아니지. 세 사람이 길을 가게 되면 그 중에 반드시 나의 스승이 있다 하더니, 오늘 처음 만난 반 소형제에게 배움을 얻게 되었구만."

나무형은 정말 중요한 걸 알게 되었다는 듯 흡족한 표정까지 지었다.

'꿈보다 해몽이라더니.'

크게 의미를 두고 한 말이 아니었는데 그럴듯하게 포장해서 이해하다니.

반악은 나무형의 반응이 황당할 뿐이었다.

허나, 받아들이는 것이야 개인의 소관일 뿐, 그가 뭐라 할 입장은 아니었다.

나무형은 자신이 누구인지를 밝히며 자연스럽게 대화의 물꼬를 텄다.

"난 한때 나라의 녹을 받으며 살았던 관리였네."

"알고 있소. 당신은 나 대인이고, 무위의 전 현령이잖소."

"날 알고 있었구만. 그렇다면 자넨 뭐하는 사람인가?"

"난 무림인이오."

"반 소형제가 무림인이라고?"

나무형은 의외라는 표정을 지었다.

무기를 지니고 있는 것도 아니고, 눈빛이 살짝 날카롭긴 했지만 무인들 특유의 단단하고 억센 분위기를 풍기지도 않았으니까.

"혹 명문정파 출신인가?"

일견하기에 잘생기고 선한 외모였고, 딱히 거칠고 사납다, 라는 인상이 아니기 때문이었다.

모양새만 보자면 곱게 자란 사람처럼 보인다고나 할까.

반악은 명문정파라는 말에 거부감을 느끼며 눈살을 찌푸렸다.

"아니오."

"그럼, 사파라고 불리는 세력에 속하는가?"

예전엔 그러했지만, 지금은 아니었다.

"아니오."

"허면 낭인인가?"

반악은 잠시 머뭇거리다 고개를 끄덕였다.

"그렇다고 할 수 있소."

반룡복고당, 그리고 열혈당에 속하기는 했지만 이득과 필요에 의해 섞인 척하며 그들을 이용하는 것뿐이니 딱히 섞여 있다 할 수도 없지 않은가.

그렇다면 관점의 차이겠지만, 살짝 억지를 부려 홀로 무림을 종횡하는 낭인이라 해도 상관은 없을 터였다.

"낭인이라……. 반 소형제는 참으로 자유로운 삶을 살고 있구만."

만약 그가 현령 시절이었다면 이렇게 말하진 않았으리라.

낭인이란 부류들은 좋게 말해 자유를 추구하는 사람들이지만, 규칙과 법에 근거하여 다스리고 치안을 안정시켜야 하는 관리들에겐 좋게 보일 수가 없었다.

나태하고, 방종하여 소란이나 일으키는 불한당과 같은 존재들인 것이다.

"사실 난 무림인들에 대해서 잘 모르네. 그들을 온당치 못한 무리라고 생각했거든. 내가 이해할 수 없는 자들이니, 그들을 돌아볼 마음조차 없었다고 해야겠지."

무림인의 입장이라면 기분이 나쁠 수 있는 말이었지만, 반악은 오히려 그러한 솔직함이 마음에 들었다.

반악은 궁금함을 느껴 물었다.

"지금은 생각이 달라졌소?"

"글쎄. 달라졌다고 할 순 없지. 무림인들을 알 기회가 없었으니, 생각이 달라질 수도 없지 않겠는가. 그러고 보니 오늘 반 소형제를 알게 된 것으로 그러한 나의 생각이 바뀌는 계기가 될 수도 있겠구만."

반악은 씁쓸한 미소를 지었다.

생각이 바뀔 수도 있다는 나무형의 생각에 동의하지 않기 때문이다.

'과거엔 잔혹마라 불리었고, 지금 역시도 기분 내키는 것에 따라 망설임 없이 사람을 죽이는 나를 알게 되면 무림인들이

불한당이란 생각이 더욱 고착되겠지.'

나무형은 말이 없는 반악을 힐끔 쳐다보며 물었다.

"무림인들은 모두 협에 따라 행동한다는데 그게 사실인가?"

반악은 오히려 되물었다.

"위정자들은 법률과 규칙으로 뼈대를 삼고, 덕으로 살을 붙여 다스린다고 하는데 그게 사실이오?"

"이런, 내가 무림인들을 비아냥거린다고 생각한 모양이구만. 그렇다면 오해일세. 그저 무림인들은 진정 무엇을 추구하며 살아가는지 궁금했을 뿐이야."

"나 역시 마찬가지요. 위정자들이란 도대체 어떤 사람들인지 알고 싶어서 물었소."

"그런 건가? 하지만 나는 어찌 대답을 해야 할지 모르겠구만."

"그럼 간단하게 물어보겠소. 나 대인은 어떤 현령이었소?"

"그것 참 간단하면서도, 많은 생각을 하게 만드는 질문이구만. 나는……."

나무형은 순간 말문이 막혔다.

'나는 어떤 현령이었던가?'

현민들의 평가를 떠올려 보았다.

현령이었던 시절에 들었던 평가라면 권력과 지위를 가지고 있었던 만큼 진실성과 객관성을 장담할 수 없었다.

그렇다면 현령에서 물러나고 나서 그가 들었던 평가는 어떠

했던가.

'그게 평가라고 할 수나 있는 것이었던가?'

포정사에 의해 현령에서 물러났을 때 사람들은 별다른 말이 없었다.

현령 시절 현민들을 잘 다스려보고자 노력했으나, 그가 물러나는 것에 대해서 대부분의 사람들은 그저 때가 되었다고만 여겼던 것이다.

그러나 임몽반이 새로운 현령이 되어 현민들을 위한다면서도 알고 보면 기득권 계층만을 위해 이러저러한 정책을 내걸고 무리하게 진행하자 불만이 일고, 상대적으로 그에 대한 그리움을 표출하기 시작했다.

허나 현민들이 그를 찾아와 불만과 어려움을 호소하며 도움을 청할 때 솔직히 앞으로 나서는 것에 대해 고민이 깊었다. 그 직위에 있지 않으면 정사를 논하지 말라는 옛말도 있고, 임몽반은 과거 동문수학한 친구였으니까.

하지만 결국 나설 수밖에 없었다. 현민들의 기대에 부합했다기보다는 임몽반이 펼친 정책들이 너무나 부당한 것들이기 때문이었다.

그런데 본격적으로 목소리를 내며 임몽반을 비판하자 현민들은 그를 훌륭했던 현령이라고 칭송하며, 부담스러울 정도로 드높이기 시작했다.

'허나, 혈맹파의 조직원들과 포쾌들의 무리한 진압에 항거

하던 사람들의 마음속에는 내가 없었다.'

그가 중심에 서 있기는 했으나, 현민들이 만들어낸 중심점에 불과했다.

당시의 상황은 그가 결코 원한 게 아니었다.

"난 말일세, 매사 일을 신중히 하고 믿음과 신뢰를 잃지 않으려 노력하면서 정책을 꺼내고, 실행해 왔다네. 지금 현민들은 그렇지 않다고 생각하는데, 사실 엄하게 형벌을 적용하여 질서를 유지하려 노력했지."

"……."

"현령이었을 때의 난 덕이 부족했어. 형벌로 조심하도록 만들어 겉으로만 따르게 하기보다 나부터 모범이 되어 현민들이 자연히 옳은 행동을 알게 하도록 했어야 했네. 억지로 만들어가는 게 아니라, 내가 먼저 인덕을 지녀 백성을 감화시켜야 했는데 그러지를 못했던 거지. 과거를 돌이켜 보면 참으로 부끄럽기만 하구만. 난 그리 어질지 못한 사람인 모양일세."

자신의 잘못을 아는 것보다, 잘못을 인정하고 밝히는 게 더 어려운 법이었다.

그런 점에서 따져보면 나무형은 용기 있는 사람이라 할 수 있을 것이다.

하지만 공자가 말하길, 다 된 일에 대해서는 비평하지 말며, 끝난 일에 대해서는 간하지 말 것이며, 지난 일은 탓하지 말라 했다.

다 끝난 일은 이야기할 것이 못 되고, 끝난 일을 옳고 그르다 해봐야 고칠 수 없으며, 지나간 일들을 나무란다 해도 소용이 없다는 의미인 것이다.

　'내가 논어의 문구까지 떠올리다니…….'

　반악은 내심 씁쓸한 미소를 지었다.

　자신에게 쓸모도 없는 말들만 가득하다고 생각하여 무시해 버리고 있었는데, 때가 되니 자연스럽게 떠올라 버리는 건 무엇 때문이란 말인가.

　'나 자신을 속여 왔던 건가?'

　머리는 아니라 하면서도, 가슴으로는 받아들이고 있었는지도 모를 일이었다.

　하지만 그렇다고 해도 상관없었다.

　이젠 부정하기보다는 떠오르면 떠오르는 대로, 마음에 담아지는 대로 풀어내 버리면 된다고 생각하게 되었으니까.

　반악은 혼잣말처럼 말했다.

　"지난 일을 반성하고, 거기서 새로운 것을 충분히 터득하면 능히 다른 사람의 스승이 될 수 있다……."

　나무형의 얼굴에 흥미로운 표정이 지어졌다.

　"내게 조언을 하고 있는 것인가? 그런데 자네, 논어를 읽었구만. 무림인들은 학문을 중히 여기지 않는다고 하던데, 자넨 그렇지 않았던 모양일세."

　"그냥 기회가 있었을 뿐이오."

"그렇다고 해도 대단한 일일세. 요즘 문무겸전의 인재는 정말 흔하지 않다네."

"……."

"이젠 내가 대답을 들을 차례구만. 아, 일단 앉아서 조금 쉬다 가세."

두 사람은 어느새 산 중턱까지 올라왔고 나무형은 꽤나 지쳐 있었다.

그는 땅에 털썩 주저앉아 땀 한 방울 흘리지 않는 반악을 감탄어린 시선으로 쳐다보며 물었다.

"진짜 궁금해서 묻는 것인데, 무림인들은 진정 무엇을 추구하며 살아가는가? 내가 들었던 대로 협을 최고의 가치로 여기며 삶에 적용하는가?"

반악은 살짝 비틀린 미소를 지었다.

"무림인들이라고 다를 것이 뭐가 있소. 그들도 배부르게 먹고 싶고, 명예를 얻어 만인의 경외를 받으려 하고, 돈과 미인을 가지기 위해 물불을 가리지 않는 사람들이오. 협 또한 명예처럼 자신의 이름을 높이기 위한 또 다른 가치인 거요. 결국 자신이 기준이 되어 살아가는 것은 보통 사람들이나, 위정자들이나, 무림인들이나 다를 게 없는 것이오. 오히려 다르다고 하는 이들일수록 더욱 욕심이 크고, 추악한 이면을 가지고 있는 자들일 게 분명하오."

나무형은 기묘한 시선으로 반악을 쳐다봤다.

"허면, 무림인들이 추구한다는 협이란 건 듣기만 좋은 허상에 불과하다는 말이군."

"……."

예전이었다면 망설임도 없이 그렇다고 대답했을 것이다.

하지만 그는 무사 석번장에게서 진정한 협을 보지 않았던가.

약속을 지키기 위해, 스스로 옳다 여기는 일을 위해 죽음을 각오하고, 죽음에 이르렀을 때 한 점의 후회도 보이지 않았던 석번장의 모습은 반악의 머리가 아닌, 가슴에 깊이 박혀 있는 상태였다.

"예외도 있소."

"자넨 진정한 협을 행하는 협사를 본 적이 있는가?"

"그렇소."

"그는 어떤 사람이었는가?"

"협을 말하고, 협사라 자칭해도 되는 사람이었소. 나로서는 감히 그를 평가할 수조차 없소."

"그 말만으로도 그 협사의 인간 됨됨이를 충분히 알 것 같네. 그처럼 훌륭한 사람을 만났으니 자넨 운이 좋았어."

운이 좋다?

'석 무사와의 만남이 내게 행운이었던가?'

환골탈태한 뒤 달라진 사람들의 시선과 낯선 감정의 이끌림을 어찌 받아들여야 할지 몰랐을 때, 그와 만나게 됨으로써 마

음을 다잡을 수 있었다

당시의 혼란과 당혹감의 크기를 생각하면 그 만남이 행운이라고 할 수도 있을 것이다.

'하지만 억지로 의미를 찾을 필요는 없다.'

그를 만나게 되고, 스스로의 의지로 살아가야 할 때란 걸 깨닫고, 후회 없이 앞으로 나아가는 삶을 살아가게 된 것으로 충분했다.

"그와의 만남은 내게 있어서 몇 안 되는 소중한 만남이었소."

나무형은 웃었다.

"자네가 부럽구만. 이런, 너무 지체를 했어. 자, 다시 올라가 보세."

나무형은 기력을 되찾았다는 듯 일어나서 힘차게 걸음을 내딛었고, 반악도 그 뒤를 따랐다.

두 사람은 이후 이러저러한 이야기들을 나누었다. 대부분 나무형이 말을 하고, 반악이 그에 답하는 형식이었다.

큰 웃음도, 열정어린 목소리도, 시원스런 감탄사도 없는 조용하고 차분한 대화였다.

살짝 무미건조하게까지 느껴진다고나 할까.

하지만 반악이 평소 이처럼 많은 말을 하고, 그가 읽었으나 무시했던 성현들의 가르침을 인용하며 대답한 적이 거의 없었던지라, 반악에게 있어서 매우 특별한 대화였고, 산행이었다.

"괜찮소?"

반악은 숨이 턱에 찬 듯이 헉헉거리고, 갈수록 허리가 구부러지는 나무형을 돌아보며 물었다.

오랫동안 매일같이 등산을 해왔다고는 하지만, 무리하지 않고 중턱까지만 오르는 선에서 그쳤던 나무형의 체력으로는 오늘의 등산이 힘겨울 수밖에 없었던 것이다.

특히 꼭대기에 가까워질수록 길은 험해지고, 한 걸음에 오르기 힘든 간격으로 바위가 불규칙하게 박혀 있어 더욱 쉽지 않았다.

나무형의 얼굴과 등줄기는 이미 땀으로 흥건해 있었다.

"나이가 들더니 마음먹은 만큼 몸이 따라오질 않는구먼. 본디부터 체력이 좋은 몸도 아닌데, 젊을 때 제대로 관리를 하지 않았으니 이 지경이 된 게야. 반 소형제야 무림인이니 나만큼 걱정할 게 없다고는 하지만, 그래도 나이 들기 전에 고생하지 않으려면 더욱 신경을 쓰게나."

반악은 내심 헛웃음을 지었다.

겉보기야 젊지만 그의 실제 나이는 마흔이 넘었으니 나무형과 차이가 많이 나보았자 기껏해야 십 년 정도에 불과했다.

하지만 반악은 반응은 평소와 달랐다. 그 말을 무시하지 않고 고개를 끄덕여주었다.

"유념하겠소. 내 손을 잡으시오."

반악은 손을 내밀었다.

그의 인생에 있어서 지금처럼 스스로 손을 내밀어 도와주려한 상대가 몇이나 되었던가.

나무형은 쑥스러운 표정을 지으며 반악의 손을 잡았다.

"괜히 같이 오르자 하여 반 소형제에게 수고만 끼치게 되었구만. 정말 미안하이."

"수고랄 것도 없소."

반악은 나무형을 끌어주면서 산을 올랐다.

그리고 한식경을 쉼 없이 올라간 끝에 두 사람은 바위로 가득한 꼭대기에 올라설 수 있었다.

"좋구만."

나무형은 땀을 닦으며 넓다 할 수 없는 꼭대기를 빙 둘러보고 환한 웃음을 지었다.

그는 경사가 심한 절벽가에 섰다.

잔잔하면서 시원한 바람이 아래로부터 불어오고, 안개가 걷혀가는 무위의 전경이 발아래 펼쳐져 있었다.

"적지 않은 세월 동안 무위를 다스려왔음에도, 이처럼 모든 전경을 한눈에 담고 내려다보기는 처음일세. 중턱에서는 나무들에 가려 이처럼 훤하게 볼 수가 없었거든. 이렇게 좋을 줄 알았으면 진작 올라올 걸 그랬어."

나무형은 아쉬움을 표했는데, 그래서인지 무위를 바라보는 그의 눈동자는 왠지 모르게 슬퍼보였다.

"옛말에 그 사람이 행동하는 것과 지내온 동기를 보며 지금까지의 일에 대한 만족하는 바를 살펴보면 누구든지 자신을 숨길 수 없다고 했지. 오늘 반 소형제와 이야기를 나누고 나를 돌이켜보면 후회만이 가득하니 괜스레 마음이 서글퍼지는구만."

"……."

"누가 그러더구만. 난 결국 혼자가 될 것이라고 말이야."

반악은 그 말을 임몽반이 했다는 걸 알고 있었다.

"덕을 갖춘 사람은 외롭지 않으며, 반드시 이웃이 있다고 했소."

"반 소형제는 내게 덕이 있다고 하는 겐가? 하지만 난 가지고 있는 것 같지가 않다네."

"덕이 있음은 자신이 아는 게 아니라, 남이 아는 것이오."

"정말 그런 것인가?"

"그림을 그리려고 한다면 흰 바탕이 있어야 하오. 지금은 가진 것이 없다고 느낄지 모르나, 그것이야말로 흰 바탕을 가졌기 때문일 것이고, 언젠가는 그 바탕에 그림이 그려져 있다는 걸 알게 될 것이오."

"반 소협은 참으로 듣기 좋은 말을 잘 하는군."

반악은 고맙다는 듯 쳐다보는 나무형의 시선을 외면하며 산 아래를 바라봤다.

"난 내가 느끼는 그대로를 말한 것일 뿐, 나 대인의 기분이 좋으라고 한 말이 아니오."

"그렇다고 해도 고마운 것은 고마운 것이지."

반악은 대꾸하지 않았다.

생각해 보면 그가 이런 말을 할 입장도 처지도 아니질 않은가. 내색은 하지 않았지만, 쓸데없는 말이 많았다는 생각에 민망스럽기까지 했다.

나무형은 반악의 속내를 아는지 모르는지 아무 말 없이 무위의 전경을 바라보았다. 조금 전보다는 슬픈 기운이 살짝 엷어져 있는, 하지만 여전히 뭔가 아련함이 묻어 있는 눈빛이었다.

반악은 문득 나무형이 너무 절벽 쪽에 가까이 다가가 있다는 생각이 들었다.

절벽에서 떨어져 죽을 뻔한 경험이 있던 그로서는 그게 살짝 거슬렸다.

"너무 가까이 가면 작은 바람에도 균형을 잃을 수가 있소."

"아, 그런가?"

나무형은 미소 지으며 뒤로 물러났다.

반악은 물었다.

"내려가지 않을 거요?"

"난 조금 더 있을 생각이네."

"쭉 살던 곳이고, 보던 곳인데 더 볼 게 뭐가 있소?"

"글쎄. 간절한 마음으로 바라보다 보면 주공이라도 뵐 수 있을지 모르잖은가."

"······?"

반악은 그게 무슨 소리인가 내심 고개를 갸웃거렸지만, 곧 미련 없이 돌아섰다.

"난 이제 내려가야겠소."

"반 소형제, 고마웠네. 잘 가게나."

반악은 돌아보지도 않고 손만 한 번 들어보이고는 산을 내려갔다.

그런데 걸음을 재게 놀려 산을 절반쯤 내려가던 반악은 갑자기 걸음을 멈추었다.

'주공?'

주공은 무왕의 동생으로 그를 도와 상의 폭군 주왕을 토벌하고 주나라를 세우는데 혁혁한 공을 세운 인물이었다.

그리고 공자가 꿈에 그릴 만큼 존경하고, 닮고 싶어 했던 사람이기도 했다.

'죽은 이를 어찌 본다는 거지?'

방법은 한 가지였다.

그 자신도 죽어서 만나는 수밖에 없는 것이다.

생각이 거기까지 이른 반악은 급히 몸을 돌려 최대의 속도로 경공을 펼쳐 산꼭대기를 향해 달려갔다.

오를 때는 한식경이나 걸렸던 거리를 반각도 되지 않아 주파한 반악은 꼭대기에 오르자마자 나무형을 찾았다.

없었다.

넓지도 않은 공간이고, 내려갈 만한 다른 길도 없는데 도대체 어디로 갔단 말인가.

반악의 시선은 절벽가로 향했다. 그리고 불길함을 애써 억누르며 가까이 다가갔다.

"……!"

절벽을 따라 저 밑을 내려다본 반악의 눈동자가 크게 흔들렸다.

절벽 중간 살짝 굽이진 위치에, 보통 사람은 절대 내려갈 수 없는 그 위치에 나무형이 있었다.

기형적으로 뒤틀려 있는 팔과 다리. 입술을 타고 하염없이 흘러나오는 붉디붉은 핏물.

그는 죽어 있었다.

스스로 뛰어내린 것이다.

털썩.

마음도 육체도 충격에 휩싸인 반악은 그대로 무릎을 꿇고 주저앉았다.

가슴이 깨져 버린 것처럼 아팠다. 절대 잃어버리지 말아야 할 것을 잃어버린 듯 슬펐다.

반악은 꼼짝도 할 수가 없었다.

절벽 아래에서 솟아오르는 바람이 그의 머리카락을 흩날리고, 저 아래로 펼쳐진 무위는 안개를 말끔하게 지운 채 더할 수 없이 분명하고, 확실하게 자신의 모습을 세상에 드러내고 있었다.

그러나 반악은 아무것도 느낄 수도, 볼 수도 없었다.

그의 심신은 한 치 앞도 분간하기 힘들 만큼 깊은 어둠에 가려져 세상으로부터 단절된 상태였다.

*   *   *

견일 등은 그들이 앉은 탁자 건너에 앉아 있는 반악을 보고 있었다.

반악은 벌써 반나절이 훌쩍 넘도록 앉아서 꼼짝도 하지 않고 있었다. 술을 시켜놓고도 마시지 않고, 안주를 시켜 놓고도 먹지 않았다. 철천지원수라도 되는 것 마냥 술잔만 쳐다봤다.

그들이 하명하실 일이 없냐고 말을 걸어도, 묵담향이 무슨 일이냐고 물어도, 공추걸이 이제 무위를 떠나야 한다고 말해도 대꾸하지 않았다. 그래서 두 사람은 더 묻기를 포기하고 각자의 방으로 돌아갔다.

마치 그를 제외한 모든 것들이 장식물인 것 마냥 철저하게 무시하고 있었다.

견일 등은 반악의 눈치를 살피며 입모양으로 대화를 나누었다.

『도대체 주인님이 왜 저러시는 거야?』

『나라고 알 길이 있냐?』

『어젯밤까지만 해도 기분이 좋아 보이셨는데.』

『그러게. 오늘 새벽에 나갔다가 돌아오시고부터 저러시는 걸 보면 밖에서 뭔가 안 좋은 일이 있으셨던 게 분명해.』

『그걸 누가 모르냐? 그 안 좋은 일이 뭔지 모르니까 답답하다는 거 아니냐.』

『왜 성질을 내고 그래. 저러다 우리한테 화풀이하시는 거 아닌가, 불안해서 하는 소리잖아.』

『됐어. 그만들 해. 한동안은 저러고 계실 거 같으니까, 따로 부르시기 전까지 그냥 방에서 대기하고 있자.』

결국 견일 등도 객방으로 올라가고, 반악은 홀로 남았다.

물론, 주변에 다른 손님들이 많았지만, 그는 모든 걸 무시한 채 철저하게 혼자가 되었다.

'그는 왜 자살을 한 거지?'

반악은 나무형의 죽음을 목도한 순간부터, 그 시신을 챙겨서 그의 집 문 앞에 아무도 모르게 옮겨다두고 객잔으로 돌아올 때까지, 그리고 이렇게 앉아 반나절이 넘도록 같은 의문을 떠올리며 해답을 찾으려 애를 쓰고 있었다.

'모르겠다.'

나무형은 그가 감복할 만큼 바르고, 고집스러웠던 인물이 아니던가.

임몽반의 협박과 바랐던 대로 되지 않는 현실에 실망감과 좌절감을 느꼈다고는 해도 자살할 것이라고는 전혀 예상도 못했었다.

'하지만······.'

자신이 나무형의 심경을 제대로 알고 있기나 했던 것일까, 하는 의문이 들었다.

같이 산을 오르며 많은 이야기를 나누었다. 그래서 어느 정도 짐작하고 있다고 생각했다.

하지만 지금 생각해 보면 그건 단지 짐작일 뿐이었다. 반악이 잔혹마 시절 마음에 품고 있던 괴로움을 다른 이들이 진정으로 이해할 수 없었던 것처럼, 자신도 나무형의 마음을 진정으로 이해하지 못하고 있었는지도 몰랐다.

그 슬픔과 괴로움과 좌절감의 깊이는 그가 상상도 할 수 없을 만큼, 스스로 목숨을 끊어야 할 만큼 깊고도 깊었던 모양이었다.

'난 그가 자살해야만 했던 그 심정을 영원히 알 수 없을 거다.'

그뿐만이 아니었다.

그의 가족들도, 빛을 잃었다고 통곡할 현민들도, 그의 죽음을 슬퍼하고 원통해할 너무나 많은 사람들이 충분히 이해할 것 같다고, 짐작이 된다고, 그래서 더욱 슬프고 괴롭고 안타깝다고 화가 난다고 할 테지만, 그들 역시도 영원히 모를 것이었다.

'그러나······.'

심정을 모른다고 해서 넋 놓고만 있을 수 없었다.

그저 슬퍼하고, 원통해하고만 있는 건 반악과 어울리지 않는 짓이었다. 말뿐인 분노는 그가 원하는 게 아니었다.

그래서 반악은 일어섰다. 그리고 객방에서 박도를 들고 나와 객잔을 나섰다.

밖은 어느새 어둑해져 있었다. 그는 사람들 사이를 가로질렀다. 어디선가 나무형의 죽음을 말하는 목소리가 들렸다. 울음소리가 들리기도 했다. 통곡의 소리도 들려왔다.

하지만 반악은 고개조차 돌리지 않았다. 그는 모든 것을 뒤로하고 앞으로 걸어가기만 했다.

반악이 걸음을 멈춘 곳은 저 앞으로 크고 높은 문과 담장으로 둘러싸인, 이전에 보았을 때보다 더욱 많은 포쾌들이 경계를 서고 있는 현령 임몽반의 사택이 보이는 곳이었다.

그는 이전에도 그러했듯이 포쾌들의 눈을 피해 장원으로 들어갔다.

*　　　　*　　　　*

"하하하!"

장원의 심처에 세워진 가장 큰 삼층 누각에선 음악소리와 웃음소리가 시끌시끌하게 흘러나왔다.

반악은 그 누각 지붕에 조용히 앉아 안에서 들려오는 소리를 듣고 있었다.

안에는 현령과 무위의 거상, 부호들이 모여 향기 좋은 술을 마시고 기름지며 풍성한 음식을 먹고 밝고 경쾌한 음악을 듣고 과대하고 격앙된 농담을 하고 그들이 할 수 있는 만큼 마음껏 즐기고 있었다.

그는 청각을 민감하게 만들어 단 하나의 목소리도 놓치지 않고 모두 들었다.

그들이 나무형의 죽음을 가지고 농담을 하고, 속 시원해하고, 방해물이 사라졌으니 앞으로 더욱 무위를 잘 다스리실 것이라고 임몽반에게 아부 떠는 모든 말을 들었다.

임몽반이 더할 수 없이 기껍다는 듯 웃음을 터트릴 때마다 구역질이 치밀어 오르고, 살기가 머리끝까지 뻗쳐올랐지만, 반악은 참고 또 참으며 들었다.

그리고 기왓장을 한 장 치워 연회에 참석한 모든 이들의 얼굴을 확인했다.

시간은 흐르고, 연회는 난잡함의 극치를 보여주더니, 얼마 있지 않아 하나둘 시중들던 기녀들을 데리고 객방으로 흩어지면서 자연스럽게 끝이 났다.

꼼짝도 하지 않던 반악은 역시 기녀를 데리고 자신의 방으로 자릴 옮기는 임몽반을 내려다보다가 몸을 일으켰다.

이제 억눌렀던 분노와 살기를 발출해야 할 때가 된 것이다.

　　　　＊　　　　＊　　　　＊

　침상 위에 반라의 상태로 잠들어 있는 기녀는 어리고 예뻤다. 그래서 그녀 옆에 누워 있는 임몽반은 상대적으로 더욱 늙어 보였고, 추악해 보였다.

　우선 기녀의 점혈을 짚어 깨어나지 않도록 만들고, 곧바로 임몽반의 모든 마혈을 찌른 다음 그를 바닥으로 끌어내렸다.

　반악은 목과 어깨, 손가락을 가볍게 풀었다. 그리고 임몽반의 손목을 잡고 공력을 주입했다.

　"……!"

　임몽반의 눈이 번쩍 떠졌다.

　공력이 그의 기혈을 강하게 두드리며 엄청난 고통을 주었기 때문이다.

　하지만 정신만 차렸을 뿐 마혈을 찍어두었기 때문에 아무 말도 못하고, 움직일 수도 없었다.

　반악은 고통과 어리둥절함, 그리고 두려움이 가득한 눈빛으로 올려다보는 임몽반의 얼굴로 고개를 바짝 숙였다.

　"내가 누구인지 궁금하겠지?"

　임몽반의 눈빛은 알고 싶다고 말하고 있었다.

　"난 반악이다. 한때는 잔혹마 금명으로 불리며 안휘에서 가장 잔인하고, 사악하고, 무서운 사파의 인물이었지. 지금도 크게 다르지 않아. 껍데기만 달라졌을 뿐, 본성은 여전히 잔혹마다."

임몽반의 눈동자는 더욱 짙은 두려움으로 가득 찼다.

"내가 왜 여기에 나타났는지 궁금하겠지?"

"……."

"난 널 죽이러 왔다. 하지만 그 전에 네 근맥을 모두 끊고, 뼈를 하나씩 부러트리고, 눈과 혀를 뽑고, 코와 귀를 자르고, 사지를 뽑아 나의 분노를 풀어야겠다."

임몽반의 눈동자는 더 그럴 수 없을 만큼 커졌다.

듣는 것만으로도 심장이 멈춰 버릴 것처럼 잔혹하고, 무서운 경고였기 때문이다.

"내가 왜 널 죽이려 하는지 궁금하겠지?"

임몽반은 궁금했다.

자신은 반악을 본 적도, 그 이름을 들어본 적도 없는데 왜 자신을 그리도 잔혹하게 죽이려 한단 말인가.

"나는 나 대인의 죽음에 분노하고 있다."

"……."

"하지만 다른 사람들이 느끼는 분노와 다르다. 난 네가 혈맹파에 은밀히 사주하여 나 대인을 죽이려 했다는 것도 알고, 나 대인을 면전에 두고 협박하고 조롱했다는 것도 알고 있다. 그래서 막으려 했지. 막았다고 생각했다. 내가 할 수 있는 만큼 했다고 생각했다. 하지만 그래도 죽더군. 이미 좌절한 나 대인의 마음은 그 무엇으로도 돌이킬 수 없었던 거다."

"……"

"난 이해할 수 없었다. 그가 왜 그렇게 좌절을 겪어야 했는지, 왜 너 같은 자에게 모욕을 당해야 했는지, 왜 자살을 해야 했는지. 하지만 내가 가장 이해할 수 없는 건……."

반악은 임몽반의 얼굴에 더욱 바짝 고개를 들이밀고 씹어뱉 듯이 말했다.

"왜 나 대인과 같은 사람은 죽는데, 너 같은 자는 살아 있느냐는 것이다."

스릉—

반악은 박도를 꺼내들었다.

그리고 정말 이대로 숨이 끊겨, 심장이 멈춰 죽기라도 했으면 좋겠다고 생각할 정도로 공포와 두려움에 휩싸여 있는 임몽반을 향해 박도 끝을 겨누었다.

"아마도 나 대인은 이런 걸 바라지 않겠지. 하지만 상관없다. 난 원래부터 그와는 다른 부류의 사람이니까, 나만의 방법으로 분노를 풀어야겠다."

반악은 임몽반의 다리 하나를 들어 올려 뒤꿈치를 박도로 그었다.

힘줄을 끊어 버린 것이다.

임몽반의 동공이 크게 확장되었다. 점혈은 되었지만 고통까지 못 느끼는 건 아니니까.

하지만 그건 시작에 불과했고, 반악은 하나씩 하나씩 지속

적이고 집요하게 근맥을 끊고, 뼈를 부러트리고, 눈과 혀를 뽑고, 코와 귀를 자르고, 팔다리를 잡아 뜯어 몸에서 떼어냈다. 피가 튀는데도 피할 생각도 하지 않았다.

팔에 이어서 다리뼈가 세 조각으로 부러질 때쯤 극심한 고통과 공포심 때문에 임몽반의 심장이 멈춰 버렸지만, 그는 개의치 않고 끝까지 마무리를 지었다.

"……."

반악은 피로 흥건한 상태가 되어 일어섰다.

임몽반은 다섯 조각으로 분리되어 푸줏간의 고깃덩이처럼 변해 있었다. 반악은 몸에서 분리된 머리를 발로 밟았다.

콰드득.

단단하기 그지없는 머리뼈가 산산조각 나고, 뇌수가 두부처럼 짓눌려 이미 피로 흥건한 바닥으로 흩어졌다.

'아직 부족하다.'

반악은 임몽반을 죽였음에도 만족할 수 없었다.

그래서 방을 나섰다.

그는 오늘 임몽반과 함께 웃고 떠들며 나무형을 조롱하고, 농담거리로 삼았던 자들까지 모두 죽일 작정이었다.

*　　　*　　　*

화르르르.

임몽반이 현령이 된 걸 기념하며 지었던 크고, 화려한 누각이 불타올랐다.

장원의 사람들은, 밖을 지키던 포쾌들은 아우성을 치며 불을 끄려고 애를 썼지만 순식간에 지붕까지 타고 오른 불길을 잡기란 너무 힘든 일이었다.

오히려 다른 건물에까지 번지는 것을 막는데도 버거울 지경이었다.

결국 새벽이 거의 끝나가던 무렵, 장원의 삼분지 일이 전소된 뒤에야 불길이 완전히 잡힐 수 있었다.

"……."

반악은 장원이 한눈에 보이는 건물 지붕 꼭대기에서 그 모습을 끝까지 지켜보았다.

동이 터오며 붉은 빛이 사위로 퍼져나갔다.

온몸이 누구의 것인지도 알 수 없는 피로 물들어 버린 반악은 그 붉은 빛을 뚫고 하늘로 솟구쳐 오르며 사라져갔다.

〈6권에서 계속〉

황제의 검

皇帝

THE SWORD OF EMPEROR

임무성 신무협 장편 소설

ORIENTAL FANTASY STORY & ADVENTURE

劍 3부

장르문학의 전성기를 열었던 『황제의 검』
작가 임무성이 방대한 세계관을 담아 다시 쓰는 신무협의 신화!

세상을 피로 잠기게 할 대혈겁의 서막.
용족, 마족, 요정족의 침공으로부터 강호 무림을 지켜라!

불사신마공을 완성한 천황 파천과
불사지체들의 한판 승부가 시작된다!

★
dream
books
드림북스

창룡검전

최현우 신무협 장편 소설
ORIENTAL FANTASY & ADVENTURE

오랜 숙고 끝에 드디어 선보이는 『학사검전』 2부!

창룡전 학사의 붓 끝에서
무림을 격동시킨 폭풍우가 몰아친다!

무림의 격류(激流) 속으로 다시 돌아온 창룡검주 운현.
그가 소중한 사람들을 지키기 위해 붓 대신 검을 들었다!

dream books
드림북스

적운의 별

강호풍 신무협 장편소설

ORIENTAL FANTASY ADVENTURE

『가상무공 탄류』, 『벽력왕』, 『마협전기』
베스트 작가 강호풍 신무협 장편소설!

의협(義俠)의 기치를 세우고
요동에서 중원으로 나아가는 대장정!

사나이로 태어나 기왕지사 꿈을 꾼다면
나의 꿈은 천(天) 강호를 아우르는 거목(巨木)이 되는 것이다.

dream
books
드림북스